COLLECTION
FOLIO CLASSIQUE

Marquis de Sade

La Philosophie
dans le boudoir

ou

Les Instituteurs
immoraux

*Édition présentée,
établie et annotée par
Yvon Belaval*

Gallimard

PRÉFACE

*Le titre pouvait se vouloir à la mode, imagé.
Comme* ottomane *qui n'apparaît guère avant 1780 —
et que l'on trouve ici, p. 59 —* boudoir *est relativement
de fraîche date*[1] *: l'allemand et l'anglais*[2] *nous
l'empruntent. Imagé si l'on se représente*[3] *que, situé
entre le salon, où règne la conversation, et la chambre,*

1. En 1768, Bougainville, dont la frégate s'appelle *La Boudeuse,*
arrive en vue de Tahiti : « Le 2 avril, à dix heures du matin, nous
aperçûmes dans le nord-nord-est une montagne haute et fort
escarpée qui nous parut isolée; je la nommai *le Boudoir* ou le *pic
de la Boudeuse* » (*Voyage autour du monde,* Cercle du Bibliophile,
Paris, s.d., p. 119). En 1787, Claude François-Xavier Mercier de
Compiègne publie un *Manuel des boudoirs,* ou *Essais érotiques sur
les Demoiselles d'Athènes* (Bibliothèque des boudoirs, ou Choix
d'ouvrages rares et recherchés), I-IV. Cythère (Paris) l'an du
plaisir et de la liberté.
2. Aussi n'en est-il que plus étonnant de le voir traduit par
bedroom dans : *The complete Justine, Philosophy in the Bedroom,
and other Writings,* compiled and translated by Richard Seaver
and Austyn Nainhouse, New York, 1966.
3. En s'inspirant de R. F. Brissenden, *La Philosophie dans le
Boudoir : or, A Young Lady's Entrance into the World,* dans
Studies in 18th Century Culture, vol. 2, 124, Cleveland et
Londres, 1972.

*où règne l'amour, le boudoir symbolise le lieu d'union
de la philosophie et de l'érotique.*

Par sa forme — théâtre et brochure (Français,
encore un effort... *n'est pas loin d'occuper le quart de
l'ouvrage*) — *l'œuvre semble exprimer fébrilement
l'espoir d'être joué, publié : reconnu. Un an avant sa
publication, Sade venait de l'échapper belle : interné
depuis le 5 décembre 1793, libéré après Thermidor, le
15 octobre 1794, à coup sûr, si le texte préexistait* [1],
*l'auteur le révise, — en atteste l'allusion (p. 195) à
« l'infâme Robespierre », exécuté le 27 juillet 1794. Il
se hâte de le publier (en même temps qu'*Aline et
Valcour*) et, comme s'il comptait sur* La Philosophie
dans le boudoir *pour appuyer* L'École des Jaloux ou
la Folle épreuve *(au plus tard de 1782) il en change
le titre en* Le Boudoir ou le Mari crédule *pour
présenter (du reste sans succès) cette pièce, l'an II, à
la Comédie-Française* [5].

Le Dialogue entre un prêtre et un moribond *n'est
qu'un dialogue, genre littéraire bien défini au
XVIIIe siècle. La Philosophie dans le boudoir *est le
seul autre texte dialogué de Sade, qui ne soit pas
destiné au théâtre. Pourtant, on ne saurait répéter, à
son sujet, qu'il n'est qu'un dialogue; son genre*

4. Maurice Heine, *Le Marquis de Sade* (Gallimard, 1950),
p. 35, rappelle au sujet de *La Philosophie dans le boudoir* que :
« l'absence de tout manuscrit rend incertaine l'époque initiale de
sa rédaction » et rapproche cette œuvre du *Dialogue entre un prêtre
et un moribond* de 1782. Cf. ci-après p. 19, n. 12.

5. Voir *Monsieur le 6*. Lettres inédites publiées et annotées par
Georges Daumas, préface de Gilbert Lely (Julliard, 1954), pp. 45-
46, Post-scriptum à l'Avant-Propos. Rappelons que l'an III
courait du 22 septembre 1795 au 22 septembre 1796.

appartient déjà au théâtre. L'obscénité en moins, on l'assimilerait à la comédie sérieuse. Deux grands actes (les dialogues III et V), des scènes de présentation et de liaison (I, II, IV, VI), le dénouement (VII). Décors : du salon (I, II) on passe au boudoir (III) et désormais, « la scène est dans un boudoir délicieux », si bien capitonné que l'on « égorgerait un bœuf dans ce cabinet que ses beuglements ne seraient pas entendus » (p. 275). Les personnages? Comme toujours chez Sade, une femme-homme, la complice par excellence [6], Mme de Saint-Ange, et la jeune fille, Eugénie, qu'elle veut voir « initier dans les plus secrets mystères de Vénus » (p. 49); à la fin la victime, Mme de Mistival, mère d'Eugénie. Le Chevalier de Mirvel, frère incestueux de Saint-Ange; Dolmancé, l'ami sodomite de l'une et de l'autre, deux valets de circonstance, Augustin et Lapierre, qui doivent à Molière leurs « mam'selle... monsieux... je le voyons... tatiguai! ». De tous ces personnages — comme si (mais il ne le fait pas) Sade voulait signifier que la Nature est à la fois mâle et femelle — aucun n'est uniquement hétérosexuel. L'action est tout ce qu'ils disent et font : ils font l'initiation d'Eugénie à ce retour à la Nature; ils disent la philosophie de leur boudoir.

On ne peut s'empêcher de rêver sur leurs noms. Sade les a-t-il inventés ou rencontrés en ses lectures, à la façon ordinaire des romanciers? Les a-t-il chiffrés (et pas seulement ceux de cette œuvre), lui qui voyait

---

6. Comme, dans *Les Liaisons dangereuses*, Mme de Merteuil. On notera que le boudoir est celui de Mme de Saint-Ange, les hommes n'ayant pas de boudoir, ce qui redouble la survalorisation de la femme-homme par l'homme-femme, Sade.

*des signes dans les nombres, les mots, les syllabes?
Nous ne pouvons que poser la question. Que Saint-
Ange soit aussi peu « sainte » que « ange », qu'Eugénie
soit, pour l'initiation à laquelle elle s'offre, la « bien
née » ou la « bien douée », voilà qui alerte. Il est
d'abord sans conséquence que Mistival, Mirvel, tous
deux commencent par un M et finissent par un L :
mais n'est-ce pas comme Montreuïl, la terrible présidente à laquelle son gendre ne pouvait que souhaiter —
outre le cul à cul avec sa fille — la punition du dernier
Dialogue⁷? Ou comme la Merteuïl (rime à Montreuil) qui sacrifie si allégrement la Présidente de
Tourvel (ou Tourval comme Mireval est Mirval ou
Mirvel)⁸? Laissons le Mistival qui n'est peut-être,
par anagramme, en changeant val par vel, que « le vit
mis »! L'ami de Dolmancé (nom indéchiffrable, où il y
a du dos, du dol et de la manche), le marquis de V...
relève-t-il de l'obscénité simple du V...? Il faudrait
avoir entrepris une enquête sur les noms romanesques
de Sade.*

    *Revenons à sa comédie. Le décor est planté avec son
« ottomane ». Tout se passe entre un peu moins de
« quatre heures précises » et sept, l'heure du dîner. Les
trois unités, de lieu, de temps et d'action, vont être
respectées. Suivant l'habitude constante du roman au
XVIIIᵉ siècle — et que de fois ne suffit-il pas de
supprimer les « dit-il » ou « dit-elle », de mettre en
italiques les gestes et expressions, pour obtenir une*

7. Dans *Monsieur le 6* est cité, p. 277, n. 191, une attaque
directe contre Claude de Montreuil « qui par *faiblesse* couchait
avec sa sœur et ses trois filles... »

8. Il est énigmatique que Sade ne cite jamais *Les Liaisons
dangereuses.*

*scène de comédie toute faite ! — Sade précise l'âge de
ses personnages :* Mme *de Saint-Ange a vingt-six ans
(p. 39), son frère, le chevalier de Mirvel, vingt
(pp. 41-42), Dolmancé, trente-six, comme M. de Mistival (qui n'apparaît pas),* Mme *de Mistival, trente-
deux, Eugénie, quinze. Ils sont tous jeunes (du moins
selon nos critères, mais non ceux du* XVIIIe *siècle qui
plaçaient la maturité de l'homme à trente-six ans, celle
de la femme à trente).*

*L'action apparente se résume, nous le savons, en une
formule : l'initiation (au sens antique)* [9] *d'une jeune
fille de quinze ans « dans les plus secrets mystères de
Vénus ». A peine arrive-t-elle, elle reçoit, pièces en
main, une leçon d'anatomie, sauf le « plat mécanisme
de la population » (p. 57). Et la voici aux prises avec
un sodomite, comme si, par contre-thèse et par humour,
l'initiation à Vénus ne pouvait avoir lieu que par
inversion de Vénus, par contre-nature dans une nature
qui n'a ni pour ni contre. Dès lors, jusqu'à 7 heures, en
dehors des temps de discours :* elles s'enlacent, on
s'exécute, on se place, tout se dispose, on s'arrange,
tout s'exécute, le groupe se rompt, la posture se
défait. *Et un autre* tableau s'arrange. *Du plus simple
au plus extraordinaire (dans le langage et la gradation
de Sade), l'action est graduée : le plus simple ? la
sodomie ; le plus extraordinaire ? la coprolagnie, en
coulisses, à la fin du dialogue V, ou la couture de*
Mme *de Mistival par sa fille et par Dolmancé après
insémination de la vérole. Cette gradation se marque
spontanément (sans que l'auteur ait songé à en faire
un procédé) par la croissante dimension des sexes*

9. Voir la note de la p. 49, p. 298.

masculins : après Dolmancé, le chevalier, « plus gros »
(p. 167), puis Augustin, hercule dont l'énorme engin,
la massue (p. 149, 152, 154) ne mesure pas moins de
13 pouces de longueur sur 8,5 de circonférence (soit :
35 × 22,9 cm) et, enfin, entre en jeu, outre un
godemiché de 14 × 10 pouces (sic), avec Lapierre, un
valet qui ne doit pas déchoir, un « des plus beaux
membres qui soient peut-être dans la nature, mais
malheureusement distillant le virus et rongé d'une des
plus terribles véroles qu'on ait encore vues dans le
monde » (p. 282). L'idée de gradation est centrale
dans la pensée sadienne. Elle peut, comme ici, traduire
un fantasme infantile, œdipien, particulièrement fami-
lier aux homosexuels. Mais, même ici, elle exprime
davantage : le dominateur de la peur ; le besoin
d'excès si flagrant dans deux réactions souvent asso-
ciées par Sade, la colère et la « crise » ; l'ὕβρις qui
détruit les contraires. La gradation des sexes est le
signe de l'accroissement du délire. Elle exprime la
fougue de Sade : on n'a pas oublié Delacroix, fasciné
par le poing du Giaour, qu'il est en train de peindre,
perdant toute mesure dans sa fascination et ne
reprenant conscience qu'au moment où, Baudelaire
n'ayant pu étouffer un « oh! Maître! », il s'aperçoit
que ce poing a déjà dépassé la taille de la tête. Le sexe
du dernier valet, Lapierre, n'est pas seulement le terme
d'un accroissement de volume ; l'espace éclate ici ; il
s'agit de violence, d'une violence elle-même arrachée à
l'intensité pure par l'apparition de l'horreur, « distil-
lant le virus », « rongé », tête de mort. Un des plus
beaux membres de la Nature — de la vie — prépare
son œuvre de Mort.

Le spectacle est ponctué d'interjections et de blas-

phèmes. Les ah! *les* oh! ahé!, allons! *se précipitent. Les gros mots — ceux-là mêmes,* branler, bander, foutre, *etc. qui, dans tous les idiomes, traversent les siècles, à la manière de l'argot et mieux encore, comme s'ils avaient, une fois pour toutes, fixé des images archétypales — ces mots entrent en scène pour échauffer le jeu :* putain? : *« j'aime... cette injure m'échauffe la tête » (p. 66); « jure donc, petite putain!... jure donc!... » (p. 114). On aime à dire des horreurs; elles se lient aux « libertins prestiges de votre imagination enflammée » (p. 165). On en répète plusieurs fois de suite les mots forts : il semble qu'on les psalmodie, qu'on les danse, qu'on entre dans la ronde primitive d'une langue de la Nature. Et les blasphèmes? Que de* sacredieu, tripledieu, *et le reste! Dolmancé s'en explique : « ... un de mes plus grands plaisirs est de jurer Dieu quand je bande. Il me semble que mon esprit, alors mille fois plus exalté, abhorre et méprise bien mieux cette dégoûtante chimère... », je voudrais « pouvoir aussitôt réédifier le fantôme, pour que ma rage au moins portât sur quelque chose » (p. 113). On ne croit en Dieu ni en diable, on ne les invoque pas moins : « O Lucifer!... » (p. 155). Les dieux ont disparu, le scandale demeure (p. 125) et l'on continue à avoir besoin du scandale*[10]. *Exclama-*

---

10. — Dans *A rebours* (Union Générale d'Éditions, Collection 10 18, 1975), J. K. Huysmans parle, à propos de Barbey d'Aurevilly, du sadisme, « ce bâtard du catholicisme » (p. 254), et rappelle que l'écrivain normand, comme Sade, « ... glissait, lui aussi, afin d'affronter Dieu, à l'érotomanie démoniaque, forgeant des monstruosités sensuelles, empruntant même à *La Philosophie dans le boudoir* un certain épisode qu'il assaisonnait de nouveaux condiments, lorsqu'il écrivait ce conte : *Le Dîner d'un athée* » (p. 256).

*tions, gros mots, blasphèmes! Sade éprouve lui-même
la crainte de la monotonie :* « *La crainte d'être
monotone, avoue-t-il, nous empêche de rendre des
expressions qui, dans de tels instants, se ressemblent
toutes* » *(p. 155). D'ailleurs, même dans le tumulte de
l'action, les protagonistes ne laissent pas de poursuivre
leurs propos avec politesse — dans le style :* « *ah! vous
me faites mourir de plaisir, je n'y puis résister...* » *ou*
« *Viens, scélérate, viens dans mes bras* » *— leurs
phrases ne se troublent pas : on dirait que rien ne se
passe. Peut-être qu'en effet rien ne se passe et que tout
est imaginaire.*

*Insistons. Style correct et froid. Impersonnel, indif-
férent aux caractères : commun aux femmes et aux
hommes; né de l'écrit, même chez les valets analpha-
bètes. La communication entre les partenaires ne fait
jamais problème, comme s'il allait de soi que l'homme
et la femme de plaisir parlaient la même langue
adamique, essentiellement transparente dans l'échange
des sensations. C'est que le dialogue sadien est un
monologue masculin qui ne se soucie guère du plaisir
opaque de l'autre, le monologue unisexe d'un prisonnier qui fantasme ses dialogues. Les paroles ne
participent de l'action que sous la forme primaire des*
Ahe! Oh! Je me meurs. *Cela est moins écrit d'après
nature que d'après lectures. Cela est écrit, lu :* vu. *La
phrase se réchauffe à l'image. Il n'y a que l'image qui
brûle — ceux qu'elle brûle. On remarquera d'ailleurs
que l'action n'illustre pas le discours philosophique :
aucun argument n'invente son tableau, ne se donne en
posture. Non, mais l'action accompagne le discours et,
même quand il se développe, on sait que les partenaires
attendent. La possibilité permanente d'une reprise à*

tout moment du discours projette en ce dernier une
tension, une couleur, une vie qu'il n'aurait pas sans
elle, un peu comme, en poésie, la croyance aux vertus
de l'allitération dégage ces vertus du sens qu'elle est
censée produire.

En définitive, chez Sade, l'oreille n'est qu'un canal
informatique. Quand on a dit d'un personnage (Dolmancé) qu'il a une « jolie voix » (p. 41) il faut se
contenter de cette « jolie voix » de convention au même
titre que ses « plus belles dents du monde ». L'oreille de
Sade ne perçoit pas la variété d'ampleur, d'accent, de
timbre, de registre, des cris aigus, des sons moelleux,
mouillés, en bref les charmes érotiques de la voix, —
sous lesquels tout amoureux défaille, qui font une
carrière de comédienne, et dont ne cessent de jouer les
speakerines.

De même le toucher n'est décrit que de l'extérieur :
pas artiste. On touche, manie, presse, claque,
soufflette, fouette, pique, donne des camouflets; si
l'on palpe, c'est en claquant (p. 276); si l'on « laisse
promener ses mains sur des charmes » (p. 138), c'est
une seule fois et avant l'action. A chercher un signe de
tact observé finement, on ne le trouverait pas à
caresser, mais à polluer, le sexe remplaçant le doigt :
« en le polluant avec légèreté sur... » (p. 152). En
règle presque générale, le tact se dissout dans l'effort
musculaire ou n'est que le guide d'un geste —
insinuation et violence, despotisme ostensible de l'acte
et non communauté complice, égalitaire, dans le
partage du toucher.

Sade n'a pas, non plus, de goût ou d'odorat. Jamais
les personnages ne s'attirent par leurs odeurs ou le goût
de leur peau, de leur transpiration, de leur sperme. Un

*valet note-t-il avec délicatesse : « ah! tatiguai! la
belle bouche!... Comme ça vous est frais!... Il me
semble avoir le nez sur les roses de not' jardin... »
(p. 149) — le reste retombe au visible d'où il est sorti.
Le goût et l'odorat perdent leur érotisme. L'abstrait
du « délicieux! délicieux!... divin... » dissipe certains
vents, et Eugénie « avec l'air de la répugnance »
(p. 264) laisse Dolmancé et Augustin passer un
instant dans le cabinet voisin.*

Tout yeux, Sade [11] *: on doute s'il a des oreilles, du
tact, du nez, de l'odorat. C'est qu'au chapitre de
l'image, aucun psychologue n'a contesté les images
visuelles, et que, chaque fois, on met en question
les images auditives, tactiles, odorantes, gustatives.
D'autant plus un sens nous affecte, nous presse, nous
touche, d'autant plus se dérobe-t-il à l'absence, à la
distance de l'image. Tout yeux, Sade, parce qu'il est
seul. La prison ne lui laisse que ses souvenirs, ses
lectures, son imagination. Parce qu'il est seul, il
imagine. Il vit en un monde d'images où les personnes
n'ont plus qu'une voix sans personne, où les peaux ne
transpirent plus, où ni les coups ni la douleur ne se
mesurent, où le pouvoir de jouissance n'a plus de
limites.*

Alors on s'étonne. Comment peut-on répéter (c'est

---

11. Et, bien entendu, le boudoir est tapissé de glaces (p. 59) :
« C'est pour que, répétant les attitudes en mille sens divers, elles
multiplient à l'infini les mêmes jouissances aux yeux de ceux qui
les goûtent sur cette ottomane... il faut que tout soit en vue; ce
sont autant de groupes rassemblés autour de ceux que l'amour
enchaîne, autant d'imitateurs de leurs plaisirs, autant de tableaux
délicieux, dont leur lubricité s'enivre et qui servent bientôt à
compléter elle-même. »

un lieu commun) que Sade est le précurseur de Krafft-Ebing, à supposer que l'œuvre de Krafft-Ebing soit vraiment scientifique? Quel médecin, quel observateur a jamais observé des hommes et des femmes à qui ne coûtent rien « trois ou quatre fois de suite, s'il se peut » (p. 62) d'abord, puis, dans le même temps entre 4 et 7 heures, « au moins sept ou huit fois de cette manière... » (p. 135), sans préjudice des autres manières; des jeunes filles intactes qui se laissent sodomiser à peu près sans cris et même avec plaisir; etc., etc.?

Les descriptions *de Sade ne sont pas scientifiques. L'objet — disons : les postures — dont il s'occupe demeure limité, sans évolution, sans histoire, comme la répétition des phénomènes naturels. Ces postures, on les retrouve, à peu près les mêmes à travers les civilisations et les siècles : la pornographie actuelle ne montre rien de plus que les fresques de Pompéi. Toute matrone de maison close en sait autant que Sade, et nous en savons tous autant que la matrone. Une fleur ou un animal ne change pas, mais notre observation de la fleur ou de l'animal ne cesse de changer, nous ne pouvons plus nous contenter de relire Buffon. D'ailleurs, Sade n'observe pas : il se souvient, il lit, il invente. Son objet devient imaginaire. Enflammé par l'imagination, il multiplie les combinaisons de postures, dépasse ces combinatoires génitales, y adjoignant, pour étendre son enquête, le meurtre, le vol, l'incendie, le Vésuve, etc. comme, nous l'avons vu, il augmentait, par-delà le spatial, les dimensions du valet Lapierre en y adjoignant la vérole. Cependant, il ne songe point, par exemple, à explorer la sexualité infantile et s'en tient à la génitalité adulte.*

Mais, insistera-t-on, si Sade n'est pas scientifique par ses descriptions, il l'est par ses classifications. *A coup sûr, nous touchons ici à une volonté de systématisation qui domine le libre jeu de l'imagination et va beaucoup plus loin qu'un jeu combinatoire. Cette volonté de classification est au plus haut point manifeste dans* Les 120 journées de Sodome *(peut-être parce que l'ouvrage n'est que partiellement rédigé). Cela commence par des pollutions d'enfants, continue par la sodomie, et conduit jusqu'aux plus grands crimes. Comment s'applique ici le principe de gradation, essentiel, nous l'avons dit, à la pensée de Sade? Faut-il en chercher le secret, le modèle du côté de l'histoire naturelle? Certainement pas! Mieux vaut penser à Montesquieu, à Bartole, à Cujas, à d'Aguesseau. Le modèle se trouve dans le code pénal de l'Ancien Régime. Les pollutions d'enfants n'étaient guère punies : il suffit, pour apercevoir combien elles étaient presque dans les mœurs, de rouvrir les* Nuits de Paris *et d'y lire, sous la plume de Restif, à quels ignobles trafics de garçonnets et de fillettes on se livrait alors encore — au siècle de Rousseau — dans les jardins du Palais Royal. Au contraire, la sodomie (cette fois, qui désire un document d'époque n'aurait qu'à consulter le* Journal *(1718-1765) de Barbier) entraînait — au moins dans le peuple — la peine de mort. Dans* Français, encore un effort... *la gradation des délits et des crimes (p. 205) est juridique. On la rapprochera de la définition des crimes dans* L'Esprit des lois. *Le sens de toute la brochure insérée dans* La Philosophie dans le boudoir *est de promouvoir des dispositions dans « le nouveau Code » (p. 209) : tout se passe comme si, au dernier moment, au cœur de la*

Révolution, Sade avait inséré cette brochure dans le texte préexistant (encore que nous ne puissions pas le prouver) de la Philosophie [12]. *Il est bon que cette brochure rappelle ce que l'on a trop tendance à oublier : l'intérêt de Sade pour les Codes. Il ne pouvait guère en être autrement pour un homme sans cesse emprisonné par la justice de son temps et qui avait sans cesse à se défendre. Dans l'inventaire après décès de sa bibliothèque on relève un « Bulletin des lois, douze volumes reliés », un autre « Bulletin des lois » [13], et ce n'est là que le restant de sa dernière bibliothèque. Écoutons-le encore défendre, au nom de lois plus justes, les droits de l'homosexualité : « Quoique bien avant l'immortelle Sapho et depuis elle, il n'y ait pas eu une seule contrée de l'univers, pas une seule ville qui ne nous ait offert des femmes de ce caprice et que, d'après des preuves de cette force, il semblerait plus raisonnable d'accuser la nature de bizarrerie que ces femmes-là de crime contre la nature, on n'a pourtant jamais cessé de les blâmer, et sans l'ascendant*

---

12. Toutes les allusions à l'actualité révolutionnaire, de la prise de la Bastille (p. 198) à l'exécution de Robespierre (p. 195) et au « nouveau Code que l'on nous prépare » (p. 209), se trouvent — et ne se trouvent que — dans *Français, encore un effort...*, dont l'idée même de présentation sous forme d'Adresse aux Français est révolutionnaire : la rédaction de cette brochure se situe donc, au plus probable, entre l'automne 1794 et l'automne 1795. — Pour le reste de l'ouvrage, ni l'allusion au « siècle où l'étendue et les droits de l'homme viennent d'être approfondis » (p. 80), ni le trait contre Marie-Antoinette (p. 86) ne sont datables. Mais l'on sait que le discours de Dolmancé, depuis la p. 70 (« Votre chimère déifique... ») jusqu'à la p. 75, reprend les arguments du *Dialogue entre un prêtre et un moribond* écrit, lui, en 1782. Ici le plus probable est que l'ouvrage a été rédigé entre 1782 et 1789

13. M. Heine, *Le Marquis de Sade, op. cit.* p. 369.

impérieux qu'eut toujours notre sexe, qui sait si quelque
Cujas, quelque Bartole, quelque Louis IX n'eussent pas
imaginé de faire contre ces sensibles et malheureuses
créatures des lois de fagots, comme ils s'avisèrent d'en
promulguer contre les hommes qui, construits dans le
même genre de singularité, et par d'aussi bonnes
raisons sans doute, ont cru pouvoir se suffire entre eux,
et se sont imaginé que le mélange des sexes, très utile à
la propagation, pouvait très bien ne pas être de cette
même importance pour les plaisirs [11]. » *La force d'une*
classification juridique des déviations sexuelles nous est
cachée aujourd'hui par la croyance que *la psychiatrie*
est une science autonome. Mais il n'y avait pas de
psychiatrie constituée au XVIIIᵉ *siècle et l'on vivait*
alors plus engagé dans un monde juridique que dans un
monde scientifique. Le Code remplaçait la démonoma-
nie. Il rendait positives les déviations sexuelles. Il
permettait d'en faire un objet de science.

Décrire, classer : expliquer. *Il s'agit de l'explica-*
tion des déviations sexuelles, au niveau où le psy-
chiatre généraliste ou médecin juriste, essaie de les
expliquer, sans faire intervenir encore la philosophie.
Deux traits caractérisent le génie de Sade : il
intériorise la réflexion d'un phénomène connu de tous ;
et, du coup, il découvre des liaisons, des enchaînures
que l'on voyait mal avant lui. Par exemple, qu'il y ait
dans l'excitation sexuelle des germes de fureur, qui
l'ignore ? rabie unde illaec germina surgentes, *disait*
Lucrèce. Et que dit Sade ? « La crise de la volupté
serait-elle une espèce de rage si l'intention de cette

---

14. Début de *Augustine de Villeblanche ou le Stratagème de*
l'amour, dans *Romanciers du* XVIIIᵉ *siècle*, tome II, édition
Etiemble, « Pléiade », p. 1343.

mère du genre humain [*la Nature*] *n'était pas que le
traitement du coït fût le même que celui de la colère?* »
*(p. 261). Lucrèce constatait. Sade explique. Il s'en
rend compte :* « *Je sais bien qu'une infinité de sots, qui
ne se rendent jamais compte de leurs sensations,
comprendront mal les systèmes que j'établis...* » (Ibid).
Ici, la découverte est la liaison du sexuel au despotisme « *luxurieux des passions du libertinage* » : « *Il
n'est point d'homme qui ne veuille être despote quand
il bande...* » *(p. 259). C'est ce terme de* despotisme
ou de tyrannisme *qui servira à désigner, jusqu'à la fin
du* XIXe *siècle, ce que nous appelons depuis :* sadisme [15]. *Si les plaisirs de la cruauté sont si vifs, c'est
qu'ils ébranlent* « *la masse de nos nerfs par le choc le
plus violent possible* », « *la douleur affectant bien plus
vivement que le plaisir* » *(p. 127). Subie ou donnée, la
douleur ne perd rien de sa charge énergétique sur nos
esprits animaux dont l'activité donne de la chaleur à
nos paroles (p. 127-128), enflamme notre imagination. Plaisir et douleur sont liés :* « *Il a plu à la nature
de ne nous faire arriver au bonheur que par des
peines...* » *(p. 58);* « *... la douleur se métamorphose
en plaisir...* » *(p. 114). Une flagellation stimule. On
pourrait croire de l'amour :* « *Il n'y a de bon que son
physique, disait le naturaliste Buffon* » *qui* « *raisonnait en bon philosophe* » *(p. 173). Le naturaliste
devrait nous guider (p. 64). Tout se résoudrait, en*

15. Et M. Heine, *op. cit.* p. 102-103, de protester : « Il semble
que ce mot n'ait été forgé qu'à contresens, au bénéfice de la
légende erronée d'un Sade sadique et aux dépens du fait
historique d'un Sade philosophe, à qui revient l'honneur d'avoir
le premier étudié, de manière objective, méthodique et complète,
une des grandes forces morales de l'homme. »

*définitive, dans le cercle énergétique; accumulation/
dispensation de la semence, rage meurtrière/repos,
souvent meurtrier aussi (p. 116), du* post coïtum.
*Non! Sade distingue la cruauté irréfléchie, animale,
et la cruauté humaine, réfléchie (p. 131-132). Dès
lors, tout s'inverse. Ce n'est plus l'énergétique aveugle,
brute, universelle de la nature qui règne seule. D'abord
elle se particularise dans des individus : «... l'homme
est-il le maître de ses goûts? Il faut plaindre ceux qui en
ont de singuliers, mais ne les insulter jamais : leur tort
est celui de la nature; ils n'étaient pas plus les maîtres
d'arriver au monde avec des goûts différents que nous
ne le sommes de naître ou bancal ou bien fait»
(p. 42). C'est le thème, dix-huitiémiste par excellence,
de la «maudite molécule» du* Neveu de Rameau.
*Thème central chez Sade, et personnel : « Les mœurs
ne dépendent pas de nous, écrit-il à sa femme* [16] *: elles
tiennent à notre construction, à notre organisation...
On ne se fait pas, et on n'est pas plus le maître
d'adopter,* dans ces choses-là, *tel ou tel goût, qu'on
est le maître de devenir droit quand on est né tortu,
pas plus le maître d'adopter en fait de système telle ou
telle opinion, que de se faire brun quand on est né
roux. » Soit! L'organisation, la constitution, voilà
l'œuvre* de la Nature *quand elle se fait* ma Nature. *Il
n'y a pas de conflit entre* la Nature *et* ma nature. *Le
conflit apparaît entre* ma nature *et les faux principes
de la société. C'est ici que l'imagination s'enflamme et
que le physique se change en moral. « L'imagination
est l'aiguillon des plaisirs; dans ceux de cette espèce,*

---

16. *Monsieur le 6*, Lettres inédites publiées et annotées par
Georges Daumas, préface de Gilbert Lely, *op. cit.*, p. 43.

elle règle tout, elle est le mobile de tout; or, n'est-ce pas par elle que l'on jouit? n'est-ce pas d'elle que viennent les voluptés les plus piquantes? » qui peuvent avoir plus de charmes que les « *jouissances réelles* » (*p. 101*). On lui doit les « *sensations morales les plus délicieuses* » (*p. 103*); elle fait sa joie des blasphèmes, puisqu'il est « *essentiel de prononcer des mots forts ou sales, dans l'ivresse du plaisir, et que ceux du blasphème servent bien l'imagination* » (*p. 125*); aussi bien, « *quand vous bandez, vous aimez à dire des horreurs, et peut êt e nous donneriez-vous ici pour des vérités les libertins prestiges de votre imagination enflammée* » (*p. 165*). Qu'importe à l'imagination que Dieu n'existe pas, elle n'en jouit pas moins de le blasphémer. Par l'imagination j'ébranle la masse de mes nerfs du plus grand choc possible : j'attaque la société qui m'enferme je fais voler ses prisons en éclats. Reprenons l'extraordinaire lettre à Mme de Sade : « *Je vous étonnerais bien si je vous disais que* toutes ces choses-là, *et leur ressouvenir, est toujours ce que j'appelle à mon secour. quand je veux m'étourdir sur ma situation* » (op. cit). Rien de passif. Un monde apparaît qui substitue au temps cyclique et subi du besoin, le temps ouvert et provoqué du désir. Un monde dur d'imagination volontaire, dominatrice : l'opposé d'une rêverie abandonnée à elle-même. Une volonté de faire le mal qui se raffermit dans la loi dont elle est prisonnière et qu'elle attaque sans arrêt. Les voluptés imaginées doivent être criminelles pour être fortes : « *Vois, mon amour, vois tout ce que je fais à la fois : scandale, séduction, mauvais exemple, inceste, adultère, sodomie!...* » (*p. 154*); « *Me voilà donc à la fois incestueuse, adultère, sodomite...* » (*p. 278*); tel

*personnage n'est qu'un nœud d'incestes (p. 106-107).
Non seulement il* faut *prendre plaisir au crime, mais
encore il faut le proclamer au milieu des blasphèmes :
dénoncer ce que le législateur énonce, et c'est à juste
titre que Jacques Lacan a pu mettre* Kant *avec*
Sade [17]. *De la sensation physique nous sommes passés
à la sensation morale, son simple antonyme. Par
l'intériorisation de la loi qui donne son attrait au
crime, la sensation morale relève maintenant de la
morale qui, pour être niée, pervertie, n'en appartient
pas moins à la morale par la volonté du mal. Avant
Baudelaire, pour qui « la volupté unique et suprême de
l'amour gît dans la certitude de faire le mal », Sade a
longuement insisté sur « le côté du mal qui est presque
toujours le véritable attrait du plaisir » (*Les
120 Journées... *éd. M. Heine, p. 288), « ... un tel
attrait qu'indépendamment de toute volupté il peut
suffire à enflammer toutes les passions et à jeter dans
le même délire que les actes mêmes de la lubricité »
(*ibid., p. 257) et le duc de Blangis conclut sans hésiter
« que le crime a suffisamment de charme pour
enflammer lui seul tous les sens sans qu'on soit obligé
d'avoir recours à aucun autre expédient... et je suis
parfaitement sûr que ce n'est pas l'objet du libertinage
qui nous anime, mais l'idée du mal, qu'en conséquence
c'est pour le mal seul qu'on bande et non pour l'objet,
en telle sorte que si cet objet était dénué de la
possibilité de nous faire faire mal nous ne banderions
pas pour lui » (*ibid., p. 194-195).*

Voilà bien des années, avant la Guerre, à la lecture

17. Préface à *La Philosophie dans le boudoir*, dans *Œuvres
complètes*, Cercle du Livre précieux, Tchou, tome III, Paris, 1963.

de Sade et des Annales médico-psychologiques,
*inépuisable trésor de la fin du siècle dernier, je
m'interrogeais sur la nature des déviations sexuelles,
en un petit ouvrage que Maurice Heine souhaitait
faire publier (la Guerre, la mort de Heine ont brisé le
projet et l'ouvrage est sans doute perdu). Déjà les
descriptions sadiennes ne me semblaient avoir de
valeur que par leur support juridique, et déjà je
cherchais la force de Sade dans ses explications. Elles
me permettaient, pour reprendre une expression
d'Henri Wallon, de mieux comprendre cette « tendance
toxicomaniaque à l'émotion » qui, vraisemblablement,
exprime une des forces générales de la vie affective, et
de traduire la déviation sexuelle comme une déviation
de l'impulsion sexuelle sur l'émotion : commune à
toutes les paresthésies, cette déviation, à mon avis, en
définissait mieux la nature que l'anormalité du thème.
D'autre part, les déviations sexuelles sont œuvre de
société, plus que de physique : l'homme s'émeut à
braver l'ordre ; il s'en émeut jusqu'au délire ; son
imagination s'enflamme et enflamme ; elle s'exalte,
dans le juron et le blasphème, par le dire du contre-
dire ; la satisfaction du besoin compte moins que « le
chatouillement qu'on éprouve chaque fois qu'on projette une mauvaise action, pronostic certain du plaisir
qu'elle donnera » (120 Journées, p. 256). Je simpli-
fie. J'abrège. Je voulais dire : l'originalité de Sade est
d'avoir discerné dans les déviations sexuelles, entre
autres éléments, une toxicomanie de l'émotion où
l'accomplissement de l'acte importe moins que le délire
(l'orgasme, renouvelable* ad libitum, *libéré de toute
contrainte physiologique, n'est plus que le symbole de
lui-même) ; sa force révolutionnaire est d'avoir fait de*

*la contestation de la loi le foyer de l'imagination
émotive.*

*Toute cette érotologie repose sur une philosophie de
la nature, sans grande technicité : « romancier au
moins autant que philosophe... » (M. Heine, op. cit.,
p. 318), Sade prend son bien où il le trouve :
l'*Histoire naturelle *de Buffon, *Le Système de la
Nature *et *Le Bon-Sens *de d'Holbach, *La Mettrie,
Voltaire, Fréret, Robinet, etc. *[18]*. Il part de la matière
dynamique, en mouvement, capable, sans finalité, de
toutes les formes dont elle est susceptible (ce qui vient
de Descartes et de Buffon). La matière? les quatre
éléments. Que leurs combinaisons engendrent la vie,
nous allons de la dynamique à la chimie, surtout si
nous privilégions le feu, en nous inspirant d'Épicure
ou, en y joignant le phlogistique, de Stahl, à moins
que, par l'éther de Huygens ou de Newton, nous ne
rejoignions l'électricité, matière ou fluide — statique ou
dynamique — dont le cours ou les chocs nous feraient
mieux comprendre le mouvement des esprits animaux
et le choc émotif. La vie, sous son aspect le plus
élémentaire, se ramène-t-elle à la « molécule orga-
nique »? En d'autres termes, la mort d'un organisme le
dissout-elle en molécules vivantes ou en matière inerte?
Sade ne répond pas clairement. Quoi qu'il en soit, la
vie s'organise en espèces et l'espèce n'existe que par les
individus qui la définissent en extension : il en résulte*

18. Le plus précis est rappelé en quelques pages denses par
Jean Deprun : *Sade et la philosophie biologique de son temps,* Actes
du Colloque Sade, d'Aix-en-Provence, pp. 189-205, Paris, 1968.
Et *Quand Sade récrit Fréret, Voltaire et d'Holbach,* dans *Roman et
Lumières au* XVIIIe *siècle,* CERM, p. 331-340, Paris, 1970.

que, privée de tous *ses individus, une espèce disparaîtra; « s'imagine-t-on qu'il n'y ait pas déjà des races
éteintes? Buffon en compte plusieurs, et la nature,
muette à une perte aussi précieuse, ne s'en aperçoit
seulement pas », notre espèce ne lui est pas plus
précieuse qu'une autre (p. 160), le mécanisme de la
formation d'un fœtus humain « n'offre aux yeux rien
de plus étonnant que la végétation du grain de blé »
(p. 123), l'homme ne coûte pas plus à la nature
« qu'un singe ou qu'un éléphant » (p. 239); lorsque
l'espèce ne disparaît pas, elle subsiste par les individus
qui se succèdent en elle, mais aucun de* ces *individus ne
lui importe, leur destruction est même nécessaire, car
ils ne peuvent être éternels (p. 239).*

L'intérêt de ce tableau matérialiste de la nature,
peu original en lui-même, réside dans le jeu des
relativités qu'il permet à Sade. Que sommes-nous? Un
instant dans le temps, un point dans l'espace, une
impuissance dans la toute-puissance de la nature!
L'espèce humaine n'est qu'une espèce au milieu des
autres, innombrables, qui se sont formées, se forment
et, sans doute, ont disparu ou disparaissent. Elles
s'entre-dévorent. C'est toujours la même matière
brassée par une énergie aveugle, qui ne compose
qu'avec ce qu'elle décompose, n'anime que par ce
qu'elle tue. Pas de fins! Rien qu'un mécanisme! Le
tout ne se clôt sur aucune finitude qui pourrait
finaliser les parties.

Telle est la nature qui nous produit, nous habite. Au
plus profond de cet inconscient, nous retrouverions la
matière, « toujours en action, toujours en mouvement »
(p. 68); au-dessus, l'énergétique vitale qui en dérive
et se diversifie en organismes; enfin, les tendances

propres à notre organisme spécifique et individuel.
Violence sans vision ni prévision, elle est ce qui est,
dans son instant aveugle, sans limites ; à son image,
nous n'avons d'existence, — de sensation réelle —, que
dans le hic *et* nunc, *et d'individualité que par*
l'impersonnel qui nous hante. Justesse sans justice, elle
ne privilégie aucune espèce, aucun individu (p. 169).
La destruction n'a rien d'accidentel, elle est essentielle
à la transformation des êtres ; la mort est la condition
de toute vie, son double. Pour celui qui n'a pas l'œil
froid du philosophe il y a là une vision tragique, un
gaspillage insensé d'espèces et d'individus ; mais l'œil
du philosophe, s'en tenant à ce qui est, constate que
dans ce soi-disant gaspillage rien ne se perd, tout ne
fait que se transformer. Ce philosophe s'appellera, par
exemple, Buffon : « ... il est dans l'ordre que la mort
serve la vie, que la reproduction naisse de la
destruction ; quelque grande, quelque prématurée que
soit la dépense de l'homme et des animaux carnassiers,
le fonds, la quantité totale de substance vivante n'est
point diminuée ; et s'ils précipitent les destructions, ils
hâtent en même temps des naissances nouvelles [19] *».*
Sade le répète (p. 158), mais il en tire plus précisé-
ment la conséquence que « la propagation n'est nulle-
ment le but de la nature » (p. 122), autrement dit : la
propagation d'une espèce n'est pas le but de la vie
sexuelle, argument en faveur de tout ce qui peut
prévenir la grossesse ou annuler ses conséquences :
préservatifs (p. 96-97), fellation, sodomie (p. 159),
avortement (p. 122-125), infanticide (p. 123,

---

19. *Les animaux carnassiers*, p. 366 A du Corpus général des
philosophes français : *Buffon*, Paris, P.U.F., 1954.

pp. 245-246). Ce qu'exprime la vie sexuelle, plus que toute autre action, est la recherche ou la surabondance d'énergie ; la semence, selon qu'on la contient ou la libère, augmente ou diminue l'activité des esprits animaux (p. 57). Jouir, souffrir, faire souffrir : la conduite du libertin est une imitation de la Nature.

Contemplons nos sociétés. Leurs lois n'y étouffent pas la nature et l'on reconnaît vite « l'état primitif de guerre et de destruction perpétuelles pour lequel sa main nous créa, et dans lequel seul il lui est avantageux que nous soyons » (p. 129). Partout les meurtres et, d'abord, les meurtres « occasionnés par la guerre », « science de détruire » (p. 242) ; des souverains ambitieux qui font « assassiner chaque siècle des millions d'individus... » (p. 108). Partout des tyrans ! Partout la cruauté — dès l'enfance (p. 129), dès le sauvage (p. 129), dans l'homme, ou dans la femme (pp. 130-131, 132-135). Mais partout, ainsi, la leçon : « La cruauté n'est autre chose que l'énergie de l'homme que la civilisation n'a point encore corrompue : elle est donc une vertu et non pas un vice » (p. 130), « l'homme puissant ne s'avisera jamais de parler » le langage des chrétiens (p. 128), « contraints à mendier la pitié des autres » (p. 170).

La relativité des mœurs selon le climat, les siècles et les lieux permet à Sade, une fois inversée la signification pascalienne de la « vraie morale », de soutenir que « la vraie morale se moque de la morale » ; il en retient tout ce qui peut confirmer notre vraie nature contre la seconde nature de nos lois positives. Les singularités de la Nature portent le sceau de ses lois universelles de destruction transformatrice ; elles affirment un individu qui ne subsiste qu'à la mesure de sa force, avec toute la cruauté égocentrique par laquelle il s'assure de son énergie. Les singularités des mœurs ne sont que des habitudes locales, des opinions sans vérité : il n'y a pas d'actions « assez dangereuses, assez mauvaises en elles-mêmes, pour avoir été généralement considérées comme criminelles, et punies comme telles d'un bout à l'autre de l'univers », pas même « le vol ni l'inceste, pas même le meurtre ni le parricide » ; « il n'y a pas d'horreur qui n'ait été divinisée, pas une vertu qui n'ait été flétrie. De ces différences purement géographiques naît le peu de cas que nous devons faire de l'estime ou du mépris des hommes... » (p. 79). Relativité des mœurs : thème de plus en plus commun au XVIIIe*, le siècle de l'Histoire — sans oublier la Bible, histoire sacrée où l'on puise beaucoup d'horreurs pour la lutte antireligieuse — et des grands voyages de Bougainville, de Cook, etc. Sade sort du commun en ce qu'il ne se contente pas de cultiver le scepticisme par opposition d'exotismes, mais qu'il prend parti, au contraire, de la manière la plus décidée pour une nature non exotique contre l'oppression collective. Toute* La Philosophie dans le boudoir *s'élève à la gloire de la cruauté naturelle, mais, l'a-t-on assez remarqué? proteste contre la cruauté politique, religieuse : « Je ne propose cependant ni massacres ni exportations ; toutes ces horreurs sont trop loin de mon âme pour oser seulement les concevoir une minute » (p. 202) et, plus loin, Sade demande « d'anéantir pour jamais l'atrocité de la peine de mort, parce que la loi qui attente à la vie d'un homme est impraticable, injuste, inadmissible » (p. 209). Tout* Français, encore un effort... *est un plaidoyer pour que, dans « le nouveau Code que l'on nous prépare », les*

*lois du législateur tiennent compte des lois de la
Nature.*

   *Ici est la difficulté : rendre à la Nature ses droits.
Car comment la nature aurait-elle des droits, elle qui
n'est qu'un fait ? Les acquiert-elle dans le passage de la
cruauté animale à la cruauté réfléchie, que, du reste,
Sade oppose tantôt (p. 131) et tantôt place sur le
même plan (p. 130) ? D'où viendrait la réflexion ?
Dans le système matérialiste du marquis on ne peut,
comme chez Rousseau, invoquer la nature réflexive de
l'homme, contenant en puissance la* perfectibilité.
*Invoquera-t-on le dialogue social ? En fait, oui,
puisque les postures, leurs blasphèmes, leurs sacrilèges,
exigent tous les miroirs du voyeurisme-exhibitionnisme.
Mais en droit ? L'homme de la nature n'a pas plus
d'instinct social chez Sade que chez Rousseau ; il y en
a moins encore, car si tous deux contestent que la
famille réponde à un besoin naturel (p. 171), Sade,
contre Rousseau, exclut l'identification par la pitié
(pp. 78-79), ne décrit pas l'état primitif par l'apeure-
ment, mais par la guerre et la destruction (p. 128) : « Ne
naissons-nous pas tous isolés ? je dis plus, tous ennemis
les uns des autres, tous dans un état de guerre
perpétuelle et réciproque ? » p. 170).*

   *Il ne faut pas demander à Sade d'être plus
philosophe qu'il ne l'est, lui amateur, lui romancier, lui
qui n'a qu'un mince bagage littéraire au moment de
son incarcération définitive à Vincennes M. Heine,
op. cit., p. 317). Mais cela ne l'empêche pas de se
poser et de poser de vraies questions philosophiques.*

   *On n'imagine pas de société qui n'érige en droits le
manger, le boire, le dormir, et n'institue, à leur propos,*

quelque cérémonie publique. Le besoin sexuel n'a de cérémonie qu'avant (le mariage) ou après (les naissances), jamais pendant. On le met au secret. On institutionnalise le secret. On le sacralise. On le police. Le législateur ne l'admet que pour établir la famille et par souci démographique. Si l'on accepte, avec tout le siècle de Sade, de traiter la question en se donnant l'opposition (abstraite) de la société et de la nature, la société ne violente-t-elle pas la nature? Oui. Mais comment? Peut-être autrement qu'on ne croit. Que serait la vie sexuelle réduite à la satisfaction immédiate du besoin? Les animaux le montrent. Rien d'humain. Ils nous apprennent cependant que, placés en captivité et dans des conditions qui leur interdisent la satisfaction immédiate, ils réinventent nos « bizarreries ». Sade rattache ces bizarreries à l'individualité physiologique : constitution, tempérament. Il ne les rapporte que négativement à la contrainte sociale qui, selon lui, en fausserait l'expression spontanée. Il aperçoit mal que sans cette contrainte elles n'existeraient pas. C'est la société qui nous sexualise suivant ses normes (acceptées ou refusées), et non la nature. La peine de mort pousse au crime. L'interdit sexuel valorise le sexuel, quelquefois jusqu'au crime. Le plus souvent, il se contente d'inciter à voir et à faire voir ce qu'il a voué au mystère. Il attise le feu de l'imagination. Le privilège de la vue érotique naît de l'ombre où on la confine. Comme l'enfant fabule (il ne ment pas) les actes hors de sa portée, comme il remplace par le dire *d'un rêveur éveillé le* faire *impossible, de même, Vincennes ou Bastille, dans le cercle des interdits, l'amour s'exalte au délire des mots obscènes et des « postures » souvent irréalisables. C'est le délire des forêts dionysiaques surgissant parmi les édifices apolli-niens de la Cité. Tragique? On ne rit pas chez Sade*[20]*. Le rire est public, par essence. Au secret, l'amour est sérieux. Il tourne au drame avec les fêtes nocturnes que se donne le marquis dans des châteaux de roman noir.*

Contre la culpabilisation dont la société (chrétienne, surtout) accable les « bizarreries », l'accusé se sent coupable non coupable; il se sait hors la loi, et, par conséquent, innocent puisqu'il ne peut y avoir de coupable que sous la loi, de compétence admise. En traitant le besoin sexuel autrement que le manger, le boire, le dormir, comme si elle ne voulait pas le reconnaître, la société lui octroie le statut de la nature par excellence, et, du coup, elle fait d'elle-même la convention par excellence. D'un côté, ce qui est; de l'autre, le paraître. Or, cela seul qui est, selon Sade, dans la nature, c'est l'individu. Par un renversement du pour au contre, l'innocence n'est plus accordée par un Code, et tout individu est innocent. Lui qui ne représente dans la nature qu'un grain de matière friable, formé, brassé, détruit, transformé par l'énergie universelle, s'élève de ce presque rien et tire de sa nécessité une liberté d'un autre ordre que celle que prétend lui mesurer le juge. Toujours, son cas échappe à la généralité de la loi, « parce que les lois ne sont pas faites pour le particulier, mais pour le général, ce qui les met dans une perpétuelle contradiction avec

---

20. Je parle du vrai rire et non du rire machiné dont parle Roland Barthes (*op. cit.*, p. 156). Dans le *Boudoir*, le rire n'éclate qu'une fois (p. 156) chez Mme de Saint-Ange sur un « mot » assez plat d'Eugénie. Rien de plus artificiel.

l'intérêt, attendu que l'intérêt personnel l'est toujours avec l'intérêt général » *(p. 176) ;* « *c'est une injustice effrayante que d'exiger que des hommes de caractères inégaux se plient à des lois égales : ce qui va à l'un ne va point à l'autre* »*; il nous faut donc des lois* « *si douces, en si petit nombre, que tous les hommes, de quelque caractère qu'ils soient, puissent facilement s'y plier* » *(p. 208).*

De La Philosophie dans le boudoir *on pourrait dire ce que Diderot écrivait de son* Rêve de d'Alembert, *il suffit de traduire* « *profonde* » *par* « *vraie* » *:* « *Cela est de la plus haute extravagance et tout à la fois de la philosophie la plus profonde.* » *Or est-il vrai que, comme par le langage, sans lequel nous ne serions pas qui nous sommes et, probablement, que nous sommes, nous nous sentons au-dessus du langage, ainsi par la société nous nous sentons au-dessus de la société. Or est-il vrai que la psychiatrie et la psychanalyse ne cessent d'osciller entre la nature (hérédité, équipement chromosomique, etc.) et l'histoire : incriminant la maladie tantôt au malade, tantôt au milieu. Or est-il vrai que les prisons ne désemplissent pas d'innocents, et que partout, toujours, il y a eu, il y a, il y aura des individus pour poursuivre la résistance. Sade : prisonnier. Sade : la révolution permanente.*

Yvon Belaval

LA

PHILOSOPHIE

DANS

LE BOUDOIR,

Ouvrage posthume de l'Auteur de
JUSTINE.

TOME PREMIER.

La mère en prescrira la lecture à sa fille.

A LONDRES,
Aux dépens de la Compagnie.

M. DCC. XCXV.

AUX LIBERTINS

Voluptueux de tous les âges et de tous les sexes, c'est à vous seuls que j'offre cet ouvrage : nourrissez-vous de ses principes, ils favorisent vos passions, et ces passions, dont de froids et plats moralistes vous effraient, ne sont que les moyens que la nature emploie pour faire parvenir l'homme aux vues qu'elle a sur lui; n'écoutez que ces passions délicieuses; leur organe est le seul qui doive vous conduire au bonheur.

Femmes lubriques, que la voluptueuse Saint-Ange soit votre modèle; méprisez, à son exemple, tout ce qui contrarie les lois divines du plaisir qui l'enchaînèrent toute sa vie.

Jeunes filles trop longtemps contenues dans les liens absurdes et dangereux d'une vertu fantastique et d'une religion dégoûtante, imitez l'ardente Eugénie; détruisez, foulez aux pieds, avec autant de rapidité qu'elle, tous les préceptes ridicules inculqués par d'imbéciles parents.

Et vous, aimables débauchés, vous qui, depuis votre jeunesse, n'avez plus d'autres freins que vos désirs et d'autres lois que vos caprices, que le cynique Dolmancé vous serve d'exemple; allez aussi loin que lui, si, comme lui, vous voulez parcourir toutes les routes de fleurs que la lubricité vous prépare; convainquez-vous à son école que ce n'est qu'en étendant la sphère de ses goûts et de ses fantaisies, que ce n'est qu'en sacrifiant tout à la volupté, que le malheureux individu connu sous le nom d'homme, et jeté malgré lui sur ce triste univers, peut réussir à semer quelques roses sur les épines de la vie.

LA PHILOSOPHIE
DANS LE BOUDOIR
ou
Les Instituteurs immoraux
DIALOGUES
Destinés à l'éducation des jeunes Demoiselles.

Premier Dialogue

MADAME DE SAINT-ANGE,
LE CHEVALIER DE MIRVEL.

Mme DE SAINT-ANGE : Bonjour, mon frère. Eh
bien, M. Dolmancé?

LE CHEVALIER : Il arrivera à quatre heures précises, nous ne dînons qu'à sept; nous aurons,
comme tu vois, tout le temps de jaser.

Mme DE SAINT-ANGE : Sais-tu, mon frère, que je
me repens un peu et de ma curiosité et de tous les
projets obscènes formés pour aujourd'hui? En
vérité, mon ami, tu es trop indulgent, plus je
devrais être raisonnable, plus ma maudite tête
s'irrite et devient libertine : tu me passes tout, cela
ne sert qu'à me gâter... A vingt-six ans, je devrais
être déjà dévote, et je ne suis encore que la plus
débordée des femmes... On n'a pas d'idée de ce que
je conçois, mon ami, de ce que je voudrais faire.
J'imaginais qu'en m'en tenant aux femmes, cela
me rendrait sage; ... que mes désirs concentrés
dans mon sexe ne s'exhaleraient plus vers le vôtre;

projets chimériques, mon ami; les plaisirs dont je voulais me priver ne sont venus s'offrir qu'avec plus d'ardeur à mon esprit, et j'ai vu que quand on était, comme moi, née pour le libertinage, il devenait inutile de songer à s'imposer des freins : de fougueux désirs les brisent bientôt. Enfin, mon cher, je suis un animal amphibie; j'aime tout, je m'amuse de tout, je veux réunir tous les genres; mais, avoue-le, mon frère, n'est-ce pas une extravagance complète à moi que de vouloir connaître ce singulier Dolmancé qui, de ses jours, dis-tu, n'a pu voir une femme comme l'usage le prescrit, qui, sodomite par principe, non seulement est idolâtre de son sexe, mais ne cède même au nôtre que sous la clause spéciale de lui livrer les attraits chéris dont il est accoutumé de se servir chez les hommes? Vois, mon frère, quelle est ma bizarre fantaisie : je veux être le Ganymède de ce nouveau Jupiter, je veux jouir de ses goûts, de ses débauches, je veux être la victime de ses erreurs : jusqu'à présent, tu le sais, mon cher, je ne me suis livrée ainsi qu'à toi, par complaisance, ou qu'à quelqu'un de mes gens qui, payé pour me traiter de cette façon, ne s'y prêtait que par intérêt; aujourd'hui, ce n'est plus ni la complaisance ni le caprice, c'est le goût seul qui me détermine... Je vois, entre les procédés qui m'ont asservie et ceux qui vont m'asservir à cette manie bizarre, une inconcevable différence, et je veux la connaître. Peins-moi ton Dolmancé, je t'en conjure, afin que je l'aie bien dans la tête avant de le voir arriver; car tu sais que je ne le connais que pour l'avoir rencontré l'autre jour dans une maison où je ne fus que quelques minutes avec lui.

LE CHEVALIER : Dolmancé, ma sœur, vient d'atteindre sa trente-sixième année ; il est grand, d'une fort belle figure, des yeux très vifs et très spirituels, mais quelque chose d'un peu dur et d'un peu méchant se peint malgré lui dans ses traits ; il a les plus belles dents du monde, un peu de mollesse dans la taille et dans la tournure, par l'habitude, sans doute, qu'il a de prendre si souvent des airs féminins ; il est d'une élégance extrême, une jolie voix, des talents, et principalement beaucoup de philosophie dans l'esprit.

Mme DE SAINT-ANGE : Il ne croit pas en Dieu, j'espère.

LE CHEVALIER : Ah ! que dis-tu là ! C'est le plus célèbre athée, l'homme le plus immoral... Oh ! c'est bien la corruption la plus complète et la plus entière, l'individu le plus méchant et le plus scélérat qui puisse exister au monde.

Mme DE SAINT-ANGE : Comme tout cela m'échauffe ! Je vais raffoler de cet homme. Et ses goûts, mon frère ?

LE CHEVALIER : Tu les sais ; les délices de Sodome lui sont aussi chers comme agent que comme patient ; il n'aime que les hommes dans ses plaisirs, et si quelquefois, néanmoins, il consent à essayer les femmes, ce n'est qu'aux conditions qu'elles seront assez complaisantes pour changer de sexe avec lui. Je lui ai parlé de toi, je l'ai prévenu de tes intentions ; il accepte et t'avertit à son tour des clauses du marché. Je t'en préviens, ma sœur, il te refusera tout net si tu prétends l'engager à autre chose : « Ce que je consens à faire avec votre sœur est, prétend-il, une licence... une incartade dont on

ne se souille que rarement et avec beaucoup de
précautions. »

Mme DE SAINT-ANGE : *Se souiller!... des précautions!...* J'aime à la folie le langage de ces aimables
gens! Entre nous autres femmes, nous avons aussi
de ces mots exclusifs qui prouvent, comme ceux-là,
l'horreur profonde dont elles sont pénétrées pour
tout ce qui ne tient pas au culte admis... Eh! dis-
moi, mon cher, il t'a eu? Avec ta délicieuse figure
et tes vingt ans, on peut, je crois, captiver un tel
homme!

LE CHEVALIER : Je ne te cacherai point mes
extravagances avec lui : tu as trop d'esprit pour les
blâmer. Dans le fait, j'aime les femmes, moi, et je
ne me livre à ces goûts bizarres que quand un
homme aimable m'en presse. Il n'y a rien que je ne
fasse alors. Je suis loin de cette morgue ridicule qui
fait croire à nos jeunes freluquets qu'il faut
répondre par des coups de canne à de semblables
propositions; l'homme est-il le maître de ses goûts?
Il faut plaindre ceux qui en ont de singuliers, mais
ne les insulter jamais : leur tort est celui de la
nature; ils n'étaient pas plus les maîtres d'arriver
au monde avec des goûts différents que nous ne le
sommes de naître ou bancal ou bien fait. Un
homme vous dit-il d'ailleurs une chose désagréable
en vous témoignant le désir qu'il a de jouir de
vous? Non, sans doute; c'est un compliment qu'il
vous fait; pourquoi donc y répondre par des injures
ou des insultes? Il n'y a que les sots qui puissent
penser ainsi; jamais un homme raisonnable ne
parlera de cette matière différemment que je ne
fais, mais c'est que le monde est peuplé de plats

imbéciles qui croient que c'est leur manquer que
de leur avouer qu'on les trouve propres à des
plaisirs, et qui, gâtés par les femmes, toujours
jalouses de ce qui a l'air d'attenter à leurs droits,
s'imaginent être les Don Quichotte de ces droits
ordinaires, en brutalisant ceux qui n'en recon-
naissent pas toute l'étendue.

Mme DE SAINT-ANGE : Ah! mon ami, baise-moi!
Tu ne serais pas mon frère si tu pensais différemment; mais un peu de détails, je t'en conjure, et sur
le physique de cet homme et sur ses plaisirs avec
toi.

LE CHEVALIER : M. Dolmancé était instruit par
un de mes amis du superbe membre dont tu sais
que je suis pourvu; il engagea le marquis de V... à
me donner à souper avec lui. Une fois là, il fallut
bien exhiber ce que je portais; la curiosité parut
d'abord être le seul motif; un très beau cul qu'on
me tourna, et dont on me supplia de jouir, me fit
bientôt voir que le goût seul avait eu part à cet
examen. Je prévins Dolmancé de toutes les difficul-
tés de l'entreprise; rien ne l'effaroucha. « Je suis à
l'épreuve du bélier, me dit-il, et vous n'aurez
même pas la gloire d'être le plus redoutable des
hommes qui perforèrent le cul que je vous offre! »
Le marquis était là; il nous encourageait en
tripotant, maniant, baisant tout ce que nous met-
tions au jour l'un et l'autre. Je me présente... je
veux au moins quelques apprêts : « Gardez-vous-en
bien! me dit le marquis; vous ôteriez la moitié des
sensations que Dolmancé attend de vous; il veut
qu'on le pourfende... il veut qu'on le déchire. — Il
sera satisfait! » dis-je en me plongeant aveuglément

dans le gouffre... Et tu crois peut-être, ma sœur, que j'eus beaucoup de peine?... Pas un mot; mon vit, tout énorme qu'il est, disparut sans que je m'en doutasse, et je touchai le fond de ses entrailles sans que le bougre eût l'air de le sentir. Je traitai Dolmancé en ami; l'excessive volupté qu'il goûtait, ses frétillements, ses propos délicieux, tout me rendit bientôt heureux moi-même, et je l'inondai. A peine fus-je dehors que Dolmancé, se retournant vers moi, échevelé, rouge comme une bacchante : « Tu vois l'état où tu m'as mis, cher chevalier? me dit-il, en m'offrant un vit sec et mutin, fort long et d'au moins six pouces de tour; daigne, je t'en conjure, ô mon amour! me servir de femme après avoir été mon amant, et que je puisse dire que j'ai goûté dans tes bras divins tous les plaisirs du goût que je chéris avec tant d'empire. » Trouvant aussi peu de difficulté à l'un qu'à l'autre, je me prêtai; le marquis, se déculottant à mes yeux, me conjura de vouloir bien être encore un peu homme avec lui pendant que j'allais être la femme de son ami; je le traitai comme Dolmancé, qui, me rendant au centuple toutes les secousses dont j'accablais notre tiers, exhala bientôt au fond de mon cul cette liqueur enchanteresse dont j'arrosais, presque en même temps, celui de V...

Mme DE SAINT-ANGE : Tu dois avoir eu le plus grand plaisir, mon frère, à te trouver ainsi entre deux; on dit que c'est charmant.

LE CHEVALIER : Il est bien certain, mon ange, que c'est la meilleure place; mais quoi qu'on en dise, tout cela ce sont des extravagances que je ne préférerai jamais au plaisir des femmes.

Mme DE SAINT-ANGE : Eh bien, mon cher amour, pour récompenser aujourd'hui ta délicate complaisance, je vais livrer à tes ardeurs une jeune fille vierge, et plus belle que l'Amour.

LE CHEVALIER : Comment! avec Dolmancé... tu fais venir une femme chez toi?

Mme DE SAINT-ANGE : Il s'agit d'une éducation; c'est une petite fille que j'ai connue au couvent l'automne dernier, pendant que mon mari était aux eaux. Là, nous ne pûmes rien, nous n'osâmes rien, trop d'yeux étaient fixés sur nous, mais nous nous promîmes de nous réunir dès que cela serait possible; uniquement occupée de ce désir, j'ai pour y satisfaire, fait connaissance avec sa famille. Son père est un libertin... que j'ai captivé. Enfin la belle vient, je l'attends; nous passerons deux jours ensemble... deux jours délicieux; la meilleure partie de ce temps, je l'emploie à éduquer cette jeune personne. Dolmancé et moi nous placerons dans cette jolie petite tête tous les principes du libertinage le plus effréné, nous l'embraserons de nos feux, nous l'alimenterons de notre philosophie, nous lui inspirerons nos désirs, et comme je veux joindre un peu de pratique à la théorie, comme je veux qu'on démontre à mesure qu'on dissertera, je t'ai destiné, mon frère, à la moisson des myrtes de Cythère, Dolmancé à celle des roses de Sodome. J'aurai deux plaisirs à la fois, celui de jouir moi-même de ces voluptés criminelles et celui d'en donner des leçons, d'en inspirer les goûts à l'aimable innocente que j'attire dans nos filets. Eh bien, chevalier, ce projet est-il digne de mon imagination?

LE CHEVALIER : Il ne peut être conçu que par elle ;
il est divin, ma sœur, et je te promets d'y remplir à
merveille le rôle charmant que tu m'y destines. Ah !
friponne, comme tu vas jouir du plaisir d'éduquer
cette enfant ! quelles délices pour toi de la corrompre, d'étouffer dans ce jeune cœur toutes les
semences de vertu et de religion qu'y placèrent ses
institutrices ! En vérité, cela est trop *roué* pour moi.

Mme DE SAINT-ANGE : Il est bien sûr que je
n'épargnerai rien pour la pervertir, pour dégrader,
pour culbuter dans elle tous les faux principes de
morale dont on aurait pu déjà l'étourdir ; je veux,
en deux leçons, la rendre aussi scélérate que moi...
aussi impie... aussi débauchée. Préviens Dolmancé,
mets-le au fait dès qu'il arrivera, pour que le venin
de ses immoralités, circulant dans ce jeune cœur
avec celui que j'y lancerai, parvienne à déraciner
dans peu d'instants toutes les semences de vertu
qui pourraient y germer sans nous.

LE CHEVALIER : Il était impossible de mieux
trouver l'homme qu'il te fallait : l'irréligion, l'impiété, l'inhumanité, le libertinage découlent des
lèvres de Dolmancé, comme autrefois l'onction
mystique de celles du célèbre archevêque de
Cambrai ; c'est le plus profond séducteur, l'homme
le plus corrompu, le plus dangereux... Ah ! ma
chère amie, que ton élève réponde aux soins de
l'instituteur, et je te la garantis bientôt perdue.

Mme DE SAINT-ANGE : Cela ne sera sûrement
pas long avec les dispositions que je lui connais...

LE CHEVALIER : Mais, dis-moi, chère sœur, ne
redoutes-tu rien des parents ? Si cette petite fille
venait à jaser quand elle retournera chez elle ?

Mme DE SAINT-ANGE : Ne crains rien, j'ai séduit
le père... il est à moi. Faut-il enfin te l'avouer ? je
me suis livrée à lui pour qu'il fermât les yeux ; il
ignore mes desseins, mais il n'osera jamais les
approfondir... Je le tiens.

LE CHEVALIER : Tes moyens sont affreux !

Mme DE SAINT-ANGE : Voilà comme il les faut
pour qu'ils soient sûrs.

LE CHEVALIER : Eh ! dis-moi, je te prie, quelle est
cette jeune personne ?

Mme DE SAINT-ANGE : On la nomme Eugénie,
elle est la fille d'un certain Mistival, l'un des plus
riches traitants de la capitale, âgé d'environ trente-
six ans ; la mère en a tout au plus trente-deux
et la petite fille quinze. Mistival est aussi libertin
que sa femme est dévote. Pour Eugénie, ce serait
en vain, mon ami, que j'essaierais de te la peindre :
elle est au-dessus de mes pinceaux ; qu'il te suffise
d'être convaincu que ni toi ni moi n'avons certainement jamais rien vu d'aussi délicieux au monde.

LE CHEVALIER : Mais esquisse au moins, si tu ne
peux peindre, afin que, sachant à peu près à qui je
vais avoir affaire, je me remplisse mieux l'imagination de l'idole où je dois sacrifier.

Mme DE SAINT-ANGE : Eh bien, mon ami, ses
cheveux châtains, qu'à peine on peut empoigner,
lui descendent au bas des fesses ; son teint est d'une
blancheur éblouissante, son nez un peu aquilin, ses
yeux d'un noir d'ébène et d'une ardeur !... Oh ! mon
ami, il n'est pas possible de tenir à ces yeux-là... Tu
n'imagines point toutes les sottises qu'ils m'ont fait
faire... Si tu voyais les jolis sourcils qui les
couronnent... les intéressantes paupières qui les

bordent!... Sa bouche est très petite, ses dents superbes, et tout cela d'une fraîcheur!... Une de ses beautés est la manière élégante dont sa belle tête est attachée sur ses épaules, l'air de noblesse qu'elle a quand elle la tourne... Eugénie est grande pour son âge ; on lui donnerait dix-sept ans ; sa taille est un modèle d'élégance et de finesse, sa gorge délicieuse... Ce sont bien les deux plus jolis tétons!... A peine y a-t-il de quoi remplir la main, mais si doux... si frais... si blancs!... Vingt fois j'ai perdu la tête en les baisant! et si tu avais vu comme elle s'animait sous mes caresses... comme ses deux grands yeux me peignaient l'état de son âme!... Mon ami, je ne sais pas comme est le reste. Ah! s'il faut en juger par ce que je connais, jamais l'Olympe n'eut une divinité qui la valût... Mais je l'entends... laisse-nous ; sors par le jardin pour ne la point rencontrer, et sois exact au rendez-vous.

LE CHEVALIER : Le tableau que tu viens de me faire te répond de mon exactitude... Oh, ciel! sortir... te quitter dans l'état où je suis!... Adieu... un baiser... un seul baiser, ma sœur, pour me satisfaire au moins jusque-là. *(Elle le baise, touche son vit au travers de sa culotte, et le jeune homme sort avec précipitation.)*

Deuxième Dialogue

MADAME DE SAINT-ANGE, EUGÉNIE.

Mme DE SAINT-ANGE : Eh! bonjour, ma belle; je t'attendais avec une impatience que tu devines bien aisément, si tu lis dans mon cœur.

EUGÉNIE : Oh! ma toute bonne, j'ai cru que je n'arriverais jamais, tant j'avais d'empressement d'être dans tes bras; une heure avant de partir, j'ai frémi que tout ne changeât; ma mère s'opposait absolument à cette délicieuse partie; elle prétendait qu'il n'était pas convenable qu'une jeune fille de mon âge allât seule; mais mon père l'avait si mal traitée avant-hier qu'un seul de ses regards a fait rentrer Mme de Mistival dans le néant; elle a fini par consentir à ce que m'accordait mon père, et je suis accourue. On me donne deux jours; il faut absolument que ta voiture et l'une de tes femmes me ramènent après-demain.

Mme DE SAINT-ANGE : Que cet intervalle est court, mon cher ange! à peine pourrai-je, en si peu de temps, t'exprimer tout ce que tu m'inspires... et d'ailleurs nous avons à causer; ne sais-tu pas que c'est dans cette entrevue que je dois t'initier dans les plus secrets mystères de Vénus? aurons-nous le temps en deux jours?

EUGÉNIE : Ah! si je ne savais pas tout, je resterais... je suis venue ici pour m'instruire et je ne m'en irai pas que je ne sois savante.

Mme DE SAINT-ANGE, *la baisant :* Oh! cher amour, que de choses nous allons faire et dire réciproquement! Mais, à propos, veux-tu déjeuner, ma reine? Il serait possible que la leçon fût longue.

EUGÉNIE : Je n'ai, chère amie, d'autre besoin que celui de t'entendre; nous avons déjeuné à une lieue d'ici; j'attendrais maintenant jusqu'à huit heures du soir sans éprouver le moindre besoin.

Mme DE SAINT-ANGE : Passons donc dans mon boudoir, nous y serons plus à l'aise; j'ai déjà prévenu mes gens; sois assurée qu'on ne s'avisera pas de nous interrompre. *(Elles y passent dans les bras l'une de l'autre.)*

Troisième Dialogue

La scène est dans un boudoir délicieux.

MADAME DE SAINT-ANGE, EUGÉNIE, DOLMANCÉ.

EUGÉNIE, *très surprise de voir dans ce cabinet un homme qu'elle n'attendait pas :* Oh! Dieu! ma chère amie, c'est une trahison!

Mme DE SAINT-ANGE, *également surprise :* Par quel hasard ici, monsieur? Vous ne deviez, ce me semble, arriver qu'à quatre heures?

DOLMANCÉ : On devance toujours le plus qu'on peut le bonheur de vous voir, madame; j'ai rencontré monsieur votre frère; il a senti le besoin dont serait ma présence aux leçons que vous devez donner à mademoiselle; il savait que ce serait ici le lycée où se ferait le cours; il m'y a secrètement introduit, n'imaginant pas que vous le désapprouvassiez, et pour lui, comme il sait que ses démonstrations ne seront nécessaires qu'après les dissertations théoriques, il ne paraîtra que tantôt.

Mme DE SAINT-ANGE : En vérité, Dolmancé, voilà un tour...

EUGÉNIE : Dont je ne suis pas la dupe, ma bonne amie; tout cela est ton ouvrage... Au moins fallait-il me consulter... Me voilà d'une honte à présent qui, certainement, s'opposera à tous nos projets.

Mme DE SAINT-ANGE : Je te proteste, Eugénie, que l'idée de cette surprise n'appartient qu'à mon frère ; mais qu'elle ne t'effraie pas : Dolmancé, que je connais pour un homme fort aimable, et précisément du degré de philosophie qu'il nous faut pour ton instruction, ne peut qu'être très utile à nos projets ; à l'égard de sa discrétion, je te réponds de lui comme de moi. Familiarise-toi donc, ma chère, avec l'homme du monde le plus en état de te former, et de te conduire dans la carrière du bonheur et des plaisirs que nous voulons parcourir ensemble.

EUGÉNIE, *rougissant :* Oh! je n'en suis pas moins d'une confusion...

DOLMANCÉ : Allons, belle Eugénie, mettez-vous à votre aise... la pudeur est une vieille vertu dont vous devez, avec autant de charmes, savoir vous passer à merveille.

EUGÉNIE : Mais la décence...

DOLMANCÉ : Autre usage gothique, dont on fait bien peu de cas aujourd'hui. Il contrarie si fort la nature ! *(Dolmancé saisit Eugénie, la presse entre ses bras et la baise.)*

EUGÉNIE, *se défendant :* Finissez donc, monsieur!... En vérité, vous me ménagez bien peu !

Mme DE SAINT-ANGE : Eugénie, crois-moi, cessons l'une et l'autre d'être prudes avec cet homme charmant ; je ne le connais pas plus que toi : regarde comme je me livre à lui ! *(Elle le baise lubriquement sur la bouche.)* Imite-moi.

EUGÉNIE : Oh! je le veux bien ; de qui prendrais-je de meilleurs exemples ! *(Elle se livre à Dolmancé, qui la baise ardemment, langue en bouche.)*

DOLMANCÉ : Ah! l'aimable et délicieuse créature!

Mme DE SAINT-ANGE, *la baisant de même :* Crois-tu donc, petite friponne, que je n'aurai pas également mon tour? *(Ici Dolmancé, les tenant l'une et l'autre dans ses bras, les langote un quart d'heure toutes deux, et toutes deux se le rendent et le lui rendent.)*

DOLMANCÉ : Ah! voilà des préliminaires qui m'enivrent de volupté! Mesdames, voulez-vous m'en croire? Il fait extraordinairement chaud : mettons-nous à notre aise, nous jaserons infiniment mieux.

Mme DE SAINT-ANGE : J'y consens; revêtons-nous de ces simarres de gaze : elles ne voileront de nos attraits que ce qu'il faut cacher au désir.

EUGÉNIE : En vérité, ma bonne, vous me faites faire des choses!...

Mme DE SAINT-ANGE, *l'aidant à se déshabiller :* Tout à fait ridicules, n'est-ce pas?

EUGÉNIE : Au moins bien indécentes, en vérité... Eh! comme tu me baises!

Mme DE SAINT-ANGE : La jolie gorge!... c'est une rose à peine épanouie.

DOLMANCÉ, *considérant les tétons d'Eugénie, sans les toucher :* Et qui promet d'autres appas... infiniment plus estimables.

Mme DE SAINT-ANGE : Plus estimables?

DOLMANCÉ : Oh! oui, d'honneur! *(En disant cela, Dolmancé fait mine de retourner Eugénie pour l'examiner par-derrière.)*

EUGÉNIE : Oh! non, non, je vous en conjure.

Mme DE SAINT-ANGE : Non, Dolmancé... je ne veux pas que vous voyiez encore... un objet dont l'empire est trop grand sur vous, pour que, l'ayant une fois dans la tête, vous puissiez ensuite raisonner de sang-froid. Nous avons besoin de vos leçons, donnez-nous-les, et les myrtes que vous voulez cueillir formeront ensuite votre couronne.

Dolmancé : Soit, mais pour démontrer, pour donner à ce bel enfant les premières leçons du libertinage, il faut bien au moins que vous, madame, vous ayez la complaisance de vous prêter.

Mme de Saint-Ange : A la bonne heure !... Eh bien, tenez, me voilà toute nue : dissertez sur moi autant que vous voudrez !

Dolmancé : Ah ! le beau corps !... C'est Vénus elle-même, embellie par les Grâces !

Eugénie : Oh ! ma chère amie, que d'attraits ! Laisse-moi les parcourir à mon aise, laisse-moi les couvrir de baisers. *(Elle exécute.)*

Dolmancé : Quelles excellentes dispositions ! Un peu moins d'ardeur, belle Eugénie ; ce n'est que de l'attention que je vous demande pour ce moment-ci.

Eugénie : Allons, j'écoute, j'écoute... C'est qu'elle est si belle... si potelée, si fraîche !... Ah ! comme elle est charmante, ma bonne amie, n'est-ce pas, monsieur ?

Dolmancé : Elle est belle, assurément... parfaitement belle ; mais je suis persuadé que vous ne lui cédez en rien... Allons, écoutez-moi, jolie petite élève, ou craignez que, si vous n'êtes pas docile, je n'use sur vous des droits que me donne amplement le titre de votre instituteur.

Mme de Saint-Ange : Oh ! oui, oui, Dolmancé,

je vous la livre; il faut la gronder d'importance, si elle n'est pas sage.

DOLMANCÉ : Je pourrais bien ne pas m'en tenir aux remontrances.

EUGÉNIE : Oh! juste ciel! vous m'effrayez... et qu'entreprendriez-vous donc, monsieur?

DOLMANCÉ, *balbutiant et baisant Eugénie sur la bouche :* Des châtiments... des corrections, et ce joli petit cul pourrait bien me répondre des fautes de la tête. *(Il le lui frappe au travers de la simarre de gaze dont est maintenant vêtue Eugénie.)*

Mme DE SAINT-ANGE : Oui, j'approuve le projet, mais non pas le reste. Commençons notre leçon, ou le peu de temps que nous avons à jouir d'Eugénie va se passer ainsi en préliminaires, et l'instruction ne se fera point.

DOLMANCÉ : *(Il touche à mesure, sur Mme de Saint-Ange, toutes les parties qu'il démontre.)* Je commence. Je ne parlerai point de ces globes de chair : vous savez aussi bien que moi, Eugénie, que l'on les nomme indifféremment *gorge, seins, tétons;* leur usage est d'une grande vertu dans le plaisir; un amant les a sous les yeux en jouissant; il les caresse, il les manie, quelques-uns en forment même le siège de la jouissance, et, leur membre se nichant entre les deux monts de Vénus, que la femme serre et comprime sur ce membre, au bout de quelques mouvements, certains hommes parviennent à répandre là le baume délicieux de la vie, dont l'écoulement fait tout le bonheur des libertins... Mais ce membre sur lequel il faudra disserter sans cesse, ne serait-il pas à propos, madame, d'en donner dissertation à notre écolière?

Mme DE SAINT-ANGE : Je le crois de même.

DOLMANCÉ : Eh bien, madame, je vais m'étendre sur ce canapé ; vous vous placerez près de moi, vous vous emparerez du sujet, et vous en expliquerez vous-même les propriétés à notre jeune élève. *(Dolmancé se place et Mme de Saint-Ange démontre.)*

Mme DE SAINT-ANGE : Ce sceptre de Vénus, que tu vois sous tes yeux, Eugénie, est le premier agent des plaisirs en amour : on le nomme *membre* par excellence ; il n'est pas une seule partie du corps humain dans laquelle il ne s'introduise. Toujours docile aux passions de celui qui le meut, tantôt il se niche là *(elle touche le con d'Eugénie)* : c'est sa route ordinaire... la plus usitée, mais non pas la plus agréable ; recherchant un temple plus mystérieux, c'est souvent ici *(elle écarte ses fesses et montre le trou de son cul)* que le libertin cherche à jouir : nous reviendrons sur cette jouissance, la plus délicieuse de toutes ; la bouche, le sein, les aisselles lui présentent souvent encore des autels où brûle son encens ; et quel que soit enfin celui de tous les endroits qu'il préfère, on le voit, après s'être agité quelques instants, lancer une liqueur blanche et visqueuse dont l'écoulement plonge l'homme dans un délire assez vif pour lui procurer les plaisirs les plus doux qu'il puisse espérer de sa vie.

EUGÉNIE : Oh ! que je voudrais voir couler cette liqueur !

Mme DE SAINT-ANGE : Cela se pourrait par la simple vibration de ma main : vois, comme il s'irrite à mesure que je le secoue ! Ces mouvements se nomment *pollution* et, en terme de libertinage, cette action s'appelle *branler*.

EUGÉNIE : Oh! ma chère amie, laisse-moi branler ce beau membre.

DOLMANCÉ : Je n'y tiens pas! Laissons-la faire, madame : cette ingénuité me fait horriblement bander.

Mme DE SAINT-ANGE : Je m'oppose à cette effervescence. Dolmancé, soyez sage; l'écoulement de cette semence, en diminuant l'activité de vos esprits animaux, ralentirait la chaleur de vos dissertations.

EUGÉNIE, *maniant les testicules de Dolmancé :* Oh! que je suis fâchée, ma bonne amie, de la résistance que tu mets à mes désirs!... Et ces boules, quel est leur usage, et comment les nomme-t-on?

Mme DE SAINT-ANGE : Le mot technique est *couilles*... testicules est celui de l'art. Ces boules renferment le réservoir de cette semence prolifique dont je viens de te parler, et dont l'éjaculation dans la matrice de la femme produit l'espèce humaine; mais nous appuierons peu sur ces détails, Eugénie, plus dépendants de la médecine que du libertinage. Une jolie fille ne doit s'occuper que de *foutre* et jamais d'*engendrer*. Nous glisserons sur tout ce qui tient au plat mécanisme de la population, pour nous attacher principalement et uniquement aux voluptés libertines dont l'esprit n'est nullement populateur.

EUGÉNIE : Mais, ma chère amie, lorsque ce membre énorme, qui peut à peine tenir dans ma main, pénètre, ainsi que tu m'assures que cela se peut, dans un trou aussi petit que celui de ton derrière, cela doit faire une bien grande douleur à la femme.

Mme DE SAINT-ANGE : Soit que cette introduction se fasse par-devant, soit qu'elle se fasse par-derrière, lorsqu'une femme n'y est pas encore accoutumée, elle y éprouve toujours de la douleur. Il a plu à la nature de ne nous faire arriver au bonheur que par des peines ; mais, une fois vaincue, rien ne peut plus rendre les plaisirs que l'on goûte, et celui qu'on éprouve à l'introduction de ce membre dans nos culs est incontestablement préférable à tous ceux que peut procurer cette même introduction par-devant. Que de dangers, d'ailleurs, n'évite pas une femme alors ! Moins de risque pour sa santé, et plus aucun pour la grossesse. Je ne m'étends pas davantage à présent sur cette volupté ; notre maître à toutes deux, Eugénie, l'analysera bientôt amplement, et, joignant la pratique à la théorie, te convaincra, j'espère, ma toute bonne, que, de tous les plaisirs de la jouissance, c'est le seul que tu doives préférer.

DOLMANCÉ : Dépêchez vos démonstrations, madame, je vous en conjure, je n'y puis plus tenir ; je déchargerai malgré moi, et ce redoutable membre, réduit à rien, ne pourrait plus servir à vos leçons.

EUGÉNIE : Comment ! il s'anéantirait, ma bonne, s'il perdait cette semence dont tu parles !... Oh ! laisse-moi la lui faire perdre, pour que je voie comme il deviendra... Et puis j'aurais tant de plaisir à voir couler cela !

Mme DE SAINT-ANGE : Non, non, Dolmancé, levez-vous ; songez que c'est le prix de vos travaux, et que je ne puis vous le livrer qu'après que vous l'aurez mérité.

DOLMANCÉ : Soit ; mais pour mieux convaincre Eugénie de tout ce que nous allons lui débiter sur le plaisir, quel inconvénient y aurait-il que vous la branliez devant moi, par exemple ?

Mme DE SAINT-ANGE : Aucun, sans doute, et j'y vais procéder avec d'autant plus de joie que cet épisode lubrique ne pourra qu'aider nos leçons. Place-toi sur ce canapé, ma toute bonne.

EUGÉNIE : O Dieu ! la délicieuse niche ! Mais pourquoi toutes ces glaces ?

Mme DE SAINT-ANGE : C'est pour que, répétant les attitudes en mille sens divers, elles multiplient à l'infini les mêmes jouissances aux yeux de ceux qui les goûtent sur cette ottomane. Aucune des parties de l'un ou l'autre corps ne peut être cachée par ce moyen : il faut que tout soit en vue ; ce sont autant de groupes rassemblés autour de ceux que l'amour enchaîne, autant d'imitateurs de leurs plaisirs, autant de tableaux délicieux, dont leur lubricité s'enivre et qui servent bientôt à la compléter elle-même.

EUGÉNIE : Que cette invention est délicieuse !

Mme DE SAINT-ANGE : Dolmancé, déshabillez vous-même la victime.

DOLMANCÉ : Cela ne sera pas difficile, puisqu'il ne s'agit que d'enlever cette gaze pour distinguer à nu les plus touchants attraits. *(Il la met nue, et ses premiers regards se portent aussitôt sur le derrière.)* Je vais donc le voir, ce cul divin et précieux que j'ambitionne avec tant d'ardeur !... Sacredieu ! que d'embonpoint et de fraîcheur, que d'éclat et d'élégance!... Je n'en vis jamais un plus beau!

Mme DE SAINT-ANGE : Ah! fripon! comme tes premiers hommages prouvent tes plaisirs et tes goûts!

DOLMANCÉ : Mais peut-il être au monde rien qui vaille cela?... Où l'amour aurait-il de plus divins autels?... Eugénie... sublime Eugénie, que j'accable ce cul des plus douces caresses! *(Il le manie et le baise avec transport.)*

Mme DE SAINT-ANGE : Arrêtez, libertin!... Vous oubliez qu'à moi seule appartient Eugénie, unique prix des leçons qu'elle attend de vous; ce n'est qu'après les avoir reçues qu'elle deviendra votre récompense. Suspendez cette ardeur, ou je me fâche.

DOLMANCÉ : Ah! friponne! c'est de la jalousie... Eh bien, livrez-moi le vôtre : je vais l'accabler des mêmes hommages. *(Il enlève la simarre de Mme de Saint-Ange et lui caresse le derrière.)* Ah! qu'il est beau, mon ange... qu'il est délicieux aussi! Que je les compare... que je les admire l'un près de l'autre : c'est Ganymède à côté de Vénus! *(Il les accable de baisers tous deux.)* Afin de laisser toujours sous mes yeux le spectacle enchanteur de tant de beautés, ne pourriez-vous pas, madame, en vous enchaînant l'une à l'autre, offrir sans cesse à mes regards ces culs charmants que j'idolâtre?

Mme DE SAINT-ANGE : A merveille!... Tenez, êtes-vous satisfait?... *(Elles s'enlacent l'une dans l'autre, de manière à ce que leurs deux culs soient en face de Dolmancé.)*

DOLMANCÉ : On ne saurait davantage : voilà

précisément ce que je demandais, agitez maintenant ces beaux culs de tout le feu de la lubricité;
qu'ils se baissent et se relèvent en cadence; qu'ils
suivent les impressions dont le plaisir va les
mouvoir... Bien, bien, c'est délicieux!...

Eugénie : Ah! ma bonne, que tu me fais de
plaisir!... Comment appelle-t-on ce que nous faisons là?

Mme de Saint-Ange : *Se branler,* ma mie... se
donner du plaisir; mais, tiens, changeons de
posture; examine mon *con*... c'est ainsi que se
nomme le temple de Vénus. Cet antre que la main
couvre, examine-le bien : je vais l'entrouvrir. Cette
élévation dont tu vois qu'il est couronné s'appelle la
motte : elle se garnit de poils communément à
quatorze ou quinze ans, quand une fille commence
à être réglée. Cette languette, qu'on trouve au-
dessous, se nomme le *clitoris.* Là gît toute la
sensibilité des femmes; c'est le foyer de toute la
mienne; on ne saurait me chatouiller cette partie
sans me voir pâmer de plaisir... Essaie-le... Ah!
petite friponne! comme tu y vas!... On dirait que
tu n'as fait que cela toute ta vie!... Arrête!...
Arrête!... Non, te dis-je, je ne veux pas me livrer!...
Ah! contenez-moi, Dolmancé!... sous les doigts
enchanteurs de cette jolie fille, je suis prête à perdre
la tête!

Dolmancé : Eh bien! pour attiédir, s'il se peut,
vos idées en les variant, branlez-la vous-même;
contenez-vous, et qu'elle seule se livre... Là, oui!...
dans cette attitude; son joli cul, de cette manière,
va se trouver sous mes mains; je vais le *polluer*
légèrement d'un doigt... Livrez-vous, Eugénie;

abandonnez tous vos sens au plaisir; qu'il soit le seul dieu de votre existence; c'est à lui seul qu'une jeune fille doit tout sacrifier, et rien à ses yeux ne doit être aussi sacré que le plaisir.

Eugénie : Ah! rien au moins n'est aussi délicieux, je l'éprouve... Je suis hors de moi... je ne sais plus ce que je dis ni ce que je fais... Quelle ivresse s'empare de mes sens!

Dolmancé : Comme la petite friponne décharge!... Son anus se resserre à me couper le doigt... Qu'elle serait délicieuse à enculer dans cet instant! *(Il se lève et présente son vit au trou du cul de la jeune fille.)*

Mme de Saint-Ange : Encore un moment de patience. Que l'éducation de cette chère fille nous occupe seule!... Il est si doux de la former.

Dolmancé : Eh bien! tu le vois, Eugénie, après une pollution plus ou moins longue, les glandes séminales se gonflent et finissent par exhaler une liqueur dont l'écoulement plonge la femme dans le transport le plus délicieux. Cela s'appelle *décharger*. Quand ta bonne amie le voudra, je te ferai voir de quelle manière plus énergique et plus impérieuse cette même opération se fait dans les hommes.

Mme de Saint-Ange : Attends, Eugénie, je vais maintenant t'apprendre une nouvelle manière de plonger une femme dans la plus extrême volupté. Écarte bien tes cuisses... Dolmancé, vous voyez que, de la façon dont je la place, son cul vous reste! Gamahuchez-le-lui pendant que son con va l'être par ma langue, et faisons-la pâmer entre nous ainsi trois ou quatre fois de suite, s'il se peut. Ta motte est charmante, Eugénie. Que j'aime à baiser ce petit poil follet!... Ton clitoris, que je vois mieux maintenant, est peu formé, mais bien sensible... Comme tu frétilles!... Laisse-moi t'écarter... Ah! tu es bien sûrement vierge!... Dis-moi l'effet que tu vas éprouver dès que nos langues vont s'introduire, à la fois, dans tes deux ouvertures. *(On exécute.)*

EUGÉNIE : Ah! ma chère, c'est délicieux, c'est une sensation impossible à peindre! Il me serait bien difficile de dire laquelle de vos deux langues me plonge mieux dans le délire.

DOLMANCÉ : Par l'attitude où je me place, mon vit est très près de vos mains, madame; daignez le branler, je vous prie, pendant que je suce ce cul divin. Enfoncez davantage votre langue, madame, ne vous en tenez pas à lui sucer le clitoris; faites pénétrer cette langue voluptueuse jusque dans la matrice : c'est la meilleure façon de hâter l'éjaculation de son foutre.

EUGÉNIE, *se raidissant :* Ah! je n'en peux plus, je me meurs! Ne m'abandonnez pas, mes amis, je suis prête à m'évanouir!... *(Elle décharge au milieu de ses deux instituteurs.)*

Mme DE SAINT-ANGE : Eh bien! ma mie, comment te trouves-tu du plaisir que nous t'avons donné?

EUGÉNIE : Je suis morte, je suis brisée... je suis anéantie!... Mais expliquez-moi, je vous prie, deux mots que vous avez prononcés et que je n'entends pas; d'abord que signifie *matrice?*

Mme DE SAINT-ANGE : C'est une espèce de vase, ressemblant à une bouteille, dont le col embrasse le membre de l'homme et qui reçoit le foutre produit chez la femme par le suintement des glandes, et dans l'homme par l'éjaculation que nous te ferons voir; et du mélange de ces liqueurs naît le germe, qui produit tour à tour des garçons ou des filles.

EUGÉNIE : Ah! j'entends; cette définition m'explique en même temps le mot *foutre* que je n'avais pas d'abord bien compris. Et l'union des semences est-elle nécessaire à la formation du fœtus?

Mme DE SAINT-ANGE : Assurément, quoiqu'il soit néanmoins prouvé que ce fœtus ne doive son existence qu'au foutre de l'homme; élancé seul, sans mélange avec celui de la femme, il ne réussirait cependant pas; mais celui que nous fournissons ne fait qu'élaborer; il ne crée point, il aide à la création, sans en être la cause. Plusieurs naturalistes modernes prétendent même qu'il est inutile; d'où les moralistes, toujours guidés par la découverte de ceux-ci, ont conclu, avec assez de vraisemblance, qu'en ce cas l'enfant formé du sang du père ne devait de tendresse qu'à lui. Cette assertion n'est point sans apparence, et, quoique femme, je ne m'aviserais pas de la combattre.

EUGÉNIE : Je trouve dans mon cœur la preuve de ce que tu me dis, ma bonne, car j'aime mon père à la folie, et je sens que je déteste ma mère.

DOLMANCÉ : Cette prédilection n'a rien d'étonnant : j'ai pensé tout de même; je ne suis pas encore consolé de la mort de mon père, et lorsque je perdis ma mère, je fis un feu de joie... Je la détestais cordialement. Adoptez sans crainte ces mêmes sentiments, Eugénie : ils sont dans la nature. Uniquement formés du sang de nos pères, nous ne devons absolument rien à nos mères; elles n'ont fait d'ailleurs que se prêter dans l'acte, au lieu que le père l'a sollicité; le père a donc voulu notre naissance, pendant que la mère n'a fait qu'y consentir. Quelle différence pour les sentiments!

Mme DE SAINT-ANGE : Mille raisons de plus sont en ta faveur, Eugénie. S'il est une mère au monde qui doive être détestée, c'est assurément la tienne! Acariâtre, superstitieuse, dévote, grondeuse... et d'une pruderie révoltante, je gagerais que cette bégueule n'a pas fait un faux pas dans sa vie... Ah! ma chère, que je déteste les femmes vertueuses!... Mais nous y reviendrons.

DOLMANCÉ : Ne serait-il pas nécessaire, à présent, qu'Eugénie, dirigée par moi, apprît à rendre ce que vous venez de lui prêter, et qu'elle vous branlât sous mes yeux?

Mme DE SAINT-ANGE : J'y consens, je le crois même utile, et sans doute que, pendant l'opération, vous voulez aussi voir mon cul, Dolmancé?

DOLMANCÉ : Pouvez-vous douter, madame, du plaisir avec lequel je lui rendrai mes plus doux hommages?

Mme DE SAINT-ANGE, *lui présentant les fesses :* Eh bien, me trouvez-vous comme il faut ainsi?

DOLMANCÉ : A merveille! Je puis au mieux vous rendre, de cette manière, les mêmes services dont Eugénie s'est si bien trouvée. Placez-vous, à présent, petite folle, la tête bien entre les jambes de votre amie, et rendez-lui, avec votre jolie langue, les mêmes soins que vous venez d'en obtenir. Comment donc! mais, par l'attitude, je pourrai posséder vos deux culs, je manierai délicieusement celui d'Eugénie, en suçant celui de sa belle amie. Là... bien... Voyez comme nous sommes ensemble.

Mme DE SAINT-ANGE, *se pâmant* : Je me meurs,
sacredieu!... Dolmancé, que j'aime à toucher ton
beau vit, pendant que je décharge!... Je voudrais
qu'il m'inondât de foutre!... Branlez!... sucez-moi,
foutredieu!... Ah! que j'aime à faire la *putain*,
quand mon sperme éjacule ainsi!... C'est fini, je
n'en puis plus... Vous m'avez accablée tous les
deux... Je crois que de mes jours je n'eus tant de
plaisir.

EUGÉNIE : Que je suis aise d'en être la cause!
Mais un mot, chère amie, un mot vient de
t'échapper encore, et je ne l'entends pas. Qu'en-
tends-tu par cette expression de *putain?* Pardon,
mais tu sais? je suis ici pour m'instruire.

Mme DE SAINT-ANGE : On appelle de cette
manière, ma toute belle, ces victimes publiques de
la débauche des hommes, toujours prêtes à se livrer
à leur tempérament ou à leur intérêt; heureuses et
respectables créatures, que l'opinion flétrit, mais
que la volupté couronne, et qui, bien plus nécessaires à la société que les prudes, ont le courage de
sacrifier, pour la servir, la considération que cette
société ose leur enlever injustement. Vivent celles
que ce titre honore à leurs yeux! Voilà les femmes
vraiment aimables, les seules véritablement philosophes! Quant à moi, ma chère, qui depuis douze
ans travaille à le mériter, je t'assure que loin de
m'en formaliser, je m'en amuse. Il y a mieux :
j'aime qu'on me nomme ainsi quand on me fout;
cette injure m'échauffe la tête.

EUGÉNIE : Oh! je le conçois, ma bonne; je ne
serais pas fâchée non plus que l'on me l'adressât,
encore bien moins d'en mériter le titre; mais la

vertu ne s'oppose-t-elle pas à une telle inconduite, et ne l'offensons-nous pas en nous comportant comme nous le faisons?

DOLMANCÉ : Ah! renonce aux vertus, Eugénie! Est-il un seul des sacrifices qu'on puisse faire à ces fausses divinités, qui vaille une minute des plaisirs que l'on goûte en les outrageant? Va, la vertu n'est qu'une chimère, dont le culte ne consiste qu'en des immolations perpétuelles, qu'en des révoltes sans nombre contre les inspirations du tempérament. De tels mouvements peuvent-ils être naturels? La nature conseille-t-elle ce qui l'outrage? Ne sois pas la dupe, Eugénie, de ces femmes que tu entends nommer vertueuses. Ce ne sont pas, si tu veux, les mêmes passions que nous qu'elles servent, mais elles en ont d'autres, et souvent bien plus méprisables... C'est l'ambition, c'est l'orgueil, ce sont des intérêts particuliers, souvent encore la froideur seule d'un tempérament qui ne leur conseille rien. Devons-nous quelque chose à de pareils êtres, je le demande? N'ont-elles pas suivi les uniques impressions de l'amour de soi? Est-il donc meilleur, plus sage, plus à propos de sacrifier à l'égoïsme qu'aux passions? Pour moi, je crois que l'un vaut bien l'autre; et qui n'écoute que cette dernière voix a bien plus de raison sans doute, puisqu'elle est seule l'organe de la nature, tandis que l'autre n'est que celle de la sottise et du préjugé. Une seule goutte de foutre éjaculée de ce membre, Eugénie, m'est plus précieuse que les actes les plus sublimes d'une vertu que je méprise.

EUGÉNIE : *(Le calme s'étant un peu rétabli pendant ces dissertations, les femmes, revêtues de leurs simarres, sont à demi couchées sur le canapé, et Dolmancé auprès d'elles dans un grand fauteuil.)* — Mais il est des vertus de plus d'une espèce; que pensez-vous, par exemple, de la piété?

DOLMANCÉ : Que peut être cette vertu pour qui ne croit pas à la religion? et qui peut croire à la religion? Voyons, raisonnons avec ordre, Eugénie : n'appelez-vous pas religion le pacte qui lie l'homme à son Créateur, et qui l'engage à lui témoigner, par un culte, la reconnaissance qu'il a de l'existence reçue de ce sublime auteur?

EUGÉNIE : On ne peut mieux le définir.

DOLMANCÉ : Eh bien! s'il est démontré que l'homme ne doit son existence qu'aux plans irrésistibles de la nature; s'il est prouvé qu'aussi ancien sur ce globe que le globe même, il n'est, comme le chêne, comme le lion, comme les minéraux qui se trouvent dans les entrailles de ce globe, qu'une production nécessitée par l'existence du globe, et qui ne doit la sienne à qui que ce soit; s'il est démontré que ce Dieu, que les sots regardent comme auteur et fabricateur unique de tout ce que nous voyons, n'est que le *nec plus ultra* de la raison humaine, que le fantôme créé à l'instant où cette raison ne voit plus rien, afin d'aider à ses opérations; s'il est prouvé que l'existence de ce Dieu est impossible, et que la nature, toujours en action, toujours en mouvement, tient d'elle-même ce qu'il plaît aux sots de lui donner gratuitement; s'il est certain qu'à supposer que cet être inerte existât, ce serait assurément le plus ridicule de tous les êtres, puisqu'il n'aurait servi qu'un seul jour, et que depuis des millions de siècles il serait dans une inaction méprisable; qu'à supposer qu'il existât comme les religions nous le peignent, ce serait assurément le plus détestable des êtres, puisqu'il permettrait le mal sur la terre, tandis que sa toute-puissance pourrait l'empêcher; si, dis-je, tout cela se trouvait prouvé, comme cela l'est incontestable-ment, croyez-vous alors, Eugénie, que la piété qui lierait l'homme à ce Créateur imbécile, insuffisant, féroce et méprisable, fût une vertu bien nécessaire?

EUGÉNIE, *à Mme de Saint-Ange :* Quoi! réelle-ment, mon aimable amie, l'existence de Dieu serait une chimère?

Mme DE SAINT-ANGE : Et des plus méprisables, sans doute.

DOLMANCÉ : Il faut avoir perdu le sens pour y croire. Fruit de la frayeur des uns et de la faiblesse des autres, cet abominable fantôme, Eugénie, est inutile au système de la terre; il y nuirait infaillible-ment, puisque ses volontés, qui devraient être justes, ne pourraient jamais s'allier avec les injus-tices essentielles aux lois de la nature; qu'il devrait constamment vouloir le bien, et que la nature ne doit le désirer qu'en compensation du mal qui sert à ses lois; qu'il faudrait qu'il agît toujours, et que la nature, dont cette action perpétuelle est une des lois, ne pourrait que se trouver en concurrence et en opposition perpétuelle avec lui. Mais, dira-t-on à cela, Dieu et la nature sont la même chose. Ne serait-ce pas une absurdité? La chose créée ne peut être égale à l'être créant : est-il possible que la montre soit l'horloger? Eh bien, continuera-t-on, la nature n'est rien, c'est Dieu qui est tout. Autre bêtise! Il y a nécessairement deux choses dans l'univers : l'agent créateur et l'individu créé. Or quel est cet agent créateur ? Voilà la seule difficulté qu'il faut résoudre ; c'est la seule question à laquelle il faille répondre.

Si la matière agit, se meut, par des combinaisons qui nous sont inconnues, si le mouvement est inhérent à la matière, si elle seule enfin peut, en raison de son énergie, créer, produire, conserver, maintenir, balancer dans les plaines immenses de l'espace tous les globes dont la vue nous surprend et dont la marche uniforme, invariable, nous remplit de respect et d'admiration, quel sera le besoin de chercher alors un agent étranger à tout cela, puisque cette faculté active se trouve essentiellement dans la nature elle-même, qui n'est autre chose que la matière en action ? Votre chimère déifique éclaircira-t-elle quelque chose ? Je défie qu'on puisse me le prouver. A supposer que je me trompe sur les facultés internes de la matière, je n'ai du moins devant moi qu'une difficulté. Que faites-vous en m'offrant votre Dieu ? Vous m'en donnez une de plus. Et comment voulez-vous que j'admette, pour cause de ce que je ne comprends pas, quelque chose que je comprends encore moins ? Sera-ce au moyen des dogmes de la religion chrétienne que j'examinerai... que je me représenterai votre effroyable Dieu ? Voyons un peu comme elle me le peint...

Que vois-je dans le Dieu de ce culte infâme, si ce n'est un être inconséquent et barbare, créant aujourd'hui un monde, de la construction duquel il se repent demain ? Qu'y vois-je, qu'un être faible qui ne peut jamais faire prendre à l'homme le pli qu'il voudrait? Cette créature, quoique émanée de lui, le domine; elle peut l'offenser et mériter par là des supplices éternels! Quel être faible que ce Dieu-là! Comment! il a pu créer tout ce que nous voyons, et il lui est impossible de former un homme à sa guise? Mais, me répondrez-vous à cela, s'il l'eût créé tel, l'homme n'eût pas eu de mérite. Quelle platitude! et quelle nécessité y a-t-il que l'homme mérite de son Dieu? En le formant tout à fait bon, il n'aurait jamais pu faire le mal, et de ce moment seul l'ouvrage était digne d'un Dieu. C'est tenter l'homme que de lui laisser un choix. Or Dieu, par sa prescience infinie, savait bien ce qu'il en résulterait. De ce moment, c'est donc à plaisir qu'il perd la créature que lui-même a formée. Quel horrible Dieu que ce Dieu-là! quel monstre! quel scélérat plus digne de notre haine et de notre implacable vengeance! Cependant, peu content d'une aussi sublime besogne, il noie l'homme pour le convertir; il le brûle, il le maudit. Rien de tout cela ne le change. Un être plus puissant que ce vilain Dieu, le *Diable,* conservant toujours son empire, pouvant toujours braver son auteur, parvient sans cesse, par ses séductions, à débaucher le troupeau que s'était réservé l'Éternel. Rien ne peut vaincre l'énergie de ce démon sur nous. Qu'imagine alors, selon vous, l'horrible Dieu que vous prêchez? Il n'a qu'un fils, un fils unique, qu'il possède de je ne sais quel commerce; car, comme l'homme *fout,* il a voulu que son Dieu *foutît* également; il détache du ciel cette respectable portion de lui-même. On s'imagine peut-être que c'est sur des rayons célestes, au milieu du

cortège des anges, à la vue de l'univers entier, que
cette sublime créature va paraître... Pas un mot :
c'est dans le sein d'une putain juive, c'est au milieu
d'une étable à cochons, que s'annonce le Dieu qui
vient sauver la terre! Voilà la digne extraction
qu'on lui prête! Mais son honorable mission nous
dédommagera-t-elle? Suivons un instant le personnage. Que dit-il? que fait-il? quelle sublime mission recevons-nous de lui? quel mystère va-t-il
révéler? quel dogme va-t-il nous prescrire? dans
quels actes enfin sa grandeur va-t-elle éclater?

Je vois d'abord une enfance ignorée, quelques
services, très libertins sans doute, rendus par ce
polisson aux prêtres du temple de Jérusalem;
ensuite une disparition de quinze ans, pendant
laquelle le fripon va s'empoisonner de toutes les
rêveries de l'école égyptienne qu'il rapporte enfin
en Judée. A peine y reparaît-il, que sa démence
débute par lui faire dire qu'il est fils de Dieu, égal à
son père; il associe à cette alliance un autre fantôme
qu'il appelle l'Esprit-Saint, et ces trois personnes,
assure-t-il, ne doivent en faire qu'une! Plus ce
ridicule mystère étonne la raison, plus le faquin
assure qu'il y a du mérite à l'adopter... de dangers à
l'anéantir. C'est pour nous sauver tous, assure
l'imbécile, qu'il a pris chair, quoique *dieu*, dans le
sein d'un enfant des hommes; et les miracles
éclatants qu'on va lui voir opérer, en convaincront
bientôt l'univers! Dans un souper d'ivrognes, en
effet, le fourbe change, à ce qu'on dit, l'eau en vin;
dans un désert, il nourrit quelques scélérats avec
des provisions cachées que ses sectateurs prépa-
rèrent; un de ses camarades fait le mort, notre

imposteur le ressuscite; il se transporte sur une montagne, et là, seulement devant deux ou trois de ses amis, il fait un tour de passe-passe dont rougirait le plus mauvais bateleur de nos jours.

Maudissant d'ailleurs avec enthousiasme tous ceux qui ne croient pas en lui, le coquin promet les cieux à tous les sots qui l'écouteront. Il n'écrit rien, vu son ignorance; parle fort peu, vu sa bêtise; fait encore moins, vu sa faiblesse, et, lassant à la fin les magistrats, impatientés de ses discours séditieux, quoique fort rares, le charlatan se fait mettre en croix, après avoir assuré les gredins qui le suivent que, chaque fois qu'ils l'invoqueront, il descendra vers eux pour s'en faire manger. On le supplicie, il se laisse faire. Monsieur son papa, ce Dieu sublime, dont il ose dire qu'il descend, ne lui donne pas le moindre secours, et voilà le coquin traité comme le dernier des scélérats, dont il était si digne d'être le chef.

Ses satellites s'assemblent : « Nous voilà perdus, disent-ils, et toutes nos espérances évanouies, si nous ne nous sauvons par un coup d'éclat. Environs la garde qui entoure Jésus; dérobons son corps, publions qu'il est ressuscité : le moyen est sûr; si nous parvenons à faire croire cette friponnerie, notre nouvelle religion s'étaie, se propage; elle séduit le monde entier... Travaillons! » Le coup s'entreprend, il réussit. A combien de fripons la hardiesse n'a-t-elle pas tenu lieu de mérite! Le corps est enlevé; les sots, les femmes, les enfants crient, tant qu'ils le peuvent, au miracle, et cependant, dans cette ville où de si grandes merveilles viennent de s'opérer, dans cette ville teinte du sang d'un Dieu, personne ne veut croire à ce Dieu; pas une conversion ne s'y opère. Il y a mieux : le fait est si peu digne d'être transmis, qu'aucun historien n'en parle. Les seuls disciples de cet imposteur pensent tirer parti de la fraude, mais non pas dans le moment.

Cette considération est encore bien essentielle, ils laissent écouler plusieurs années avant de faire usage de leur insigne fourberie; ils érigent enfin sur elle l'édifice chancelant de leur dégoûtante doctrine. Tout changement plaît aux hommes. Las du despotisme des empereurs, une révolution devenait nécessaire. On écoute ces fourbes, leur progrès devient très rapide : c'est l'histoire de toutes les erreurs. Bientôt les autels de Vénus et de Mars sont changés en ceux de Jésus et de Marie; on publie la vie de l'imposteur; ce plat roman trouve des dupes; on lui fait dire cent choses auxquelles il n'a jamais pensé; quelques-uns de ses propos saugrenus deviennent aussitôt la base de sa morale, et comme cette nouveauté se prêchait à des pauvres, la charité en devient la première vertu. Des rites bizarres s'instituent sous le nom de *sacrements,* dont le plus indigne et le plus abominable de tous est celui par lequel un prêtre, couvert de crimes, a néanmoins, par la vertu de quelques paroles magiques, le pouvoir de faire arriver Dieu dans un morceau de pain.

N'en doutons pas; dès sa naissance même, ce culte indigne eût été détruit sans ressource, si l'on n'eût employé contre lui que les armes du mépris qu'il méritait; mais on s'avisa de le persécuter : il s'accrut; le moyen était inévitable. Qu'on essaie

encore aujourd'hui de le couvrir de ridicule, il
tombera. L'adroit Voltaire n'employait jamais
d'autres armes, et c'est de tous les écrivains celui
qui peut se flatter d'avoir le plus fait de prosélytes.
En un mot, Eugénie, telle est l'histoire de Dieu et
de la religion; voyez le cas que ces fables méritent,
et déterminez-vous sur leur compte.

EUGÉNIE : Mon choix n'est pas embarrassant; je
méprise toutes ces rêveries dégoûtantes, et ce Dieu
même, auquel je tenais encore par faiblesse ou par
ignorance, n'est plus pour moi qu'un objet d'horreur.

Mme DE SAINT-ANGE : Jure-moi bien de n'y plus
penser, de ne t'en occuper jamais, de ne l'invoquer
en aucun instant de ta vie, et de n'y revenir de tes
jours.

EUGÉNIE, *se précipitant sur le sein de Mme de
Saint-Ange :* Ah! j'en fais le serment dans tes bras!
Ne m'est-il pas facile de voir que ce que tu exiges
est pour mon bien, et que tu ne veux pas que de
pareilles réminiscences puissent jamais troubler ma
tranquillité?

Mme DE SAINT-ANGE : Pourrais-je avoir d'autre
motif?

EUGÉNIE : Mais, Dolmancé, c'est, ce me semble,
l'analyse des vertus qui nous a conduits à l'examen
des religions? Revenons-y. N'existerait-il pas dans
cette religion, toute ridicule qu'elle est, quelques
vertus prescrites par elle, et dont le culte pût
contribuer à notre bonheur?

DOLMANCÉ : Eh bien! examinons. Sera-ce la
chasteté, Eugénie, cette vertu que vos yeux
détruisent, quoique votre ensemble en soit l'image?

Révérerez-vous l'obligation de combattre tous les mouvements de la nature ? les sacrifierez-vous tous au vain et ridicule honneur de n'avoir jamais une faiblesse ? Soyez juste, et répondez, belle amie : croyez-vous trouver dans cette absurde et dangereuse pureté d'âme tous les plaisirs du vice contraire ?

EUGÉNIE : Non, d'honneur, je ne veux point de celle-là ; je ne me sens pas le moindre penchant à être chaste, mais la plus grande disposition au vice contraire ; mais, Dolmancé, la *charité*, la *bienfaisance*, ne pourraient-elles pas faire le bonheur de quelques âmes sensibles ?

DOLMANCÉ : Loin de nous, Eugénie, les vertus qui ne font que des ingrats ! Mais ne t'y trompe point d'ailleurs, ma charmante amie : la bienfaisance est bien plutôt un vice de l'orgueil qu'une véritable vertu de l'âme ; c'est par ostentation qu'on soulage ses semblables, jamais dans la seule vue de faire une bonne action ; on serait bien fâché que l'aumône qu'on vient de faire n'eût pas toute la publicité possible. Ne t'imagine pas non plus, Eugénie, que cette action ait d'aussi bons effets qu'on se l'imagine : je ne l'envisage, moi, que comme la plus grande de toutes les duperies ; elle accoutume le pauvre à des secours qui détériorent son énergie ; il ne travaille plus quand il s'attend à vos charités, et devient, dès qu'elles lui manquent, un voleur ou un assassin. J'entends de toutes parts demander les moyens de supprimer la mendicité, et l'on fait, pendant ce temps-là, tout ce qu'on peut pour la multiplier. Voulez-vous ne pas avoir de mouches dans votre chambre ? N'y répandez pas de sucre pour les attirer. Voulez-vous ne pas avoir de pauvres en France? Ne distribuez aucune aumône, et supprimez surtout vos maisons de charité. L'individu né dans l'infortune, se voyant alors privé de ces ressources dangereuses, emploiera tout le courage, tous les moyens qu'il aura reçus de la nature, pour se tirer de l'état où il est né; il ne vous importunera plus. Détruisez, renversez sans aucune pitié ces détestables maisons où vous avez l'effronterie de receler les fruits du libertinage de ce pauvre, cloaques épouvantables vomissant chaque jour dans la société un essaim dégoûtant de ces nouvelles créatures, qui n'ont d'espoir que dans votre bourse. A quoi sert-il, je le demande, que l'on conserve de tels individus avec tant de soin? A-t-on peur que la France ne se dépeuple? Ah! n'ayons jamais cette crainte!

Un des premiers vices de ce gouvernement consiste dans une population beaucoup trop nombreuse, et il s'en faut bien que de tels superflus soient des richesses pour l'État. Ces êtres surnuméraires sont comme des branches parasites qui, ne vivant qu'aux dépens du tronc, finissent toujours par l'exténuer. Souvenez-vous que toutes les fois que, dans un gouvernement quelconque, la population sera supérieure aux moyens de l'existence, ce gouvernement languira. Examinez bien la France, vous verrez que c'est ce qu'elle vous offre. Qu'en résulte-t-il? On le voit. Le Chinois, plus sage que nous, se garde bien de se laisser dominer ainsi par une population trop abondante. Point d'asile pour les fruits honteux de sa débauche : on abandonne ces affreux résultats comme les suites d'une digestion. Point de maisons pour la pauvreté : on ne la connaît point en Chine. Là, tout le monde travaille : là, tout le monde est heureux; rien n'altère l'énergie du pauvre, et chacun y peut dire, comme Néron : *Quid est pauper?*

EUGÉNIE, *à Mme de Saint-Ange :* Chère amie, mon père pense absolument comme Monsieur : de ses jours il ne fit une bonne œuvre. Il ne cesse de gronder ma mère des sommes qu'elle dépense à de telles pratiques. Elle était de la *Société maternelle,* de la *Société philanthropique :* je ne sais de quelle association elle n'était point; il l'a contrainte à quitter tout cela, en l'assurant qu'il la réduirait à la plus modique pension si elle s'avisait de retomber encore dans de pareilles sottises.

Mme DE SAINT-ANGE : Il n'y a rien de plus ridicule et en même temps de plus dangereux, Eugénie, que toutes ces associations : c'est à elles, aux écoles gratuites et aux maisons de charité que nous devons le bouleversement horrible dans lequel nous voici maintenant. Ne fais jamais d'aumône, ma chère, je t'en supplie.

EUGÉNIE : Ne crains rien; il y a longtemps que mon père a exigé de moi la même chose, et la bienfaisance me tente trop peu pour enfreindre, sur cela, ses ordres... les mouvements de mon cœur et tes désirs.

DOLMANCÉ : Ne divisons pas cette portion de sensibilité que nous avons reçue de la nature : c'est l'anéantir que de l'étendre. Que me font à moi les maux des autres! N'ai-je donc point assez des miens, sans aller m'affliger de ceux qui me sont étrangers! Que le foyer de cette sensibilité n'allume jamais que nos plaisirs! Soyons sensibles à tout ce qui les flatte, absolument inflexibles sur tout le reste. Il résulte de cet état de l'âme une sorte de cruauté, qui n'est quelquefois pas sans délices. On ne peut pas toujours faire le mal. Privés du plaisir qu'il donne, équivalons au moins cette sensation par la petite méchanceté piquante de ne jamais faire le bien.

EUGÉNIE : Ah! Dieu! comme vos leçons m'enflamment! je crois qu'on me tuerait plutôt maintenant que de me faire faire une bonne action!

Mme DE SAINT-ANGE : Et s'il s'en présentait une mauvaise, serais-tu de même prête à la commettre?

EUGÉNIE : Tais-toi, séductrice; je ne répondrai sur cela que lorsque tu auras fini de m'instruire. Il me paraît que, d'après tout ce que vous me dites, Dolmancé, rien n'est aussi indifférent sur la terre que d'y commettre le bien ou le mal; nos goûts, notre tempérament doivent seuls être respectés?

DOLMANCÉ : Ah! n'en doutez pas, Eugénie, ces mots de vice et de vertu ne nous donnent que des idées purement locales. Il n'y a aucune action, quelque singulière que vous puissiez la supposer, qui soit vraiment criminelle; aucune qui puisse réellement s'appeler vertueuse. Tout est en raison de nos mœurs et du climat que nous habitons; ce qui est crime ici est souvent vertu quelque cent lieues plus bas, et les vertus d'un autre hémisphère pourraient bien réversiblement être des crimes pour nous. Il n'y a pas d'horreur qui n'ait été divinisée, pas une vertu qui n'ait été flétrie. De ces différences purement géographiques naît le peu de cas que nous devons faire de l'estime ou du mépris des hommes, sentiments ridicules et frivoles, au-dessus desquels nous devons nous mettre, au point même de préférer sans crainte leur mépris, pour peu que les actions qui nous le méritent soient de quelque volupté pour nous.

EUGÉNIE : Mais il me semble pourtant qu'il doit y avoir des actions assez dangereuses, assez mauvaises en elles-mêmes, pour avoir été généralement considérées comme criminelles, et punies comme telles d'un bout de l'univers à l'autre?

Mme DE SAINT-ANGE : Aucune, mon amour, aucune, pas même le viol ni l'inceste, pas même le meurtre ni le parricide.

EUGÉNIE : Quoi! ces horreurs ont pu s'excuser quelque part?

DOLMANCÉ : Elles y ont été honorées, couronnées, considérées comme d'excellentes actions, tandis qu'en d'autres lieux, l'humanité, la candeur, la bienfaisance, la chasteté, toutes nos vertus, enfin, étaient regardées comme des monstruosités.

EUGÉNIE : Je vous prie de m'expliquer tout cela; j'exige une courte analyse de chacun de ces crimes, en vous priant de commencer par m'expliquer d'abord votre opinion sur le libertinage des filles, ensuite sur l'adultère des femmes.

Mme DE SAINT-ANGE : Écoute-moi donc, Eugénie. Il est absurde de dire qu'aussitôt qu'une fille est hors du sein de sa mère, elle doit, de ce moment, devenir la victime de la volonté de ses parents, pour rester telle jusqu'à son dernier soupir. Ce n'est pas dans un siècle où l'étendue et les droits de l'homme viennent d'être approfondis avec tant de soin, que des jeunes filles doivent continuer à se croire les esclaves de leurs familles, quand il est constant que les pouvoirs de ces familles sur elles sont absolument chimériques. Écoutons la nature sur un objet aussi intéressant, et que les lois des animaux, bien plus rapprochées d'elle, nous servent un moment d'exemples. Les devoirs paternels s'étendent-ils chez eux au-delà des premiers besoins physiques? Les fruits de la jouissance du mâle et de la femelle ne possèdent-ils pas toute leur liberté, tous leurs droits? Sitôt qu'ils peuvent marcher et se nourrir seuls, dès cet instant, les auteurs de leurs jours les connaissent-ils? Et eux, croient-ils devoir quelque chose à ceux qui leur ont donné la vie? Non, sans doute. De quel droit les enfants des hommes sont-ils donc astreints à d'autres devoirs? Et qui les fonde, ces devoirs, si ce n'est l'avarice ou l'ambition des pères? Or, je demande s'il est juste qu'une jeune fille qui commence à sentir et à raisonner se soumette à de tels freins. N'est-ce donc pas le préjugé tout seul qui prolonge ces chaînes? Et y a-t-il rien de plus ridicule que de voir une jeune fille de quinze ou seize ans, brûlée par des désirs qu'elle est obligée de vaincre, attendre, dans des tourments pires que ceux des enfers, qu'il plaise à ses parents, après avoir rendu sa jeunesse malheureuse, de sacrifier encore son âge mûr, en l'immolant à leur perfide cupidité, en l'associant, malgré elle, à un époux, ou qui n'a rien pour se faire aimer, ou qui a tout pour se faire haïr?

Eh! non, non, Eugénie, de tels liens s'anéantiront bientôt; il faut que, dégageant dès l'âge de raison la jeune fille de la maison paternelle, après lui avoir

donné une éducation nationale, on la laisse maîtresse, à quinze ans, de devenir ce qu'elle voudra.
Donnera-t-elle dans le vice? Eh! qu'importe? Les
services que rend une jeune fille, en consentant à
faire le bonheur de tous ceux qui s'adressent à elle,
ne sont-ils pas infiniment plus importants que ceux
qu'en s'isolant elle offre à son époux? La destinée
de la femme est d'être comme la chienne, comme
la louve : elle doit appartenir à tous ceux qui
veulent d'elle. C'est visiblement outrager la destination que la nature impose aux femmes, que de
les enchaîner par le lien absurde d'un hymen
solitaire.

Espérons qu'on ouvrira les yeux, et qu'en assurant la liberté de tous les individus, on n'oubliera
pas le sort des malheureuses filles; mais si elles
sont assez à plaindre pour qu'on les oublie, que, se
plaçant d'elles-mêmes au-dessus de l'usage et du
préjugé, elles foulent hardiment aux pieds les fers
honteux dont on prétend les asservir; elles triom-
pheront bientôt alors de la coutume et de l'opinion;
l'homme devenu plus sage, parce qu'il sera plus
libre, sentira l'injustice qu'il y aurait à mépriser
celles qui agiront ainsi et que l'action de céder aux
impulsions de la nature, regardée comme un crime
chez un peuple captif, ne peut plus l'être chez un
peuple libre.

Pars donc de la légitimité de ces principes,
Eugénie, et brise tes fers à quelque prix que ce
puisse être; méprise les vaines remontrances d'une
mère imbécile, à qui tu ne dois légitimement que
de la haine et que du mépris. Si ton père, qui est
un libertin, le désire, à la bonne heure : qu'il jouisse

de toi, mais sans t'enchaîner ; brise le joug s'il veut t'asservir ; plus d'une fille ont agi de même avec leur père. Fouts, en un mot, fouts ; c'est pour cela que tu es mise au monde ; aucune borne à tes plaisirs que celle de tes forces ou de tes volontés ; aucune exception de lieux, de temps et de personnes ; toutes les heures, tous les endroits, tous les hommes doivent servir à tes voluptés ; la continence est une vertu impossible, dont la nature, violée dans ses droits, nous punit aussitôt par mille malheurs. Tant que les lois seront telles qu'elles sont encore aujourd'hui, usons de quelques voiles ; l'opinion nous y contraint ; mais dédommageons-nous en silence de cette chasteté cruelle que nous sommes obligées d'avoir en public.

Qu'une jeune fille travaille à se procurer une bonne amie qui, libre et dans le monde, puisse lui en faire secrètement goûter les plaisirs ; qu'elle tâche, au défaut de cela, de séduire les argus dont elle est entourée ; qu'elle les supplie de la prostituer, en leur promettant tout l'argent qu'ils pourront retirer de sa vente, ou ces argus par eux-mêmes, ou des femmes qu'ils trouveront, et qu'on nomme *maquerelles*, rempliront bientôt les vues de la jeune fille ; qu'elle jette alors de la poudre aux yeux de tout ce qui l'entoure, frères, cousins, amis, parents ; qu'elle se livre à tous, si cela est nécessaire pour cacher sa conduite ; qu'elle fasse même, si cela est exigé, le sacrifice de ses goûts et de ses affections ; une intrigue qui lui aura déplu, et dans laquelle elle ne se sera livrée que par politique, la mènera bientôt dans une plus agréable situation, et la voilà *lancée*. Mais qu'elle ne revienne plus sur les préjugés de son enfance; menaces, exhortations, devoirs, vertus, religion, conseils, qu'elle foule tout aux pieds; qu'elle rejette et méprise opiniâtrement tout ce qui ne tend qu'à la renchaîner, tout ce qui ne vise point, en un mot, à la livrer au sein de l'impudicité.

C'est une extravagance de nos parents que ces prédictions de malheurs dans la voie du libertinage; il y a des épines partout, mais les roses se trouvent au-dessus d'elles dans la carrière du vice; il n'y a que dans les sentiers bourbeux de la vertu que la nature n'en fait jamais naître. Le seul écueil à redouter dans la première de ces routes, c'est l'opinion des hommes; mais quelle est la fille d'esprit qui, avec un peu de réflexion, ne se rendra pas supérieure à cette méprisable opinion? Les plaisirs reçus par l'estime, Eugénie, ne sont que des plaisirs moraux, uniquement convenables à certaines têtes; ceux de la *fouterie* plaisent à tous, et ces attraits séducteurs dédommagent bientôt de ce mépris illusoire auquel il est difficile d'échapper en bravant l'opinion publique, mais dont plusieurs femmes sensées se sont moquées au point de s'en composer un plaisir de plus. Fouts, Eugénie, fouts donc, mon cher ange; ton corps est à toi, à toi, seule; il n'y a que toi seule au monde qui aies le droit d'en jouir et d'en faire jouir qui bon te semble.

Profite du plus heureux temps de ta vie : elles ne sont que trop courtes, ces heureuses années de nos plaisirs! Si nous sommes assez heureuses pour en avoir joui, de délicieux souvenirs nous consolent et nous amusent encore dans notre vieillesse. Les avons-nous perdues?... des regrets amers, d'affreux remords nous déchirent et se joignent aux tourments de l'âge, pour entourer de larmes et de ronces les funestes approches du cercueil...

Aurais-tu la folie de l'immortalité? Eh bien, c'est en foutant, ma chère, que tu resteras dans la mémoire des hommes. On a bientôt oublié les Lucrèce, tandis que les Théodora et les Messaline font les plus doux entretiens et les plus fréquents de la vie. Comment donc, Eugénie, ne pas préférer un parti qui, nous couronnant de fleurs ici-bas, nous laisse encore l'espoir d'un culte bien au-delà du tombeau! Comment, dis-je, ne pas préférer ce parti à celui qui, nous faisant végéter imbécilement sur la terre, ne nous promet après notre existence que du mépris et de l'oubli?

EUGÉNIE, à *Mme de Saint-Ange*: Ah! cher amour, comme ces discours séducteurs enflamment ma tête et séduisent mon âme! Je suis dans un état difficile à peindre... Et, dis-moi, pourras-tu me faire connaître quelques-unes de ces femmes... *(troublée)* qui me prostitueront, si je le leur dis?

Mme DE SAINT-ANGE: D'ici à ce que tu aies plus d'expérience, cela ne regarde que moi seule, Eugénie; rapporte-t'en à moi de ce soin, et plus encore à toutes les précautions que je prendrai pour couvrir tes égarements : mon frère et cet ami solide qui t'instruit seront les premiers auxquels je veux que tu te livres; nous en trouverons d'autres après. Ne t'inquiète pas, chère amie : je te ferai voler de plaisir en plaisir, je te plongerai dans une mer de délices, je t'en comblerai, mon ange, je t'en rassasierai!

EUGÉNIE, *se précipitant dans les bras de Mme de Saint-Ange :* Oh! ma bonne, je t'adore; va, tu n'auras jamais une écolière plus soumise que moi; mais il me semble que tu m'as fait entendre, dans nos anciennes conversations, qu'il était difficile qu'une jeune personne se jette dans le libertinage sans que l'époux qu'elle doit prendre après ne s'en aperçoive?

Mme DE SAINT-ANGE : Cela est vrai, ma chère, mais il y a des secrets qui raccommodent toutes ces brèches. Je te promets de t'en donner connaissance, et alors, eusses-tu foutu comme Antoinette, je me charge de te rendre aussi vierge que le jour que tu vins au monde.

EUGÉNIE : Ah! tu es délicieuse! Allons, continue de m'instruire. Presse-toi donc en ce cas de m'apprendre quelle doit être la conduite d'une femme dans le mariage.

Mme DE SAINT-ANGE : Dans quelque état que se trouve une femme, ma chère, soit fille, soit femme, soit veuve, elle ne doit jamais avoir d'autre but, d'autre occupation, d'autre désir que de se faire foutre du matin au soir : c'est pour cette unique fin que l'a créée la nature; mais si, pour remplir cette intention, j'exige d'elle de fouler aux pieds tous les préjugés de son enfance, si je lui prescris la désobéissance la plus formelle aux ordres de sa famille, le mépris le plus constaté de tous les conseils de ses parents, tu conviendras, Eugénie, que, de tous les freins à rompre, celui dont je lui conseillerai le plus tôt l'anéantissement sera bien sûrement celui du mariage.

Considère en effet, Eugénie, une jeune fille à

peine sortie de la maison paternelle ou de sa
pension, ne connaissant rien, n'ayant nulle expérience, obligée de passer subitement de là dans les
bras d'un homme qu'elle n'a jamais vu, obligée de
jurer à cet homme, aux pieds des autels, une
obéissance, une fidélité d'autant plus injuste qu'elle
n'a souvent au fond de son cœur que le plus grand
désir de lui manquer de parole. Est-il au monde,
Eugénie, un sort plus affreux que celui-là? Cependant la voilà liée, que son mari lui plaise ou non,
qu'il ait ou non pour elle de la tendresse ou des
mauvais procédés; son honneur tient à ses ser-
ments : il est flétri si elle les enfreint; il faut qu'elle
se perde ou qu'elle traîne le joug, dût-elle en
mourir de douleur. Eh! non, Eugénie, non, ce n'est
point pour cette fin que nous sommes nées; ces lois
absurdes sont l'ouvrage des hommes, et nous ne
devons pas nous y soumettre. Le divorce même
est-il capable de nous satisfaire? Non, sans doute.
Qui nous répond de trouver plus sûrement dans de
seconds liens le bonheur qui nous a fuies dans les
premiers? Dédommageons-nous donc en secret de
toute la contrainte de nœuds si absurdes, bien
certaines que nos désordres en ce genre, à quelques
excès que nous puissions les porter, loin d'outrager
la nature, ne sont qu'un hommage sincère que nous
lui rendons; c'est obéir à ses lois que de céder aux
désirs qu'elle seule a placés dans nous; ce n'est
qu'en lui résistant que nous l'outragerions. L'adultère que les hommes regardent comme un crime,
qu'ils ont osé punir comme tel en nous arrachant la
vie, l'adultère, Eugénie, n'est donc que l'acquit
d'un droit à la nature, auquel les fantaisies de ces

tyrans ne sauraient jamais nous soustraire. Mais
n'est-il pas horrible, disent nos époux, de nous
exposer à chérir comme nos enfants, à embrasser
comme tels, les fruits de vos désordres ? C'est
l'objection de Rousseau ; c'est, j'en conviens, la
seule un peu spécieuse dont on puisse combattre
l'adultère. Eh ! n'est-il pas extrêmement aisé de se
livrer au libertinage sans redouter la grossesse ?
N'est-il pas encore plus facile de la détruire, si par
imprudence elle a lieu ? Mais, comme nous reviendrons sur cet objet, ne traitons maintenant que le
fond de la question : nous verrons que l'argument,
tout spécieux qu'il paraît d'abord, n'est cependant
que chimérique.

Premièrement, tant que je couche avec mon
mari, tant que sa semence coule au fond de ma
matrice, verrais-je dix hommes en même temps
que lui, rien ne pourra jamais lui prouver que
l'enfant qui naîtra ne lui appartienne pas ; il peut
être à lui comme n'y pas être, et dans le cas de
l'incertitude il ne peut ni ne doit jamais (puisqu'il a
coopéré à l'existence de cette créature) se faire
aucun scrupule d'avouer cette existence. Dès
qu'elle peut lui appartenir, elle lui appartient, et
tout homme qui se rendra malheureux par des
soupçons sur cet objet le serait de même quand sa
femme serait une vestale, parce qu'il est impossible
de répondre d'une femme, et que celle qui a été
sage dix ans peut cesser de l'être un jour. Donc, si
cet époux est soupçonneux, il le sera dans tous les
cas : jamais alors il ne sera sûr que l'enfant qu'il
embrasse soit véritablement le sien. Or, s'il peut
être soupçonneux dans tous les cas, il n'y a aucun

inconvénient à légitimer quelquefois des soupçons : il n'en serait, pour son état de bonheur ou de malheur moral, ni plus ni moins; donc il vaut tout autant que cela soit ainsi. Le voilà donc, je le suppose, dans une complète erreur; le voilà caressant le fruit du libertinage de sa femme : où donc est le crime à cela? Nos biens ne sont-ils pas communs? En ce cas, quel mal fais-je en plaçant dans le ménage un enfant qui doit avoir une portion de ces biens? Ce sera la mienne qu'il aura; il ne volera rien à mon tendre époux; cette portion dont il va jouir, je la regarde comme prise sur ma dot; donc ni cet enfant ni moi ne prenons rien à mon mari. A quel titre, si cet enfant eût été de lui, aurait-il eu part dans mes biens? N'est-ce point en raison de ce qu'il serait émané de moi? Eh bien, il va jouir de cette part, en vertu de cette même raison d'alliance intime. C'est parce que cet enfant m'appartient que je lui dois une portion de mes richesses.

Quel reproche avez-vous à me faire? Il en jouit. — Mais vous trompez votre mari; cette fausseté est atroce. — Non, c'est un rendu, voilà tout; je suis dupe la première des liens qu'il m'a forcée de prendre : je m'en venge, quoi de plus simple? — Mais il y a un outrage réel fait à l'honneur de votre mari. — Préjugé que cela! Mon libertinage ne touche mon mari en rien; mes fautes sont personnelles. Ce prétendu déshonneur était bon il y a un siècle; on est revenu de cette chimère aujourd'hui, et mon mari n'est pas plus flétri de mes débauches que je ne saurais l'être des siennes. Je foutrais avec toute la terre sans lui faire une égratignure! Cette prétendue lésion n'est donc qu'une fable, dont l'existence est impossible. De deux choses l'une : ou mon mari est un brutal, un jaloux, ou c'est un homme délicat; dans la première hypothèse, ce que je puis faire de mieux est de me venger de sa conduite; dans la seconde, je ne saurais l'affliger; puisque je goûte des plaisirs, il en sera heureux s'il est honnête : il n'y a point d'homme délicat qui ne jouisse au spectacle du bonheur de la personne qu'il adore. — Mais si vous l'aimiez, voudriez-vous qu'il en fît autant? — Ah! malheur à la femme qui s'avisera d'être jalouse de son mari! Qu'elle se contente de ce qu'il lui donne, si elle l'aime; mais qu'elle n'essaie pas de le contraindre; non seulement elle n'y réussirait pas, mais elle s'en ferait bientôt détester. Si je suis raisonnable, je ne m'affligerai donc jamais des débauches de mon mari. Qu'il en fasse de même avec moi, et la paix régnera dans le ménage.

Résumons : Quels que soient les effets de l'adultère, dût-il même introduire dans la maison des enfants qui n'appartinssent pas à l'époux, dès qu'ils sont à la femme ils ont des droits certains à une partie de la dot de cette femme; l'époux, s'il est instruit, doit les regarder comme des enfants que sa femme aurait eus d'un premier mariage; s'il ne sait rien, il ne saurait être malheureux, car on ne saurait l'être d'un mal qu'on ignore; si l'adultère n'a point de suite, et qu'il soit inconnu du mari, aucun jurisconsulte ne saurait prouver, en ce cas, qu'il pourrait être un crime; l'adultère n'est plus de ce moment qu'une action parfaitement indifférente pour le mari, qui ne le sait pas, parfaitement bonne pour la femme, qu'elle délecte; si le mari découvre l'adultère, ce n'est plus l'adultère qui est un mal alors, car il ne l'était pas tout à l'heure, et il ne saurait avoir changé de nature; il n'y a plus d'autre mal que la découverte qu'en a faite le mari; or, ce tort-là n'appartient qu'à lui seul : il ne saurait regarder la femme.

Ceux qui jadis ont puni l'adultère étaient donc des bourreaux, des tyrans, des jaloux, qui, rapportant tout à eux, s'imaginaient injustement qu'il suffisait de les offenser pour être criminelle, comme si une injure personnelle devait jamais se considérer comme un crime, et comme si l'on pouvait justement appeler crime une action qui, loin d'outrager la nature et la société, sert évidemment l'une et l'autre. Il est cependant des cas où l'adultère, facile à prouver, devient plus embarrassant pour la femme, sans être pour cela plus criminel; c'est, par exemple, celui où l'époux se trouve dans l'impuissance ou sujet à des goûts contraires à la population. Comme elle jouit, et que son mari ne jouit jamais, sans doute alors ses déportements deviennent plus ostensibles; mais doit-elle se gêner pour cela? Non, sans doute. La seule précaution qu'elle doive employer est de ne pas faire d'enfants ou de se faire avorter si ces précautions viennent à la tromper. Si c'est par raison de goûts antiphysiques qu'elle est contrainte à se dédommager des négligences de son mari, il faut d'abord qu'elle le satisfasse sans répugnance dans ses goûts, de quelque nature qu'ils puissent être; qu'ensuite elle lui fasse entendre que de pareilles complaisances méritent bien quelques

égards; qu'elle demande une liberté entière en
raison de ce qu'elle accorde. Alors le mari refuse ou
consent; s'il consent, comme a fait le mien, on s'en
donne à l'aise, en redoublant de soins et de
condescendances à ses caprices; s'il refuse, on
épaissit les voiles, et l'on fout tranquillement à leur
ombre. Est-il impuissant? on se sépare, mais dans
tous les cas on s'en donne; on fout dans tous les
cas, cher amour, parce que nous sommes nées pour
foutre, que nous accomplissons les lois de la nature
en foutant, et que toute loi humaine qui contrarie-
rait celles de la nature ne serait faite que pour le
mépris.

Elle est bien dupe, la femme que des nœuds
aussi absurdes que ceux de l'hymen empêchent de
se livrer à ses penchants, qui craint ou la grossesse,
ou les outrages à son époux, ou les taches, plus
vaines encore, à sa réputation! Tu viens de le voir,
Eugénie, oui, tu viens de sentir comme elle est
dupe, comme elle immole bassement aux plus
ridicules préjugés et son bonheur et toutes les
délices de la vie. Ah! qu'elle foute, qu'elle foute
impunément! Un peu de fausse gloire, quelques
frivoles espérances religieuses la dédommageront-
elles de ses sacrifices? Non, non, et la vertu, le vice,
tout se confond dans le cercueil. Le public, au bout
de quelques années, exalte-t-il plus les uns qu'il ne
condamne les autres? Eh! non, encore une fois,
non, non! et la malheureuse, ayant vécu sans
plaisir, expire, hélas! sans dédommagement.

EUGÉNIE : Comme tu me persuades, mon ange!
comme tu triomphes de mes préjugés! comme tu
détruis tous les faux principes que ma mère avait

mis en moi! Ah! je voudrais être mariée demain pour mettre aussitôt tes maximes en usage. Qu'elles sont séduisantes, qu'elles sont vraies, et combien je les aime! Une chose seulement m'inquiète, chère amie, dans ce que tu viens de me dire, et comme je ne l'entends point, je te supplie de me l'expliquer. Ton mari, prétends-tu, ne s'y prend pas, dans la jouissance, de manière à avoir des enfants. Que te fait-il donc, je t'en prie?

Mme DE SAINT-ANGE : Mon mari était déjà vieux quand je l'épousai. Dès la première nuit de ses noces, il me prévint de ses fantaisies en m'assurant que de son côté, jamais il ne gênerait les miennes. Je lui jurai de lui obéir, et nous avons toujours, depuis ce temps-là, vécu tous deux dans la plus délicieuse liberté. Le goût de mon mari consiste à se faire sucer, et voici le très singulier épisode qu'il y joint : pendant que, courbée sur lui, mes fesses d'aplomb sur son visage, je pompe avec ardeur le foutre de ses couilles, il faut que je lui chie dans la bouche!... Il avale!...

EUGÉNIE : Voilà une fantaisie bien extraordinaire!

DOLMANCÉ : Aucune ne peut se qualifier ainsi, ma chère; toutes sont dans la nature; elle s'est plu, en créant les hommes, à différencier leurs goûts comme leurs figures, et nous ne devons pas plus nous étonner de la diversité qu'elle a mise dans nos traits que de celle qu'elle a placée dans nos affections. La fantaisie dont vient de vous parler votre amie est on ne saurait plus à la mode; une infinité d'hommes, et principalement ceux d'un certain âge, y sont prodigieusement adonnés; vous

y refuseriez-vous, Eugénie, si quelqu'un l'exigeait
de vous ?

Eugénie, *rougissant :* D'après les maximes qui
me sont inculquées ici, puis-je donc refuser
quelque chose ? Je ne demande grâce que pour ma
surprise ; c'est la première fois que j'entends toutes
ces lubricités : il faut d'abord que je les conçoive ;
mais de la solution du problème à l'exécution du
procédé, je crois que mes instituteurs doivent être
sûrs qu'il n'y aurait jamais que la distance qu'ils
exigeront eux-mêmes. Quoi qu'il en soit, ma chère,
tu gagnas donc ta liberté par l'acquiescement à
cette complaisance ?

Mme de Saint-Ange : La plus entière, Eugénie.
Je fis de mon côté tout ce que je voulus, sans qu'il
y mît d'obstacles, mais je ne pris point d'amant :
j'aimais trop le plaisir pour cela. Malheur à la
femme qui s'attache ! il ne faut qu'un amant pour
la perdre, tandis que dix scènes de libertinage,
répétées chaque jour, si elle le veut, s'évanouiront
dans la nuit du silence aussitôt qu'elles seront
consommées. J'étais riche : je payais des jeunes
gens qui me foutaient sans me connaître ; je
m'entourais de valets charmants, sûrs de goûter les
plus doux plaisirs avec moi s'ils étaient discrets,
certains d'être renvoyés s'ils disaient un mot. Tu
n'as pas d'idée, cher ange, du torrent de délices
dans lequel je me suis plongée de cette manière.
Voilà la conduite que je prescrirai toujours à toutes
les femmes qui voudront m'imiter. Depuis douze
ans que je suis mariée, j'ai peut-être été foutue par
plus de dix ou douze mille individus... et on me

croit sage dans mes sociétés! Une autre aurait eu des amants, elle se serait perdue au second.

EUGÉNIE : Cette maxime est la plus sûre; ce sera bien décidément la mienne; il faut que j'épouse, comme toi, un homme riche, et surtout un homme à fantaisies... Mais, ma chère, ton mari, strictement lié à ses goûts, n'exigea jamais autre chose de toi?

Mme DE SAINT-ANGE : Jamais, depuis douze ans, il ne s'est démenti un seul jour, excepté lorsque j'ai mes règles. Une très jolie fille, qu'il a voulu que je prenne avec moi, me remplace alors, et les choses vont le mieux du monde.

EUGÉNIE : Mais il ne s'en tient pas là, sans doute; d'autres objets concourent extérieurement à diversifier ses plaisirs?

DOLMANCÉ : N'en doutez pas, Eugénie; le mari de madame est un des plus grands libertins de son siècle; il dépense plus de cent mille écus par an aux goûts obscènes que votre amie vient de vous peindre tout à l'heure.

Mme DE SAINT-ANGE : A vous dire le vrai, je m'en doute; mais que me font ses déportements, puisque leur multiplicité autorise et voile les miens?

EUGÉNIE : Suivons, je t'en conjure, le détail des manières par lesquelles une jeune personne, mariée ou non, peut se préserver de la grossesse, car je t'avoue que cette crainte m'effarouche beaucoup, soit avec l'époux que je dois prendre, soit dans la carrière du libertinage; tu viens de m'en indiquer une en me parlant des goûts de ton époux; mais cette manière de jouir, qui peut être fort agréable pour l'homme, ne me semble pas l'être autant pour la femme, et ce sont nos jouissances exemptes des risques que j'y crains, dont je désire que tu m'entretiennes.

Mme DE SAINT-ANGE : Une fille ne s'expose jamais à faire d'enfants qu'autant qu'elle se le laisse mettre dans le con. Qu'elle évite avec soin cette manière de jouir ; qu'elle offre à la place indistinctement sa main, sa bouche, ses tétons ou le trou de son cul. Par cette dernière voie, elle prendra beaucoup de plaisir, et même bien davantage qu'ailleurs ; par les autres manières elle en donnera.

On procède à la première de ces façons, je veux dire celle de la main, ainsi que tu l'as vu tout à l'heure, Eugénie ; on secoue comme si l'on pompait le membre de son ami ; au bout de quelques mouvements, le sperme s'élance ; l'homme vous baise, vous caresse pendant ce temps-là, et couvre de cette liqueur la partie de votre corps qui lui plaît le mieux. Veut-on le faire mettre entre les seins ? on s'étend sur le lit, on place le membre viril au milieu des deux mamelles, on l'y presse, et au bout de quelques secousses l'homme décharge de manière à vous inonder les tétons et quelquefois le visage. Cette manière est la moins voluptueuse de toutes, et ne peut convenir qu'à des femmes dont la gorge, à force de service, a déjà acquis assez de flexibilité pour serrer le membre de l'homme en se comprimant sur lui. La jouissance de la bouche est infiniment plus agréable, tant pour l'homme que pour la femme. La meilleure façon de la goûter est que la femme s'étende à contresens sur le corps de son fouteur : il vous met le vit dans la bouche, et, sa tête se trouvant entre vos cuisses, il vous rend ce que vous lui faites, en vous introduisant sa langue dans le con ou sur le clitoris ; il faut, lorsqu'on emploie cette attitude, se prendre, s'empoigner les fesses et se chatouiller réciproquement le trou du cul, épisode toujours nécessaire au complément de la volupté. Des amants chauds et pleins d'imagination avalent alors le foutre qui s'exhale dans leur bouche, et jouissent délicatement ainsi du plaisir voluptueux de faire mutuellement passer dans leurs entrailles cette précieuse liqueur, méchamment dérobée à sa destination d'usage.

DOLMANCÉ : Cette façon est délicieuse, Eugénie ; je vous en recommande l'exécution. Faire perdre ainsi les droits de la propagation et contrarier de cette manière ce que les sots appellent les lois de la nature, est vraiment plein d'appas. Les cuisses, les aisselles servent quelquefois aussi d'asiles au membre de l'homme, et lui offrent des réduits où sa semence peut se perdre, sans risque de grossesse.

Mme DE SAINT-ANGE : Quelques femmes s'introduisent des éponges dans l'intérieur du vagin, qui, recevant le sperme, l'empêchent de s'élancer dans le vase qui le propagerait ; d'autres obligent leurs fouteurs de se servir d'un petit sac de peau de Venise, vulgairement nommé condom, dans lequel la semence coule, sans risquer d'atteindre le but ; mais de toutes ces manières, celle du cul est la plus délicieuse sans doute. Dolmancé, je vous en laisse la dissertation. Qui doit mieux peindre que vous un goût pour lequel vous donneriez vos jours, si on les exigeait pour sa défense ?

DOLMANCÉ : J'avoue mon faible. Il n'est, j'en conviens, aucune jouissance au monde qui soit préférable à celle-là; je l'adore dans l'un et l'autre sexe; mais le cul d'un jeune garçon, il faut en convenir, me donne encore plus de volupté que celui d'une fille. On appelle *bougres* ceux qui se livrent à cette passion; or, quand on fait tant que d'être bougre, Eugénie, il faut l'être tout à fait. Foutre des femmes en cul n'est l'être qu'à moitié : c'est dans l'homme que la nature veut que l'homme serve cette fantaisie; et c'est spécialement pour l'homme qu'elle nous en a donné le goût. Il est absurde de dire que cette manie l'outrage. Cela se peut-il, dès qu'elle nous l'inspire? Peut-elle dicter ce qui la dégrade? Non, Eugénie, non; on la sert aussi bien là qu'ailleurs, et peut-être plus saintement encore. La propagation n'est qu'une tolérance de sa part. Comment pourrait-elle avoir prescrit pour loi un acte qui la prive des droits de sa toute-puissance, puisque la propagation n'est qu'une suite de ses premières intentions, et que de nouvelles constructions, refaites par sa main, si notre espèce était absolument détruite, redeviendraient des intentions primordiales dont l'acte serait bien plus flatteur pour son orgueil et sa puissance?

Mme DI SAINT-ANGE : Savez-vous, Dolmancé, qu'au moyen de ce système, vous allez jusqu'à prouver que l'extinction totale de la race humaine ne serait qu'un service rendu à la nature?

DOLMANCÉ : Qui en doute, madame?

Mme DE SAINT-ANGE : Oh! juste ciel! les guerres, les pestes, les famines, les meurtres ne seraient plus que des accidents nécessaires des lois de la nature, et l'homme, agent ou patient de ces effets, ne serait donc pas plus criminel, dans l'un des cas, qu'il ne serait victime dans l'autre?

DOLMANCÉ : Victime, il l'est sans doute, quand il fléchit sous les coups du malheur; mais criminel, jamais. Nous reviendrons sur toutes ces choses; analysons, en attendant, pour la belle Eugénie, la jouissance sodomite, qui fait maintenant l'objet de notre entretien. La posture la plus en usage pour la femme, dans cette jouissance, est de se coucher à plat ventre sur le bord du lit, les fesses bien écartées, la tête le plus bas possible. Le paillard, après s'être un instant amusé de la perspective du beau cul que l'on présente, après l'avoir claqué, manié, quelquefois même fouetté, pincé, mordu, humecte de sa bouche le trou mignon qu'il va perforer, et prépare l'introduction avec le bout de sa langue; il mouille de même son engin avec de la salive ou de la pommade et le présente doucement au trou qu'il veut percer; il le conduit d'une main, de l'autre il écarte les fesses de sa jouissance; dès qu'il sent son membre pénétrer, il faut qu'il pousse avec ardeur, en prenant bien garde de perdre du terrain; quelquefois la femme souffre alors, si elle est neuve et jeune; mais, sans aucun égard des douleurs qui vont bientôt se changer en plaisirs, le fouteur doit pousser vivement son vit par gradations, jusqu'à ce qu'il ait enfin atteint le but, c'est-à-dire jusqu'à ce que le poil de son engin frotte exactement les bords de l'anus de l'objet qu'il encule. Qu'il poursuive alors sa route avec rapidité, toutes les épines sont cueillies; il ne reste plus que des roses. Pour achever de métamorphoser en plaisir les restes de douleur que son objet éprouve encore, si c'est un jeune garçon, qu'il lui saisisse le vit et le branle; qu'il chatouille le clitoris, si c'est une fille; les titillations du plaisir qu'il fait naître, en rétrécissant prodigieusement l'anus du patient, doubleront les plaisirs de l'agent, qui, comblé d'aise et de volupté, dardera bientôt au fond du cul de sa jouissance un sperme aussi abondant qu'épais, qu'auront déterminé tant de lubriques détails. Il en est d'autres qui ne veulent pas que le patient jouisse; c'est ce que nous expliquerons bientôt.

Mme DE SAINT-ANGE : Permettez qu'un moment je sois écolière à mon tour et que je vous demande, Dolmancé, dans quel état il faut, pour le complément des plaisirs de l'agent, que se trouve le cul du patient?

DOLMANCÉ : Plein, très assurément; il est essentiel que l'objet qui sert ait alors la plus complète envie de chier, afin que le bout du vit du fouteur, atteignant l'étron, s'y enfonce et y dépose plus chaudement et plus mollement le foutre qui l'irrite et qui le met en feu.

Mme DE SAINT-ANGE : Je craindrais que le patient y prît moins de plaisir.

DOLMANCÉ : Erreur! Cette jouissance est telle qu'il est impossible que rien lui nuise et que l'objet qui la sert ne soit transporté au troisième ciel en la goûtant. Aucune ne vaut celle-là, aucune ne peut aussi complètement satisfaire l'un et l'autre des individus qui s'y livrent, et il est difficile que ceux qui l'ont goûtée puissent revenir à autre chose. Telles sont, Eugénie, les meilleures façons de goûter le plaisir avec un homme, sans courir les risques de la grossesse; car on jouit, soyez-en bien sûre, non seulement à prêter le cul à un homme, ainsi que je viens de vous l'expliquer, mais aussi à le sucer, à le branler, etc., et j'ai connu des femmes libertines qui mettaient souvent plus de charmes à ces épisodes qu'aux jouissances réelles. L'imagination est l'aiguillon des plaisirs ; dans ceux de cette espèce, elle règle tout, elle est le mobile de tout ; or, n'est-ce pas par elle que l'on jouit ? n'est-ce pas d'elle que viennent les voluptés les plus piquantes ?

Mme DE SAINT-ANGE : Soit ; mais qu'Eugénie y prenne garde ; l'imagination ne nous sert que quand notre esprit est absolument dégagé de préjugés : un seul suffit à la refroidir. Cette capricieuse portion de notre esprit est d'un libertinage que rien ne peut contenir ; son plus grand triomphe, ses délices les plus éminentes consistent à briser tous les freins qu'on lui oppose ; elle est ennemie de la règle, idolâtre du désordre et de tout ce qui porte les couleurs du crime ; voilà d'où vient la singulière réponse d'une femme à imagination, qui foutait froidement avec son mari ;

— Pourquoi tant de glace ? lui disait celui-ci.

— Eh ! vraiment, lui répondit cette singulière créature, *c'est que ce que vous me faites est tout simple.*

EUGÉNIE : J'aime à la folie cette réponse... Ah ! ma bonne, quelles dispositions je me sens à connaître ces élans divins d'une imagination déréglée ! Tu n'imaginerais pas, depuis que nous sommes ensemble... seulement depuis cet instant, non, non, ma chère bonne, tu ne concevrais pas toutes les idées voluptueuses que mon esprit a caressées... Oh ! comme le mal est maintenant compris par moi!... combien il est désiré de mon cœur!

Mme DE SAINT-ANGE : Que les atrocités, les horreurs, que les crimes les plus odieux ne t'étonnent pas davantage, Eugénie; ce qu'il y a de plus sale, de plus infâme et de plus défendu est ce qui irrite le mieux la tête... c'est toujours ce qui nous fait le plus délicieusement décharger.

EUGÉNIE : A combien d'écarts incroyables vous avez dû vous livrer l'un et l'autre! Que j'en voudrais connaître les détails!

DOLMANCÉ, *baisant et maniant la jeune personne* : Belle Eugénie, j'aimerais cent fois mieux vous voir éprouver tout ce que je voudrais faire, que de vous raconter ce que j'ai fait.

EUGÉNIE : Je ne sais s'il ferait trop bon pour moi de me prêter à tout.

Mme DE SAINT-ANGE : Je ne te le conseillerais pas, Eugénie.

EUGÉNIE : Eh bien, je fais grâce à Dolmancé de ses détails; mais toi, ma bonne amie, dis-moi, je t'en conjure, ce que tu as fait de plus extraordinaire en ta vie.

Mme DE SAINT-ANGE : J'ai fait la chouette à quinze hommes; je fus foutue quatre-vingt-dix fois en vingt-quatre heures, tant par-devant que par-derrière.

EUGÉNIE : Ce ne sont que des débauches cela, des tours de force : je gage que tu as fait des choses plus singulières.

Mme DE SAINT-ANGE : J'ai été au bordel.

EUGÉNIE : Que veut dire ce mot?

DOLMANCÉ : On appelle ainsi des maisons

publiques où, moyennant un prix convenu, chaque homme trouve de jeunes et jolies filles, toutes prêtes à satisfaire ses passions.

EUGÉNIE : Et tu t'es livrée là, ma bonne?

Mme DE SAINT-ANGE : Oui, j'y ai été comme une putain, j'y ai satisfait pendant une semaine entière les fantaisies de plusieurs paillards, et j'ai vu là des goûts bien singuliers; par un égal principe de libertinage, comme la célèbre impératrice Théodora, femme de Justinien [1], j'ai raccroché au coin des rues... dans les promenades publiques, et j'ai mis à la loterie l'argent venu de ces prostitutions.

EUGÉNIE : Ma bonne, je connais ta tête, tu as été beaucoup plus loin encore.

Mme DE SAINT-ANGE : Cela se peut-il?

EUGÉNIE : Oh! oui, oui, et voici comme je le conçois : ne m'as-tu pas dit que nos sensations morales les plus délicieuses nous venaient de l'imagination?

Mme DE SAINT-ANGE : Je l'ai dit.

EUGÉNIE : Eh bien, en laissant errer cette imagination, en lui donnant la liberté de franchir les dernières bornes que voudraient lui prescrire la religion, la décence, l'humanité, la vertu, tous nos prétendus devoirs enfin, n'est-il pas vrai que ses écarts seraient prodigieux?

Mme DE SAINT-ANGE : Sans doute.

EUGÉNIE : Or, n'est-ce pas en raison de l'immensité de ses écarts qu'elle nous irritera davantage?

Mme DE SAINT-ANGE : Rien de plus vrai.

EUGÉNIE : Si cela est, plus nous voudrons être

---

1. Voyez les anecdotes de Procope.

agitées, plus nous désirerons nous émouvoir avec violence, plus il faudra donner carrière à notre imagination sur les choses les plus inconcevables ; notre jouissance alors s'améliorera en raison du chemin qu'aura fait la tête, et...

Dolmancé, *baisant Eugénie :* Délicieuse !

Mme DE SAINT-ANGE : Que de progrès la friponne a faits en peu de temps ! Mais, sais-tu, ma charmante, qu'on peut aller loin par la carrière que tu nous traces ?

Eugénie : Je l'entends bien de cette manière, et puisque je ne me prescris aucun frein, tu vois où je suppose que l'on peut aller.

Mme DE SAINT-ANGE : Aux crimes, scélérate, aux crimes les plus noirs et les plus affreux.

Eugénie, *d'une voix basse et entrecoupée :* Mais tu dis qu'il n'en existe pas... et puis ce n'est que pour embraser sa tête : on n'exécute point.

Dolmancé : Il est pourtant si doux d'exécuter ce qu'on a conçu.

Eugénie, *rougissant :* Eh bien, on exécute... Ne voudriez-vous pas me persuader, mes chers instituteurs, que vous n'avez jamais fait ce que vous avez conçu ?

Mme DE SAINT-ANGE : Il m'est quelquefois arrivé de le faire.

Eugénie : Nous y voilà.

Dolmancé : Quelle tête !

Eugénie, *poursuivant :* Ce que je te demande, c'est ce que tu as conçu, et ce que tu as fait après avoir conçu.

Mme DE SAINT-ANGE, *balbutiant :* Eugénie, je te raconterai ma vie quelque jour. Poursuivons notre instruction... car tu me ferais dire des choses...

Eugénie : Allons, je vois que tu ne m'aimes pas assez pour m'ouvrir à ce point ton âme; j'attendrai le délai que tu me prescris; reprenons nos détails. Dis-moi, ma chère, quel est l'heureux mortel que tu rendis le maître de tes prémices?

Mme DE SAINT-ANGE : Mon frère : il m'adorait depuis l'enfance; dès nos plus jeunes ans, nous nous étions souvent amusés sans atteindre le but; je lui avais promis de me livrer à lui dès que je serais mariée; je lui tins parole; heureusement que mon mari n'avait rien endommagé : il cueillit tout. Nous continuons de nous livrer à cette intrigue, mais sans nous gêner ni l'un ni l'autre; nous ne nous en plongeons pas moins tous les deux, chacun de notre côté, dans les plus divins excès du libertinage; nous nous servons même mutuellement : je lui procure des femmes, il me fait connaître des hommes.

Eugénie : Le délicieux arrangement! Mais l'inceste n'est-il pas un crime?

Dolmancé : Pourrait-on regarder comme telles les plus douces unions de la nature, celle qu'elle nous prescrit et nous conseille le mieux! Raisonnez un moment, Eugénie : comment l'espèce humaine, après les grands malheurs qu'éprouva notre globe, put-elle autrement se reproduire que par l'inceste? N'en trouvons-nous pas l'exemple et la preuve même dans les livres respectés par le christianisme? Les familles d'Adam[1] et de Noé purent-elles

---

1. Adam ne fut, comme Noé, qu'un restaurateur du genre humain. Un affreux bouleversement laissa Adam seul sur la terre, comme un pareil événement y laissa Noé; mais la tradition d'Adam se perdit, celle de Noé se conserva.

autrement se perpétuer que par ce moyen ? Fouil-
lez, compulsez les mœurs de l'univers : partout
vous y verrez l'inceste autorisé, regardé comme une
loi sage et faite pour cimenter les liens de la famille.
Si l'amour, en un mot, naît de la ressemblance, où
peut-elle être plus parfaite qu'entre frère et sœur,
qu'entre père et fille ? Une politique mal entendue,
produite par la crainte de rendre certaines familles
trop puissantes, interdit l'inceste dans nos mœurs ;
mais ne nous abusons pas au point de prendre pour
loi de la nature ce qui n'est dicté que par l'intérêt
ou par l'ambition ; sondons nos cœurs : c'est
toujours là où je renvoie nos pédants moralistes ;
interrogeons cet organe sacré, et nous reconnaîtrons
qu'il n'est rien de plus délicat que l'union charnelle
des familles ; cessons de nous aveugler sur les
sentiments d'un frère pour sa sœur, d'un père pour
sa fille. En vain l'un et l'autre les déguisent-ils sous
le voile d'une légitime tendresse : le plus violent
amour est l'unique sentiment qui les enflamme,
c'est le seul que la nature ait mis dans leurs cœurs.
Doublons, triplons donc, sans rien craindre, ces
délicieux incestes, et croyons que plus l'objet de
nos désirs nous appartiendra de près, plus nous
aurons de charmes à en jouir.

Un de mes amis vit habituellement avec la fille
qu'il a eue de sa propre mère ; il n'y a pas huit jours
qu'il dépucela un garçon de treize ans, fruit de son
commerce avec cette fille ; dans quelques années ce
même jeune homme épousera sa mère ; ce sont les
vœux de mon ami ; il leur fait un sort analogue à
ces projets, et ses intentions, je le sais, sont de jouir
encore des fruits qui naîtront de cet hymen ; il est

jeune et peut l'espérer. Voyez, tendre Eugénie, de quelle quantité d'incestes et de crimes se serait souillé cet honnête ami s'il y avait quelque chose de vrai dans le préjugé qui nous fait admettre du mal à ces liaisons. En un mot, sur toutes ces choses, je pars, moi, toujours d'un principe : si la nature défendait les jouissances sodomites, les jouissances incestueuses, les pollutions, etc., permettrait-elle que nous y trouvassions autant de plaisir ? Il est impossible qu'elle puisse tolérer ce qui l'outrage véritablement.

EUGÉNIE : Oh ! mes divins instituteurs, je vois bien que, d'après vos principes, il est très peu de crimes sur la terre, et que nous pouvons nous livrer en paix à tous nos désirs, quelque singuliers qu'ils puissent paraître aux sots qui, s'offensant et s'alarmant de tout, prennent imbécilement les institutions sociales pour les divines lois de la nature. Mais cependant, mes amis, n'admettez-vous pas au moins qu'il existe de certaines actions absolument révoltantes et décidément criminelles, quoique dictées par la nature ? Je veux bien convenir avec vous que cette nature, aussi singulière dans les productions qu'elle crée que variée dans les penchants qu'elle nous donne, nous porte quelquefois à des actions cruelles ; mais si, livrés à cette dépravation, nous cédions aux inspirations de cette bizarre nature, au point d'attenter, je le suppose, à la vie de nos semblables, vous m'accorderez bien, du moins je l'espère, que cette action serait un crime ?

DOLMANCÉ : Il s'en faut bien, Eugénie, que nous puissions vous accorder une telle chose. La destruction étant une des premières lois de la nature, rien

de ce qui détruit ne saurait être un crime.
Comment une action qui sert aussi bien la nature
pourrait-elle jamais l'outrager? Cette destruction,
dont l'homme se flatte, n'est d'ailleurs qu'une
chimère; le meurtre n'est point une destruction;
celui qui le commet ne fait que varier les formes;
s'il rend à la nature des éléments dont la main de
cette nature habile se sert aussitôt pour récompenser d'autres êtres; or, comme les créations ne
peuvent être que des jouissances pour celui qui s'y
livre, le meurtrier en prépare donc une à la nature;
il lui fournit des matériaux qu'elle emploie sur-le-
champ, et l'action que des sots ont eu la folie de
blâmer ne devient plus qu'un mérite aux yeux de
cette agente universelle. C'est notre orgueil qui
s'avise d'ériger le meurtre en crime. Nous estimant
les premières créatures de l'univers, nous avons
sottement imaginé que toute lésion qu'endurerait
cette sublime créature devrait nécessairement être
un crime énorme; nous avons cru que la nature
périrait si notre merveilleuse espèce venait à
s'anéantir sur ce globe, tandis que l'entière destruction de cette espèce, en rendant à la nature la
faculté créatrice qu'elle nous cède, lui redonnerait
une énergie que nous lui enlevons en nous propa-
geant; mais quelle inconséquence, Eugénie! Eh
quoi! un souverain ambitieux pourra détruire à son
aise et sans le moindre scrupule les ennemis qui
nuisent à ses projets de grandeur... des lois cruelles,
arbitraires, impérieuses, pourront de même assassiner chaque siècle des millions d'individus... et
nous, faibles et malheureux particuliers, nous ne
pourrons pas sacrifier un seul être à nos vengeances

ou à nos caprices? Est-il rien de si barbare, de si ridiculement étrange, et ne devons-nous pas, sous le voile du plus profond mystère, nous venger amplement de cette ineptie [1]?

EUGÉNIE : Assurément... Oh! comme votre morale est séduisante, et comme je la goûte!... Mais, dites-moi, Dolmancé, là, bien en conscience, ne vous seriez-vous pas quelquefois satisfait en ce genre?

DOLMANCÉ : Ne me forcez pas à vous dévoiler mes fautes : leur nombre et leur espèce me contraindraient trop à rougir. Je vous les avouerai peut-être un jour.

Mme DE SAINT-ANGE : Dirigeant le glaive des lois, le scélérat s'en est souvent servi pour satisfaire à ses passions.

DOLMANCÉ : Puissé-je n'avoir pas d'autres reproches à me faire!

Mme DE SAINT-ANGE, *lui sautant au col :* Homme divin!... je vous adore!... Qu'il faut avoir d'esprit et de courage pour avoir, comme vous, goûté tous les plaisirs! C'est à l'homme de génie seul qu'est réservé l'honneur de briser tous les freins de l'ignorance et de la stupidité. Baisez-moi, vous êtes charmant!

DOLMANCÉ : Soyez franche, Eugénie, n'avez-vous jamais souhaité la mort à personne?

EUGÉNIE : Oh! oui, oui, et j'ai sous mes yeux chaque jour une abominable créature que je voudrais voir depuis longtemps au tombeau.

---

1. Cet article se trouvant traité plus loin avec étendue, on s'est contenté de jeter seulement ici quelques bases du système que l'on développera bientôt.

Mme DE SAINT-ANGE : Je gage que je devine.

EUGÉNIE : Qui soupçonnes-tu ?

Mme DE SAINT-ANGE : Ta mère.

EUGÉNIE : Ah ! laisse-moi cacher ma rougeur dans ton sein !

DOLMANCÉ : Voluptueuse créature ! Je veux t'accabler à mon tour des caresses qui doivent être le prix de l'énergie de ton cœur et de ta délicieuse tête. (*Dolmancé la baise sur tout le corps, et lui donne de légères claques sur les fesses ; il bande ; Mme de Saint-Ange empoigne et secoue son vit ; ses mains, de temps en temps, s'égarent aussi sur le derrière de Mme de Saint-Ange, qui le lui prête avec lubricité ; un peu revenu à lui, Dolmancé continue.*) Mais cette idée sublime, pourquoi ne l'exécuterions-nous pas ?

Mme DE SAINT-ANGE : Eugénie, j'ai détesté ma mère tout autant que tu hais la tienne, et je n'ai pas balancé.

EUGÉNIE : Les moyens m'ont manqué.

Mme DE SAINT-ANGE : Dis le courage.

EUGÉNIE : Hélas ! si jeune encore !

DOLMANCÉ : Mais à présent, Eugénie, que feriez-vous ?

EUGÉNIE : Tout... Qu'on me donne les moyens, et l'on verra !

DOLMANCÉ : Vous les aurez, Eugénie, je vous le promets ; mais j'y mets une condition.

EUGÉNIE : Quelle est-elle ? ou plutôt quelle est celle que je ne sois prête à accepter ?

DOLMANCÉ : Viens, scélérate, viens dans mes bras : je n'y puis plus tenir ; il faut que ton charmant derrière soit le prix du don que je te promets, il faut qu'un crime paie l'autre ! Viens !...

ou plutôt accourez toutes deux éteindre par des flots de foutre le feu divin qui nous enflamme!

Mme DE SAINT-ANGE : Mettons, s'il vous plaît, un peu d'ordre à ces orgies, il en faut même au sein du délire et de l'infamie.

DOLMANCÉ : Rien de si simple : l'objet majeur, ce me semble, est que je décharge, en donnant à cette charmante petite fille le plus de plaisir que je pourrai. Je vais lui mettre mon vit dans le cul, pendant que, courbée dans vos bras, vous la branlerez de votre mieux; au moyen de l'attitude où je vous place, elle pourra vous le rendre : vous vous baiserez l'une et l'autre. Après quelques courses dans le cul de cette enfant, nous varierons le tableau. Je vous enculerai, madame; Eugénie, au-dessus de vous, votre tête entre ses jambes, m'offrira son clitoris à sucer : je lui ferai perdre ainsi du foutre une seconde fois. Je me replacerai ensuite dans son anus; vous me présenterez votre cul au lieu du con qu'elle m'offrait, c'est-à-dire que vous prendrez, comme elle viendra de le faire, sa tête entre vos jambes; je sucerai le trou de votre cul, comme je viendrai de lui sucer le con, vous déchargerez, j'en ferai autant, pendant que ma main, embrassant le joli petit corps de cette charmante novice, ira lui chatouiller le clitoris pour la faire pâmer également.

Mme DE SAINT-ANGE : Bien, mon cher Dolmancé, mais il vous manquera quelque chose.

DOLMANCÉ : Un vit dans le cul? Vous avez raison, madame.

Mme DE SAINT-ANGE : Passons-nous-en pour ce matin; nous l'aurons ce soir : mon frère viendra nous aider, et nos plaisirs seront au comble. Mettons-nous à l'œuvre.

DOLMANCÉ : Je voudrais qu'Eugénie me branlât un moment. *(Elle le fait.)* Oui, c'est cela... un peu plus vite, mon cœur... tenez toujours bien à nu cette tête vermeille, ne la recouvrez jamais... plus vous faites tendre le filet, mieux vous décidez l'érection... il ne faut jamais recalotter le vit qu'on branle... Bon!... préparez ainsi vous-même l'état du membre qui va vous perforer... Voyez-vous comme il se décide?... Donnez-moi votre langue, petite friponne!... Que vos fesses posent sur ma main droite, pendant que ma main gauche va vous chatouiller le clitoris.

Mme DE SAINT-ANGE : Eugénie, veux-tu lui faire goûter de plus grands plaisirs?

EUGÉNIE : Assurément... je veux tout faire pour lui en donner.

Mme DE SAINT-ANGE : Eh bien! prends son vit dans ta bouche, et suce-le quelques instants.

EUGÉNIE *le fait* : Est-ce ainsi?

DOLMANCÉ : Ah! bouche délicieuse! quelle chaleur!... Elle vaut pour moi le plus joli des culs!... Femmes voluptueuses et adroites, ne refusez jamais ce plaisir à vos amants : il vous les enchaînera pour jamais... Ah! sacredieu!... foutredieu!...

Mme DE SAINT-ANGE : Comme tu blasphèmes, mon ami!

DOLMANCÉ : Donnez-moi votre cul, madame... Oui, donnez-le-moi, que je le baise pendant qu'on me suce, et ne vous étonnez point de mes blasphèmes : un de mes plus grands plaisirs est de jurer Dieu quand je bande. Il me semble que mon esprit, alors mille fois plus exalté, abhorre et méprise bien mieux cette dégoûtante chimère; je voudrais trouver une façon ou de la mieux invectiver, ou de l'outrager davantage; et quand mes maudites réflexions m'amènent à la conviction de la nullité de ce dégoûtant objet de ma haine, je m'irrite et voudrais pouvoir aussitôt réédifier le fantôme, pour que ma rage au moins portât sur quelque chose. Imitez-moi, femme charmante, et vous verrez l'accroissement que de tels discours porteront infailliblement à vos sens. Mais, doubledieu!... je le vois, il faut, quel que soit mon plaisir, que je me retire absolument de cette bouche divine... j'y laisserais mon foutre!... Allons, Eugénie, placez-vous; exécutons le tableau que j'ai tracé, et plongeons-nous tous trois dans la plus voluptueuse ivresse. *(L'attitude s'arrange.)*

EUGÉNIE : Que je crains, mon cher, l'impuissance de vos efforts! La disproportion est trop forte.

DOLMANCÉ : J'en sodomise tous les jours de plus jeunes; hier encore, un petit garçon de sept ans fut dépucelé par ce vit en moins de trois minutes... Courage, Eugénie, courage!...

EUGÉNIE : Ah! vous me déchirez!

Mme DE SAINT-ANGE : Ménagez-la, Dolmancé; songez que j'en réponds.

DOLMANCÉ : Branlez-la bien, madame, elle sentira moins la douleur; au reste, tout est dit maintenant : m'y voilà jusqu'au poil.

EUGÉNIE : Oh! ciel! ce n'est pas sans peine... Vois la sueur qui couvre mon front, cher ami... Ah! Dieu! jamais je n'éprouvai d'aussi vives douleurs!...

Mme DE SAINT-ANGE : Te voilà à moitié dépucelée, ma bonne, te voilà au rang des femmes; on
peut bien acheter cette gloire par un peu de
tourment; mes doigts, d'ailleurs, ne te calment-ils
donc point?

EUGÉNIE : Pourrais-je y résister sans eux!...
Chatouille-moi, mon ange... Je sens qu'impercep-
tiblement la douleur se métamorphose en plaisir...
Poussez!... poussez!... Dolmancé... je me meurs!...

DOLMANCÉ : Ah! foutredieu! sacredieu! tripledieu! changeons, je n'y résisterais pas... Votre
derrière, madame, je vous en conjure, et placez-
vous sur-le-champ comme je vous l'ai dit. *(On
s'arrange, et Dolmancé continue.)* J'ai moins de
peine ici... Comme mon vit pénètre!... Mais ce
beau cul n'en est pas moins délicieux, madame!...

EUGÉNIE : Suis-je bien ainsi, Dolmancé?

DOLMANCÉ : A merveille! Ce joli petit con vierge
s'offre délicieusement à moi. Je suis un coupable,
un infracteur, je le sais; de tels attraits sont peu
faits pour mes yeux; mais le désir de donner à cette
enfant les premières leçons de la volupté l'emporte
sur toute autre considération. Je veux faire couler
son foutre... je veux l'épuiser, s'il est possible... *(Il
la gamahuche.)*

EUGÉNIE : Ah! vous me faites mourir de plaisir,
je n'y puis résister!...

Mme DE SAINT-ANGE : Pour moi, je pars!... Ah!
fouts!... fouts!... Dolmancé, je décharge!...

EUGÉNIE : J'en fais autant, ma bonne... Ah! mon
Dieu, comme il me suce!...

Mme DE SAINT-ANGE : Jure donc, petite
putain!... Jure donc!...

Eugénie : Eh bien, sacredieu! je décharge!... je suis dans la plus douce ivresse!...

Dolmancé : Au poste!... au poste, Eugénie!... je serai la dupe de tous ces changements de main. *(Eugénie se replace.)* Ah! bien! me revoici dans mon premier gîte... montrez-moi le trou de votre cul, madame, que je le gamahuche à mon aise... Que j'aime à baiser un cul que je viens de foutre!... Ah! faites-le-moi bien lécher, pendant que je vais lancer mon sperme au fond de celui de votre amie... Le croiriez-vous, madame? il y est entré cette fois-ci sans peine!... Ah! foutre! foutre! vous n'imaginez pas comme elle le serre, comme elle le comprime!... Sacré foutu dieu, comme j'ai du plaisir!... Ah! c'en est fait, je n'y résiste plus... mon foutre coule... et je suis mort!...

Eugénie : Il me fait mourir aussi, ma chère bonne, je te le jure...

Mme de Saint-Ange : La friponne! comme elle s'y habituera promptement!

Dolmancé : Je connais une infinité de jeunes filles de son âge que rien au monde ne pourrait engager à jouir différemment; il n'y a que la première fois qui coûte; une femme n'a pas plutôt tâté de cette manière qu'elle ne veut plus faire autre chose... Oh! ciel! je suis épuisé; laissez-moi reprendre haleine, au moins quelques instants.

Mme de Saint-Ange : Voilà les hommes, ma chère, à peine nous regardent-ils quand leurs désirs sont satisfaits; cet anéantissement les mène au dégoût, et le dégoût bientôt au mépris.

Dolmancé, *froidement :* Ah! quelle injure, beauté divine! *(Il les embrasse toutes deux.)* Vous n'êtes faites l'une et l'autre que pour les hommages, quel que soit l'état où l'on se trouve.

Mme DE SAINT-ANGE : Au reste, console-toi, mon Eugénie; s'ils acquièrent le droit de nous négliger, parce qu'ils sont satisfaits, n'avons-nous pas de même celui de les mépriser, quand leur procédé nous y force! Si Tibère sacrifiait à Caprée les objets qui venaient de servir ses passions [1], Zingua, reine d'Afrique, immolait aussi ses amants [2].

DOLMANCÉ : Ces excès, parfaitement simples et très connus de moi, sans doute, ne doivent pourtant jamais s'exécuter entre nous : « Jamais entre eux ne se mangent les loups », dit le proverbe, et, si trivial qu'il soit, il est juste. Ne redoutez jamais rien de moi, mes amies : je vous ferai peut-être faire beaucoup de mal, mais je ne vous en ferai jamais.

EUGÉNIE : Oh! non, non, ma chère, j'ose en répondre : jamais Dolmancé n'abusera des droits que nous lui donnons sur nous; je lui crois la probité des *roués* : c'est la meilleure; mais ramenons notre instituteur à ses principes et revenons, je vous supplie, au grand dessein qui nous enflammait, avant que nous ne nous calmassions.

Mme DE SAINT-ANGE : Quoi! friponne, tu y penses encore! J'avais cru que ce n'était l'histoire que de l'effervescence de ta tête.

EUGÉNIE : C'est le mouvement le plus certain de mon cœur, et je ne serai contente qu'après la consommation de ce crime.

1. Voyez Suétone et Dion Cassius de Nicée.
2. Voyez l'*Histoire de Zingua, reine d'Angola*.

Mme DE SAINT-ANGE : Oh! bon, bon, fais-lui grâce : songe qu'elle est ta mère.

EUGÉNIE : Le beau titre !

DOLMANCÉ : Elle a raison; cette mère a-t-elle pensé à Eugénie en la mettant au monde? La coquine se laissait foutre parce qu'elle y trouvait du plaisir, mais elle était bien loin d'avoir cette fille en vue. Qu'elle agisse comme elle voudra à cet égard; laissons-lui la liberté tout entière et contentons-nous de lui certifier qu'à quelque excès qu'elle arrive en ce genre, elle ne se rendra jamais coupable d'aucun mal.

EUGÉNIE : Je l'abhorre, je la déteste, mille raisons légitiment ma haine; il faut que j'aie sa vie, à quelque prix que ce puisse être !

DOLMANCÉ : Eh bien, puisque tes résolutions sont inébranlables, tu seras satisfaite, Eugénie, je te le jure; mais permets-moi quelques conseils qui deviennent, avant que d'agir, de la première nécessité pour toi. Que jamais ton secret ne t'échappe, ma chère, et surtout agis seule : rien n'est plus dangereux que les complices; méfions-nous toujours de ceux mêmes que nous croyons nous être le plus attachés : *Il faut,* disait Machiavel, *ou n'avoir jamais de complices, ou s'en défaire dès qu'ils nous ont servi.* Ce n'est pas tout : la feinte est indispensable, Eugénie, aux projets que tu formes. Rapproche-toi plus que jamais de ta victime avant que de l'immoler; aie l'air de la plaindre ou de la consoler; cajole-la, partage ses peines, jure-lui que tu l'adores; fais plus encore, persuade-le-lui : la fausseté, dans de tels cas, ne saurait être portée trop loin. Néron caressait Agrippine sur la barque même qui devait l'engloutir : imite cet exemple, use de toute la fourberie, de toutes les impostures que pourra te suggérer ton esprit. Si le mensonge est toujours nécessaire aux femmes, c'est surtout lorsqu'elles veulent tromper qu'il leur devient plus indispensable.

EUGÉNIE : Ces leçons seront retenues et mises en action sans doute; mais approfondissons, je vous prie, cette fausseté que vous conseillez aux femmes de mettre en usage; croyez-vous donc cette manière d'être absolument essentielle dans le monde?

DOLMANCÉ : Je n'en connais pas, sans doute, de plus nécessaire dans la vie; une vérité certaine va vous en prouver l'indispensabilité : tout le monde l'emploie; je vous demande, d'après cela, comment un individu sincère n'échouera pas toujours au milieu d'une société de gens faux! Or s'il est vrai, comme on le prétend, que les vertus soient de quelque utilité dans la vie civile, comment voulez-vous que celui qui n'a ni la volonté, ni le pouvoir, ni le don d'aucune vertu, ce qui arrive à beaucoup de gens, comment voulez-vous, dis-je, qu'un tel être ne soit pas essentiellement obligé de feindre pour obtenir à son tour un peu de la portion de bonheur que ses concurrents lui ravissent? Et, dans le fait, est-ce bien sûrement la vertu, ou son apparence, qui devient réellement nécessaire à l'homme social? Ne doutons pas que l'apparence seule lui suffise : il a tout ce qu'il faut en la possédant. Dès qu'on ne fait qu'effleurer les hommes dans le monde, ne leur suffit-il pas de nous montrer l'écorce? Persuadons-nous bien, au

surplus, que la pratique des vertus n'est guère utile
qu'à celui qui la possède : les autres en retirent si
peu que, pourvu que celui qui doit vivre avec nous
paraisse vertueux, il devient parfaitement égal qu'il
le soit en effet ou non. La fausseté, d'ailleurs, est
presque toujours un moyen assuré de réussir; celui
qui la possède acquiert nécessairement une sorte de
priorité sur celui qui commerce ou qui correspond
avec lui : en l'éblouissant par de faux dehors, il le
persuade; de ce moment il réussit. M'aperçois-je
que l'on m'a trompé, je ne m'en prends qu'à moi,
et mon suborneur a d'autant plus beau jeu encore
que je ne me plaindrai pas par orgueil; son
ascendant sur moi sera toujours prononcé; il aura
raison quand j'aurai tort; il s'avancera quand je ne
serai rien; il s'enrichira quand je me ruinerai;
toujours enfin au-dessus de moi, il captivera
bientôt l'opinion publique; une fois là, j'aurai beau
l'inculper, on ne m'écoutera seulement pas.
Livrons-nous donc hardiment et sans cesse à la
plus insigne fausseté; regardons-la comme la clé de
toutes les grâces, de toutes les faveurs, de toutes les
réputations, de toutes les richesses, et calmons à
loisir le petit chagrin d'avoir fait des dupes par le
piquant plaisir d'être fripon.

Mme DE SAINT-ANGE : En voilà, je le pense,
infiniment plus qu'il n'en faut sur cette matière.
Eugénie, convaincue, doit être apaisée, encouragée :
elle agira quand elle voudra. J'imagine qu'il est
nécessaire de continuer maintenant nos dissertations sur les différents caprices des hommes dans
le libertinage; ce champ doit être vaste, parcou-
rons-le; nous venons d'initier notre élève dans

quelques mystères de la pratique, ne négligeons pas la théorie.

DOLMANCÉ : Les détails libertins des passions de l'homme sont peu susceptibles, madame, de motifs d'instruction pour une jeune fille qui, comme Eugénie surtout, n'est pas destinée à faire le métier de femme publique ; elle se mariera et, dans cette hypothèse, il y a à parier dix contre un que son mari n'aura point ces goûts-là ; si cela était cependant, la conduite est facile : beaucoup de douceur et de complaisance avec lui ; d'autre part, beaucoup de fausseté et de dédommagement en secret : ce peu de mots renferme tout. Si votre Eugénie pourtant désire quelques analyses des goûts de l'homme dans l'acte du libertinage, pour les examiner plus sommairement nous les réduirons à trois : *la sodomie, les fantaisies sacrilèges et les goûts cruels.* La première passion est universelle aujourd'hui ; nous allons joindre quelques réflexions à ce que nous en avons déjà dit. On la divise en deux classes, l'active et la passive : l'homme qui encule, soit un garçon, soit une femme, commet la sodomie active ; il est sodomite passif quand il se fait foutre. On a souvent mis en question laquelle de ces deux façons de commettre la sodomie était la plus voluptueuse : c'est assurément la passive, puisqu'on jouit à la fois de la sensation du devant et de celle du derrière ; il est si doux de changer de sexe, si délicieux de contrefaire la putain, de se livrer à un homme qui nous traite comme une femme, d'appeler cet homme son amant, de s'avouer sa maîtresse ! Ah ! mes amies, quelle volupté ! Mais, Eugénie, bornons-nous ici à quelques conseils de détail, uniquement relatifs aux femmes qui, se métamorphosant en hommes, veulent jouir à notre exemple de ce plaisir délicieux. Je viens de vous familiariser avec ces attaques, Eugénie, et j'en ai assez vu pour être persuadé que vous ferez un jour bien des progrès dans cette carrière. Je vous exhorte à la parcourir comme une des plus délicieuses de l'île de Cythère, parfaitement sûr que vous accomplirez ce conseil. Je vais me borner à deux ou trois avis essentiels à toute personne décidée à ne plus connaître que ce genre de plaisirs, ou ceux qui leur sont analogues. Observez d'abord de vous faire toujours branler le clitoris quand on vous sodomise : rien ne se marie comme ces deux plaisirs; évitez le bidet ou le frottement de linge, quand vous venez d'être foutue de cette manière : il est bon que la brèche soit toujours ouverte; il en résulte des désirs, des titillations qu'éteignent aussitôt les soins de propreté; on n'a pas idée du point auquel les sensations se prolongent. Ainsi, quand vous serez dans le train de vous amuser de cette manière, Eugénie, évitez les acides : ils enflamment les hémorroïdes et rendent alors les introductions douloureuses; opposez-vous à ce que plusieurs hommes vous déchargent de suite dans le cul : ce mélange de sperme, quoique voluptueux pour l'imagination, est souvent dangereux pour la santé; rejetez toujours au-dehors ces différentes émissions à mesure qu'elles se font.

EUGÉNIE : Mais si elles étaient faites par-devant ne serait-ce pas un crime?

Mme DE SAINT-ANGE : N'imagine donc pas, pauvre folle, qu'il y ait le moindre mal à se prêter de telle manière que ce puisse être à détourner du grand chemin la semence de l'homme, parce que la propagation n'est nullement le but de la nature : elle n'en est qu'une tolérance ; et lorsque nous n'en profitons pas, ses intentions sont bien mieux remplies. Eugénie, sois l'ennemie jurée de cette fastidieuse propagation, et détourne sans cesse, même en mariage, cette perfide liqueur dont la végétation ne sert qu'à gâter nos tailles, qu'à émousser dans nous les sensations voluptueuses, nous flétrir, nous vieillir et déranger notre santé ; engage ton mari à s'accoutumer à ces pertes ; offre-lui toutes les routes qui peuvent éloigner l'hommage du temple ; dis-lui que tu détestes les enfants, que tu le supplies de ne point t'en faire. Observe-toi sur cet article, ma bonne car, je te le déclare, j'ai la propagation dans une telle horreur que je cesserais d'être ton amie à l'instant où tu deviendrais grosse. Si, pourtant, ce malheur t'arrive, sans qu'il y ait de ta faute, préviens-moi dans les sept ou huit premières semaines, et je te ferai couler cela tout doucement. Ne crains point l'infanticide ; ce crime est imaginaire ; nous sommes toujours les maîtresses de ce que nous portons dans notre sein, et nous ne faisons pas plus de mal à détruire cette espèce de matière qu'à purger l'autre, par des médicaments, quand nous en éprouvons le besoin.

Eugénie : Mais si l'enfant était à terme ?

Mme de Saint-Ange : Fût-il au monde, nous serions toujours les maîtresses de le détruire. Il n'y a sur la terre aucun droit plus certain que celui des mères sur leurs enfants. Il n'est aucun peuple qui n'ait reconnu cette vérité : elle est fondée en raison, en principe.

DOLMANCÉ : Ce droit est dans la nature... il est incontestable. L'extravagance du système déifique fut la source de toutes ces erreurs grossières. Les imbéciles qui croyaient en Dieu, persuadés que nous ne tenions l'existence que de lui, et qu'aussitôt qu'un embryon était en maturité, une petite âme, émanée de Dieu, venait l'animer aussitôt ; ces sots, dis-je, durent assurément considérer comme un crime capital la destruction de cette petite créature, parce que, d'après eux, elle n'appartenait plus aux hommes. C'était l'ouvrage de Dieu ; elle était à Dieu : en pouvait-on disposer sans crime ? Mais depuis que le flambeau de la philosophie a dissipé toutes ces impostures, depuis que la chimère divine est foulée aux pieds, depuis que, mieux instruits des lois et des secrets de la physique, nous avons développé le principe de la génération, et que ce mécanisme matériel n'offre aux yeux rien de plus étonnant que la végétation du grain de blé, nous en avons appelé à la nature de l'erreur des hommes. Étendant la mesure de nos droits, nous avons enfin reconnu que nous étions parfaitement libres de reprendre ce que nous n'avions donné qu'à contre-cœur ou par hasard, et qu'il était impossible d'exiger d'un individu quelconque de devenir père ou mère s'il n'en a pas envie ; que cette créature de plus ou de moins sur la terre n'était pas d'ailleurs d'une bien grande conséquence, et que nous devenions, en un mot, aussi certainement les maîtres de ce morceau de chair, quelque animé qu'il fût, que nous le sommes des ongles que nous retranchons de nos doigts, des excroissances de chair que nous extirpons de nos corps, ou des digestions que nous supprimons de nos entrailles, parce que l'un et l'autre sont de nous, parce que l'un et l'autre sont à nous, et que nous sommes absolument possesseurs de ce qui émane de nous. En vous développant, Eugénie, la très médiocre importance dont l'action du meurtre était sur terre, vous avez dû voir de quelle petite conséquence doit être également tout ce qui tient à l'infanticide, commis sur une créature déjà même en âge de raison ; il est donc inutile d'y revenir : l'excellence de votre esprit ajoute à mes preuves. La lecture de l'histoire des mœurs de tous les peuples de la terre, en vous faisant voir que cet usage est universel, achèvera de vous convaincre qu'il n'y aurait que de l'imbécillité à admettre du mal à cette très indifférente action.

EUGÉNIE, *d'abord à Dolmancé :* Je ne puis vous dire à quel point vous me persuadez. *(S'adressant ensuite à Mme de Saint-Ange.)* Mais, dis-moi, ma toute bonne, t'es-tu quelquefois servie du remède que tu m'offres pour détruire intérieurement le fœtus ?

Mme DE SAINT-ANGE : Deux fois, et toujours avec le plus grand succès ; mais je dois t'avouer que je n'en ai fait l'épreuve que dans les premiers temps ; cependant deux femmes de ma connaissance ont employé ce même remède à mi-terme, et elles m'ont assuré qu'il leur avait également réussi. Compte donc sur moi dans l'occasion, ma chère, mais je t'exhorte à ne te jamais mettre dans le cas d'en avoir besoin : c'est le plus sûr. Reprenons maintenant la suite des détails lubriques que nous avons promis à cette jeune fille. Poursuivez, Dolmancé, nous en sommes aux fantaisies sacrilèges.

DOLMANCÉ : Je suppose qu'Eugénie est trop revenue des erreurs religieuses pour ne pas être intimement persuadée que tout ce qui tient à se jouer des objets de la piété des sots ne peut avoir aucune sorte de conséquence. Ces fantaisies en ont si peu qu'elles ne doivent, dans le fait, échauffer que de très jeunes têtes, pour qui toute rupture de frein devient une jouissance ; c'est une espèce de petite vindicte qui enflamme l'imagination et qui, sans doute, peut amuser quelques instants ; mais ces voluptés, ce me semble, doivent devenir insipides et froides, quand on a eu le temps de s'instruire et de se convaincre de la nullité des objets dont les idoles que nous bafouons ne sont que la chétive représentation. Profaner les reliques, les images de saints, l'hostie, le crucifix, tout cela ne doit être, aux yeux du philosophe, que ce que serait la dégradation d'une statue païenne. Une fois qu'on a voué ces exécrables babioles au mépris, il faut les y laisser, sans s'en occuper davantage ; il n'est bon de conserver de tout cela que le blasphème, non qu'il ait plus de réalité, car dès l'instant où il n'y a plus de Dieu, à quoi sert-il d'insulter son nom ? Mais c'est qu'il est essentiel de prononcer des mots forts ou sales, dans l'ivresse du plaisir, et que ceux du blasphème servent bien l'imagination. Il n'y faut rien épargner ; il faut orner ces mots du plus grand luxe d'expressions ; il faut qu'ils scandalisent le plus possible ; car il est très doux de scandaliser : il existe là un petit triomphe pour l'orgueil qui n'est nullement à dédaigner; je vous l'avoue, mesdames, c'est une de mes voluptés secrètes : il est peu de plaisirs moraux plus actifs sur mon imagination. Essayez-le, Eugénie, et vous verrez ce qu'il en résulte. Étalez surtout une prodigieuse impiété, lorsque vous vous trouvez avec des personnes de votre âge qui végètent encore dans les ténèbres de la superstition; affichez la débauche et le libertinage; affectez de vous mettre *en fille,* de leur laisser voir votre gorge; si vous allez avec elles dans les lieux secrets, troussez-vous avec indécence; laissez-leur voir avec affectation les plus secrètes parties de votre corps; exigez la même chose d'elles; séduisez-les, sermonnez-les, faites-leur voir le ridicule de leurs préjugés; mettez-les ce qui s'appelle *à mal;* jurez comme un homme avec elles; si elles sont plus jeunes que vous, prenez-les de force, amusez-vous-en et corrompez-les, soit par des exemples, soit par des conseils, soit par tout ce que vous pourrez croire, en un mot, de plus capable de les pervertir; soyez de même extrêmement libre avec les hommes; affichez avec eux l'irréligion et l'impudence : loin de vous effrayer des libertés qu'ils prendront, accordez-leur mystérieusement tout ce qui peut les amuser sans vous compromettre; laissez-vous manier par eux, branlez-les, faites-vous branler; allez même jusqu'à leur prêter le cul; mais, puisque l'honneur chimérique des femmes tient à leurs prémices antérieures, rendez-vous plus difficile sur cela; une fois mariée, prenez des laquais, point d'amant, ou payez quelques gens sûrs : de ce moment tout est à couvert; plus d'atteinte à votre réputation, et sans qu'on ait jamais pu vous suspecter, vous avez trouvé l'art de faire tout ce qui vous a plu. Poursuivons :

Les plaisirs de la cruauté sont les troisièmes que nous nous sommes promis d'analyser. Ces sortes de plaisirs sont aujourd'hui très communs parmi les hommes et voici l'argument dont ils se servent pour les légitimer. Nous voulons être émus, disent-ils, c'est le but de tout homme qui se livre à la volupté, et nous voulons l'être par les moyens les plus actifs. En partant de ce point, il ne s'agit pas de savoir si nos procédés plairont ou déplairont à l'objet qui nous sert, il s'agit seulement d'ébranler la masse de nos nerfs par le choc le plus violent possible ; or, il n'est pas douteux que la douleur affectant bien plus vivement que le plaisir, les chocs résultatifs sur nous de cette sensation produite sur les autres seront essentiellement d'une vibration plus vigoureuse, retentiront plus énergiquement en nous, mettront dans une circulation plus violente les esprits animaux qui, se déterminant sur les basses régions par le mouvement de rétrogradation qui leur est essentiel alors, embraseront aussitôt les organes de la volupté et les disposeront au plaisir. Les effets du plaisir sont toujours trompeurs dans les femmes ; il est d'ailleurs très difficile qu'un homme laid ou vieux les produise. Y parviennent-ils ? ils sont faibles, et les chocs beaucoup moins nerveux. Il faut donc préférer la douleur, dont les effets ne peuvent tromper et dont les vibrations sont plus actives. Mais, objecte-t-on aux hommes entichés de cette manie, cette douleur afflige le prochain ; est-il

charitable de faire du mal aux autres pour se
délecter soi-même? Les coquins vous répondent à
cela qu'accoutumés, dans l'acte du plaisir, à se
compter pour tout et les autres pour rien, ils sont
persuadés qu'il est tout simple, d'après les impulsions de la nature, de préférer ce qu'ils sentent à ce
qu'ils ne sentent point. Que nous font, osent-ils
dire, les douleurs occasionnées sur le prochain? Les
ressentons-nous? Non; au contraire, nous venons
de démontrer que de leur production résulte une
sensation délicieuse pour nous. A quel titre ména-
gerions-nous donc un individu qui ne nous touche
en rien? A quel titre lui éviterions-nous une
douleur qui ne nous coûtera jamais une larme,
quand il est certain que de cette douleur va naître
un très grand plaisir pour nous? Avons-nous jamais
éprouvé une seule impulsion de la nature qui nous
conseille de préférer les autres à nous, et chacun
n'est-il pas pour soi dans le monde? Vous nous
parlez d'une voix chimérique de cette nature, qui
nous dit de ne pas faire aux autres ce que nous ne
voudrions pas qu'il nous fût fait; mais cet absurde
conseil ne nous est jamais venu que des hommes, et
d'hommes faibles. L'homme puissant ne s'avisera
jamais de parler un tel langage. Ce furent les
premiers chrétiens qui, journellement persécutés
pour leur imbécile système, criaient à qui voulait
l'entendre : « Ne nous brûlez pas, ne nous écorchez
pas! *La nature dit qu'il ne faut pas faire aux autres ce
que nous ne voudrions pas qu'il nous fût fait.* »
Imbéciles! Comment la nature, qui nous conseille
toujours de nous délecter, qui n'imprime jamais en
nous d'autres mouvements, d'autres inspirations,

pourrait-elle, le moment d'après, par une inconséquence sans exemple, nous assurer qu'il ne faut
pourtant pas nous aviser de nous délecter si cela
peut faire de la peine aux autres? Ah! croyons-le,
croyons-le, Eugénie, la nature, notre mère à tous,
ne nous parle jamais que de nous; rien n'est égoïste
comme sa voix, et ce que nous y reconnaissons de
plus clair est l'immuable et saint conseil qu'elle
nous donne de nous délecter, n'importe aux dépens
de qui. Mais les autres, vous dit-on à cela, peuvent
se venger... A la bonne heure, le plus fort seul aura
raison. Eh bien, voilà l'état primitif de guerre et de
destruction perpétuelles pour lequel sa main nous
créa, et dans lequel seul il lui est avantageux que
nous soyons.

Voilà, ma chère Eugénie, comme raisonnent ces
gens-là, et moi j'y ajoute, d'après mon expérience
et mes études, que la cruauté, bien loin d'être un
vice, est le premier sentiment qu'imprime en nous
la nature. L'enfant brise son hochet, mord le téton
de sa nourrice, étrangle son oiseau, bien avant que
d'avoir l'âge de raison. La cruauté est empreinte
dans les animaux, chez lesquels, ainsi que je crois
vous l'avoir dit, les lois de la nature se lisent bien
plus énergiquement que chez nous; elle est chez les
sauvages bien plus rapprochée de la nature que
chez l'homme civilisé: il serait donc absurde
d'établir qu'elle est une suite de la dépravation. Ce
système est faux, je le répète. La cruauté est dans la
nature; nous naissons tous avec une dose de
cruauté que la seule éducation modifie; mais
l'éducation n'est pas dans la nature, elle nuit autant
aux effets sacrés de la nature que la culture nuit aux

arbres. Comparez dans vos vergers l'arbre aban-
donné aux soins de la nature, avec celui que votre
art soigne en le contraignant, et vous verrez lequel
est le plus beau, vous éprouverez lequel vous
donnera de meilleurs fruits. La cruauté n'est autre
chose que l'énergie de l'homme que la civilisation
n'a point encore corrompue : elle est donc une
vertu et non pas un vice. Retranchez vos lois, vos
punitions, vos usages, et la cruauté n'aura plus
d'effets dangereux, puisqu'elle n'agira jamais sans
pouvoir être aussitôt repoussée par les mêmes
voies ; c'est dans l'état de civilisation qu'elle est
dangereuse, parce que l'être lésé manque presque
toujours, ou de la force, ou des moyens de
repousser l'injure ; mais dans l'état d'incivilisation,
si elle agit sur le fort, elle sera repoussée par lui, et
si elle agit sur le faible, ne lésant qu'un être qui
cède au fort par les lois de la nature, elle n'a pas le
moindre inconvénient.

Nous n'analyserons point la cruauté dans les
plaisirs lubriques chez les hommes ; vous voyez à
peu près, Eugénie, les différents excès où ils
doivent porter, et votre ardente imagination doit
vous faire aisément comprendre que, dans une âme
ferme et stoïque, ils ne doivent point avoir de
bornes. Néron, Tibère, Héliogabale immolaient des
enfants pour se faire bander ; le maréchal de Retz,
Charolais, l'oncle de Condé, commirent aussi des
meurtres de débauche : le premier avoua dans son
interrogatoire qu'il ne connaissait pas de volupté
plus puissante que celle qu'il retirait du supplice
infligé par son aumônier et lui sur de jeunes enfants
des deux sexes. On en trouva sept ou huit cents

d'immolés dans un de ses châteaux de Bretagne.
Tout cela se conçoit, je viens de vous le prouver.
Notre constitution, nos organes, le cours des
liqueurs, l'énergie des esprits animaux, voilà les
causes physiques qui font, dans la même heure, ou
des Titus ou des Néron, des Messaline ou des
Chantal; il ne faut pas plus s'enorgueillir de la
vertu que se repentir du vice, pas plus accuser la
nature de nous avoir fait naître bon que de nous
avoir créé scélérat; elle a agi d'après ses vues, ses
plans et ses besoins : soumettons-nous. Je n'examinerai donc ici que la cruauté des femmes, toujours
bien plus active chez elles que chez les hommes,
par la puissante raison de l'excessive sensibilité de
leurs organes.

Nous distinguons en général deux sortes de
cruauté : celle qui naît de la stupidité, qui, jamais
raisonnée, jamais analysée, assimile l'individu né tel
à la bête féroce : celle-là ne donne aucun plaisir
parce que celui qui y est enclin n'est susceptible
d'aucune recherche; les brutalités d'un tel être sont
rarement dangereuses : il est toujours facile de s'en
mettre à l'abri; l'autre espèce de cruauté, fruit de
l'extrême sensibilité des organes, n'est connue que
des êtres extrêmement délicats, et les excès où elle
les porte ne sont que des raffinements de leur
délicatesse; c'est cette délicatesse, trop promptement émoussée à cause de son excessive finesse,
qui, pour se réveiller, met en usage toutes les
ressources de la cruauté. Qu'il est peu de gens qui
conçoivent ces différences!... Comme il en est peu
qui les sentent! Elles existent pourtant, elles sont
indubitables. Or, c'est ce second genre de cruauté

dont les femmes sont le plus souvent affectées. Étudiez-les bien : vous verrez si ce n'est pas l'excès de leur sensibilité qui les a conduites là; vous verrez si ce n'est pas l'extrême activité de leur imagination, la force de leur esprit qui les rend scélérates et féroces; aussi celles-là sont-elles toutes charmantes; aussi n'en est-il pas une seule de cette espèce qui ne fasse tourner des têtes quand elle l'entreprend; malheureusement, la rigidité ou plutôt l'absurdité de nos mœurs laisse peu d'aliment à leur cruauté; elles sont obligées de se cacher, de dissimuler, de couvrir leur inclination par des actes de bienfaisance ostensibles qu'elles détestent au fond de leur cœur; ce ne peut plus être que sous le voile le plus obscur, avec les précautions les plus grandes, aidées de quelques amies sûres, qu'elles peuvent se livrer à leurs inclinations; et, comme il en est beaucoup de ce genre, il en est par conséquent beaucoup de malheureuses. Voulez-vous les connaître? annoncez-leur un spectacle cruel, celui d'un duel, d'un incendie, d'une bataille, d'un combat de gladiateurs : vous verrez comme elles accourront; mais ces occasions ne sont pas assez nombreuses pour alimenter leur fureur : elles se contiennent et elles souffrent.

Jetons un coup d'œil rapide sur les femmes de ce genre. Zingua, reine d'Angola, la plus cruelle des femmes, immolait ses amants dès qu'ils avaient joui d'elle; souvent elle faisait battre des guerriers sous ses yeux et devenait le prix du vainqueur; pour flatter son âme féroce, elle se divertissait à faire piler dans un mortier toutes les femmes devenues enceintes avant l'âge de trente ans [1]. Zoé, femme d'un empereur chinois, n'avait pas de plus grand plaisir que de voir exécuter des criminels sous ses yeux ; à leur défaut, elle faisait immoler des esclaves pendant qu'elle foutait avec son mari, et proportionnait les élans de sa décharge à la cruauté des angoisses qu'elle faisait supporter à ces malheureux. Ce fut elle qui, raffinant sur le genre de supplice à imposer à ses victimes, inventa cette fameuse colonne d'airain creuse que l'on faisait rougir après y avoir enfermé le patient. Théodora, la femme de Justinien, s'amusait à voir faire des eunuques ; et Messaline se branlait pendant que, par le procédé de la masturbation, on exténuait des hommes devant elle. Les Floridiennes faisaient grossir le membre de leurs époux et plaçaient de petits insectes sur le gland, ce qui leur faisait endurer des douleurs horribles ; elles les attachaient pour cette opération et se réunissaient plusieurs autour d'un seul homme pour en venir plus sûrement à bout. Dès qu'elles aperçurent les Espagnols, elles tinrent elles-mêmes leurs époux pendant que ces barbares Européens les assassinaient. La Voisin, la Brinvilliers empoisonnaient pour leur seul plaisir de commettre un crime. L'histoire, en un mot, nous fournit mille et mille traits de la cruauté des femmes, et c'est en raison du penchant naturel qu'elles éprouvent à ces mouvements que je voudrais qu'elles s'accoutumassent à faire usage de la flagellation active,

---

1. Voyez l'*Histoire de Zingua, reine d'Angola*, par un missionnaire.

moyen par lequel les hommes cruels apaisent leur férocité. Quelques-unes d'entre elles en usent, je le sais, mais elle n'est pas encore en usage, parmi ce sexe, au point où je le désirerais. Au moyen de cette issue donnée à la barbarie des femmes, la société y gagnerait; car, ne pouvant être méchantes de cette manière, elles le sont d'une autre, et, répandant ainsi leur venin dans le monde, elles font le désespoir de leurs époux et de leur famille. Le refus de faire une bonne action, lorsque l'occasion s'en présente, celui de secourir l'infortune, donnent bien, si l'on veut, de l'essor à cette férocité où certaines femmes sont naturellement entraînées, mais cela est faible et souvent beaucoup trop loin du besoin qu'elles ont de faire pis. Il y aurait, sans doute, d'autres moyens par lesquels une femme, à la fois sensible et féroce, pourrait calmer ses fougueuses passions, mais ils sont dangereux, Eugénie, et je n'oserais jamais te les conseiller... Oh! ciel! qu'avez-vous donc, cher ange?... Madame, dans quel état voilà votre élève!...

EUGÉNIE, *se branlant :* Ah! sacredieu! vous me tournez la tête... Voilà l'effet de vos foutus propos!...

DOLMANCÉ : Au secours, madame, au secours!... Laisserons-nous donc décharger cette belle enfant sans l'aider?...

Mme DE SAINT-ANGE : Oh! ce serait injuste! *(La prenant dans ses bras.)* Adorable créature, je n'ai jamais vu une sensibilité comme la tienne, jamais une tête si délicieuse!...

DOLMANCÉ : Soignez le devant, madame; je vais avec ma langue effleurer le joli petit trou de son

cul, en lui donnant de légères claques sur ses fesses;
il faut qu'elle décharge entre nos mains au moins
sept ou huit fois de cette manière.

EUGÉNIE, *égarée :* Ah! foutre! ce ne sera pas
difficile!

DOLMANCÉ : Par l'attitude où nous voilà, mesdames, je remarque que vous pourriez me sucer le
vit tour à tour; excité de cette manière, je
procéderais avec bien plus d'énergie aux plaisirs de
notre charmante élève.

EUGÉNIE : Ma bonne, je te dispute l'honneur de
sucer ce beau vit. *(Elle le prend.)*

DOLMANCÉ : Ah! quelles délices!... quelle chaleur
voluptueuse!... Mais, Eugénie, vous comporterez-
vous bien à l'instant de la crise?

Mme DE SAINT-ANGE : Elle avalera... elle avalera,
je réponds d'elle; et d'ailleurs si, par enfantillage...
par je ne sais quelle cause enfin... elle négligeait les
devoirs que lui impose ici la lubricité...

DOLMANCÉ, *très animé :* Je ne lui pardonnerais
pas, madame, je ne lui pardonnerais pas!... Une
punition exemplaire... je vous jure qu'elle serait
fouettée... qu'elle le serait jusqu'au sang!... Ah!
sacredieu! je décharge... mon foutre coule!...
Avale!... avale, Eugénie, qu'il n'y en ait pas une
goutte de perdue!... Et vous, madame, soignez
donc mon cul : il s'offre à vous... Ne voyez-vous
donc pas comme il bâille, mon foutu cul?... ne
voyez-vous donc pas comme il appelle vos
doigts?... Foutredieu! mon extase est complète...
vous les y enfoncez jusqu'au poignet!... Ah! remettons-nous, je n'en puis plus... cette charmante fille
m'a sucé comme un ange...

EUGÉNIE : Mon cher et adorable instituteur, je n'en ai pas perdu une goutte. Baise-moi, cher amour, ton foutre est maintenant au fond de mes entrailles.

DOLMANCÉ : Elle est délicieuse... et comme la petite friponne a déchargé!...

Mme DE SAINT-ANGE : Elle est inondée!... Oh! ciel! qu'entends-je!... On frappe : qui peut venir ainsi nous troubler?... C'est mon frère... imprudent!...

EUGÉNIE : Mais, ma chère, ceci est une trahison!

DOLMANCÉ : Sans exemple, n'est-ce pas? Ne craignez rien, Eugénie, nous ne travaillons que pour vos plaisirs.

Mme DE SAINT-ANGE : Ah! nous allons bientôt l'en convaincre! Approche, mon frère, et ris de cette petite fille qui se cache pour n'être pas vue de toi.

Quatrième Dialogue

MADAME DE SAINT-ANGE,
EUGÉNIE, DOLMANCÉ,
LE CHEVALIER DE MIRVEL.

LE CHEVALIER : Ne redoutez rien, je vous en conjure, de ma discrétion, belle Eugénie : elle est entière ; voilà ma sœur, voilà mon ami, qui peuvent tous les deux vous répondre de moi.

DOLMANCÉ : Je ne vois qu'une chose pour terminer tout d'un coup ce ridicule cérémonial. Tiens, chevalier, nous éduquons cette jolie fille, nous lui apprenons tout ce qu'il faut que sache une demoiselle de son âge, et pour la mieux instruire, nous joignons toujours un peu de pratique à la théorie. Il lui faut le tableau d'un vit qui décharge ; c'est où nous en sommes : veux-tu nous donner le modèle ?

LE CHEVALIER : Cette proposition est assurément trop flatteuse pour que je m'y refuse, et mademoiselle a des attraits qui décideront bien vite les effets de la leçon désirée.

Mme DE SAINT-ANGE : Eh bien, allons ; à l'œuvre à l'instant !

EUGÉNIE : Oh ! en vérité, c'est trop fort ; vous abusez de ma jeunesse à un point... mais pour qui monsieur va-t-il me prendre ?

LE CHEVALIER : Pour une fille charmante, Eugénie... pour la plus adorable créature que j'aie vue de mes jours. *(Il la baise et laisse promener ses mains sur ses charmes.)* Oh! Dieu! quels appas frais et mignons!... quels charmes enchanteurs!...

DOLMANCÉ : Parlons moins, chevalier, et agissons beaucoup davantage. Je vais diriger la scène, c'est mon droit; l'objet de celle-ci est de faire voir à Eugénie le mécanisme de l'éjaculation; mais, comme il est difficile qu'elle puisse observer un tel phénomène de sang-froid, nous allons nous placer tous quatre bien en face et très près les uns des autres. Vous branlerez votre amie, madame; je me chargerai du chevalier. Quand il s'agit de pollution, un homme s'y entend, pour un homme, infiniment mieux qu'une femme. Comme il sait ce qui lui convient, il sait ce qu'il faut faire aux autres... Allons, plaçons-nous. *(On s'arrange.)*

Mme DE SAINT-ANGE : Ne sommes-nous pas trop près?

DOLMANCÉ, *s'emparant déjà du chevalier :* Nous ne saurions l'être trop, madame; il faut que le sein et le visage de votre amie soient inondés des preuves de la virilité de votre frère; il faut qu'il lui décharge ce qui s'appelle au nez. Maître de la pompe, j'en dirigerai les flots, de manière à ce qu'elle s'en trouve absolument couverte. Branlez-la soigneusement pendant ce temps, sur toutes les parties lubriques de son corps. Eugénie, livrez votre imagination tout entière aux derniers écarts du libertinage; songez que vous allez en voir les plus beaux mystères s'opérer sous vos yeux; foulez toute retenue aux pieds : la pudeur ne fut jamais une vertu. Si la nature eût voulu que nous cachassions quelques parties de nos corps, elle eût pris ce soin elle-même ; mais elle nous a créés nus ; donc elle veut que nous allions nus, et tout procédé contraire outrage absolument ses lois. Les enfants, qui n'ont encore aucune idée du plaisir, et par conséquent de la nécessité de le rendre plus vif par la modestie, montrent tout ce qu'ils portent. On rencontre aussi quelquefois une singularité plus grande : il est des pays où la pudeur des vêtements est d'usage, sans que la modestie des mœurs s'y rencontre. A Otaïti les filles sont vêtues, et elles se troussent dès qu'on l'exige.

Mme DE SAINT-ANGE : Ce que j'aime de Dolmancé, c'est qu'il ne perd pas son temps ; tout en discourant, voyez comme il agit, comme il examine avec complaisance le superbe cul de mon frère, comme il branle voluptueusement le beau vit de ce jeune homme... Allons, Eugénie, mettons-nous à l'ouvrage ! Voilà le tuyau de la pompe en l'air ; il va bientôt nous inonder.

EUGÉNIE : Ah ! ma chère amie, quel monstrueux membre !... A peine puis-je l'empoigner !... Oh ! mon Dieu ! sont-ils tous aussi gros que cela ?

DOLMANCÉ : Vous savez, Eugénie, que le mien est bien inférieur ; de tels engins sont redoutables pour une jeune fille ; vous sentez bien que celui-là ne vous perforerait pas sans danger.

EUGÉNIE, *déjà branlée par Mme de Saint-Ange :* Ah ! je les braverai tous pour en jouir !...

DOLMANCÉ : Et vous auriez raison : une jeune fille ne doit jamais s'effrayer d'une telle chose ; la nature se prête, et les torrents de plaisirs dont elle

vous comble vous dédommagent bientôt des petites
douleurs qui les précèdent. J'ai vu des filles plus
jeunes que vous soutenir de plus gros vits encore.
Avec du courage et de la patience on surmonte les
plus grands obstacles. C'est une folie que d'imaginer qu'il faille, autant qu'il est possible, ne faire
dépuceler une jeune fille que par de très petits vits.
Je suis d'avis qu'une vierge doit se livrer, au
contraire, aux plus gros engins qu'elle pourra
rencontrer, afin que, les ligaments de l'hymen plus
tôt brisés, les sensations du plaisir puissent ainsi se
décider plus promptement dans elle. Il est vrai
qu'une fois à ce régime, elle aura bien de la peine à
en revenir au médiocre; mais si elle est riche, jeune
et belle, elle en trouvera de cette taille tant qu'elle
voudra. Qu'elle s'y tienne; s'en présente-t-il à elle
de moins gros, et qu'elle ait pourtant envie
d'employer? qu'elle les place alors dans son cul.

Mme DE SAINT-ANGE : Sans doute, et pour être
encore plus heureuse, qu'elle se serve de l'un et de
l'autre à la fois; que les secousses voluptueuses
dont elle agitera celui qui l'enconne servent à
précipiter l'extase de celui qui l'encule, et qu'inondée du foutre de tous deux, elle élance le sien en
mourant de plaisir.

DOLMANCÉ : *(Il faut observer que les pollutions
vont toujours pendant le dialogue.)* Il me semble
qu'il devrait entrer deux ou trois vits de plus dans
le tableau que vous arrangez, madame; la femme
que vous placez comme vous venez de le dire ne
pourrait-elle pas avoir un vit dans la bouche et un
dans chaque main?

Mme DE SAINT-ANGE : Elle en pourrait avoir

sous les aisselles et dans les cheveux, elle devrait en avoir trente autour d'elle s'il était possible; il faudrait, dans ces moments-là, n'avoir, ne toucher, ne dévorer que des vits autour de soi, être inondée par tous au même instant où l'on déchargerait soi-même. Ah! Dolmancé, quelque putain que vous soyez, je vous défie de m'avoir égalée dans ces délicieux combats de la luxure... J'ai fait tout ce qu'il est possible en ce genre.

EUGÉNIE, *toujours branlée par son amie, comme le chevalier l'est par Dolmancé :* Ah! ma bonne... tu me fais tourner la tête!... Quoi! je pourrai me livrer... à tout plein d'hommes!... Ah! quelles délices!... Comme tu me branles, chère amie!... Tu es la déesse même du plaisir!... Et ce beau vit, comme il se gonfle!... comme sa tête majestueuse s'enfle et devient vermeille!...

DOLMANCÉ : Il est bien près du dénouement.

LE CHEVALIER : Eugénie... ma sœur... approchez-vous... Ah! quelles gorges divines!... quelles cuisses douces et potelées!... Déchargez!... déchargez toutes deux, mon foutre va s'y joindre!... Il coule!... ah! sacredieu!... *(Dolmancé, pendant cette crise, a soin de diriger les flots de sperme de son ami sur les deux femmes, et principalement sur Eugénie, qui s'en trouve inondée.)*

EUGÉNIE : Quel beau spectacle!... comme il est noble et majestueux!... M'en voilà tout à fait couverte... il m'en est sauté jusque dans les yeux!...

Mme DE SAINT-ANGE : Attends, ma mie, laisse-moi recueillir ces perles précieuses; je vais en frotter ton clitoris pour provoquer plus vite ta décharge.

EUGÉNIE : Ah! oui, ma bonne, ah! oui : cette idée est délicieuse... Exécute, et je pars dans tes bras.

Mme DE SAINT-ANGE : Divin enfant, baise-moi mille et mille fois!... Laisse-moi sucer ta langue... que je respire ta voluptueuse haleine quand elle est embrasée par le feu du plaisir!... Ah! foutre! je décharge moi-même!... Mon frère, finis-moi, je t'en conjure!...

DOLMANCÉ : Oui, chevalier... oui, branlez votre sœur.

LE CHEVALIER : J'aime mieux la foutre : je bande encore.

DOLMANCÉ : Eh bien, mettez-lui, en me présentant votre cul : je vous foutrai pendant ce voluptueux inceste. Eugénie, armée de ce godemiché, m'enculera. Destinée à jouer un jour tous les différents rôles de la luxure, il faut qu'elle s'exerce, dans les leçons que nous lui donnons ici, à les remplir tous également.

EUGÉNIE, *s'affublant d'un godemiché :* Oh! volontiers! Vous ne me trouverez jamais en défaut, quand il s'agira de libertinage : il est maintenant mon seul dieu, l'unique règle de ma conduite, la seule base de toutes mes actions. *(Elle encule Dolmancé.)* Est-ce ainsi, mon cher maître?... fais-je bien?...

DOLMANCÉ : A merveille!... En vérité, la petite friponne m'encule comme un homme!... Bon! il me semble que nous voilà parfaitement liés tous les quatre : il ne s'agit plus que d'aller.

Mme DE SAINT-ANGE : Ah! je me meurs, chevalier!... Il m'est impossible de m'accoutumer aux délicieuses secousses de ton beau vit!...

DOLMANCÉ : Sacredieu! que ce cul charmant me donne de plaisir!... Ah! foutre! foutre! déchargeons tous les quatre à la fois!... Doubledieu! je me meurs! j'expire!... Ah! de ma vie je ne déchargeai plus voluptueusement! As-tu perdu ton sperme, chevalier?

LE CHEVALIER : Vois ce con, comme il en est barbouillé.

DOLMANCÉ : Ah! mon ami, que n'en ai-je autant dans le cul!

Mme DE SAINT-ANGE : Reposons-nous, je me meurs.

DOLMANCÉ, *baisant Eugénie :* Cette charmante fille m'a foutu comme un dieu.

EUGÉNIE : En vérité j'y ai ressenti du plaisir.

DOLMANCÉ : Tous les excès en donnent quand on est libertine, et ce qu'une femme a de mieux à faire, est de les multiplier au-delà même du possible.

Mme DE SAINT-ANGE : J'ai placé cinq cents louis chez un notaire pour l'individu quelconque qui m'apprendra une passion que je ne connaisse pas, et qui puisse plonger mes sens dans une volupté dont je n'aie pas encore joui.

DOLMANCÉ : *(Ici les interlocuteurs, rajustés, ne s'occupent plus que de causer.)* Cette idée est bizarre et je la saisirai, mais je doute, madame, que cette envie singulière, après laquelle vous courez, ressemble aux minces plaisirs que vous venez de goûter.

Mme DE SAINT-ANGE : Comment donc?

DOLMANCÉ : C'est qu'en honneur, je ne connais rien de si fastidieux que la jouissance du con, et quand une fois, comme vous, madame, on a goûté le plaisir du cul, je ne conçois pas comment on revient aux autres.

Mme DE SAINT-ANGE : Ce sont de vieilles habitudes. Quand on pense comme moi, on veut être foutue partout et, quelle que soit la partie qu'un engin perfore, on est heureuse quand on l'y sent. Je suis pourtant bien de votre avis, et j'atteste ici à toutes les femmes voluptueuses que le plaisir qu'elles éprouveront à foutre en cul surpassera toujours de beaucoup celui qu'elles éprouveront à le faire en con. Qu'elles s'en rapportent sur cela à la femme de l'Europe qui l'a le plus fait de l'une et de l'autre manière : je leur certifie qu'il n'y a pas la moindre comparaison, et qu'elles reviendront bien difficilement au devant quand elles auront fait l'expérience du derrière.

LE CHEVALIER : Je ne pense pas tout à fait de même. Je me prête à tout ce qu'on veut, mais, par goût, je n'aime vraiment dans les femmes que l'autel qu'indiqua la nature pour leur rendre hommage.

DOLMANCÉ : Eh bien! mais, c'est le cul! Jamais la nature, mon cher chevalier, si tu scrutes avec soin ses lois, n'indiqua d'autres autels à notre hommage que le trou du derrière; elle permet le reste, mais elle ordonne celui-ci. Ah! sacredieu! si son intention n'était pas que nous foutions des culs, aurait-elle aussi justement proportionné leur orifice à nos membres? Cet orifice n'est-il pas rond comme eux? Quel être assez ennemi du bon sens peut imaginer qu'un trou ovale puisse avoir été créé par la nature pour des membres ronds! Ses intentions se lisent dans cette difformité; elle nous fait voir clairement par là que des sacrifices trop réitérés dans cette partie, en multipliant une propagation dont elle ne fait que nous accorder la tolérance, lui déplairaient infailliblement. Mais poursuivons notre éducation. Eugénie vient de considérer tout à l'aise le sublime mystère d'une décharge; je voudrais maintenant qu'elle apprît à en diriger les flots.

Mme DE SAINT-ANGE : Dans l'épuisement où vous voilà tous deux, c'est lui préparer bien de la peine.

DOLMANCÉ : J'en conviens, aussi voilà pourquoi je désirerais que nous puissions avoir, dans votre maison ou dans votre campagne, quelque jeune garçon bien robuste, qui nous servirait de mannequin, et sur lequel nous pourrions donner des leçons.

Mme DE SAINT-ANGE : J'ai précisément votre affaire.

DOLMANCÉ : Ne serait-ce point par hasard un jeune jardinier, d'une figure délicieuse, d'environ dix-huit ou vingt ans, que j'ai vu tout à l'heure travaillant à votre potager?

Mme DE SAINT-ANGE : Augustin! Oui, précisément, Augustin, dont le membre a treize pouces de long sur huit et demi de circonférence!

DOLMANCÉ : Ah! juste ciel! quel monstre!... et cela décharge?...

Mme DE SAINT-ANGE : Oh! comme un torrent!... Je vais le chercher.

Cinquième Dialogue

DOLMANCÉ, LE CHEVALIER,
AUGUSTIN, EUGÉNIE,
MADAME DE SAINT-ANGE.

Mme DE SAINT-ANGE, *amenant Augustin :* Voilà l'homme dont je vous ai parlé. Allons, mes amis, amusons-nous; que serait la vie sans plaisir?... Approche, benêt!... Oh! le sot!... Croyez-vous qu'il y a six mois que je travaille à débourrer ce gros cochon sans pouvoir en venir à bout?

AUGUSTIN : Ma fy! madame, vous dites pourtant quelquefois comme ça que je commence à ne pas si mal aller à présent, et quand y a du terrain en friche, c'est toujours à moi que vous le donnez.

DOLMANCÉ, *riant :* Ah! charmant!... charmant!... Le cher ami, il est aussi franc qu'il est frais... *(Montrant Eugénie.)* Augustin, voilà une banquette de fleurs en friche; veux-tu l'entreprendre?

AUGUSTIN : Ah! tatiguai! monsieux, de si gentils morceaux ne sont pas faits pour nous.

DOLMANCÉ : Allons, mademoiselle.

EUGÉNIE, *rougissant :* Oh, ciel! je suis d'une honte!

DOLMANCÉ : Éloignez de vous ce sentiment pusillanime; toutes nos actions, et surtout celles du libertinage, nous étant inspirées par la nature, il n'en est aucune, de quelque espèce que vous puissiez la supposer, dont nous devions concevoir de la honte. Allons, Eugénie, faites acte de putanisme avec ce jeune homme ; songez que toute provocation faite par une fille à un garçon est une offrande à la nature, et que votre sexe ne la sert jamais mieux que quand il se prostitue au nôtre : que c'est, en un mot, pour être foutue que vous êtes née, et que celle qui se refuse à cette intention de la nature sur elle ne mérite pas de voir le jour. Rabaissez vous-même la culotte de ce jeune homme jusqu'au bas de ses belles cuisses, roulez sa chemise sous sa veste, que le devant... et le derrière, qu'il a, par parenthèse, fort beau, se trouvent à votre disposition... Qu'une de vos mains s'empare maintenant de cet ample morceau de chair, qui, bientôt, je le vois, va vous effrayer par sa forme, et que l'autre se promène sur les fesses, et chatouille ainsi l'orifice du cul... Oui, de cette manière... *(Pour faire voir à Eugénie ce dont il s'agit, il socratise Augustin lui-même.)* Décalottez bien cette tête rubiconde ; ne la recouvrez jamais en polluant ; tenez-la nue... tendez le filet au point de le rompre... Eh bien ! voyez-vous déjà l'effet de mes leçons ?... Et toi, mon enfant, je t'en conjure, ne reste pas ainsi les mains jointes ; n'y a-t-il donc pas là de quoi les occuper ?... promène-les sur ce beau sein, sur ces belles fesses...

AUGUSTIN : Monsieux, est-ce que je ne pourrions pas baiser cette demoiselle qui me fait tant de plaisir ?

Mme DE SAINT-ANGE : Eh ! baise-la, imbécile,

baise-la tant que tu voudras; ne me baises-tu pas, moi, quand je couche avec toi?

AUGUSTIN : Ah! tatiguai! la belle bouche!... Comme ça vous est frais!... Il me semble avoir le nez sur les roses de not' jardin! *(Montrant son vit bandant.)* Aussi, voyez-vous, monsieux, v'là l'effet que ça produit!

EUGÉNIE : Oh, ciel! comme il s'allonge!...

DOLMANCÉ : Que vos mouvements deviennent à présent plus réglés, plus énergiques... Cédez-moi la place un instant, et regardez bien comme je fais. *(Il branle Augustin.)* Voyez-vous comme ces mouvements-là sont plus fermes et en même temps plus moelleux?... Là, reprenez, et surtout ne recalottez pas... Bon! le voilà dans toute son énergie; examinons maintenant s'il est vrai qu'il l'ait plus gros que le chevalier.

EUGÉNIE : N'en doutons pas; vous voyez bien que je ne puis l'empoigner.

DOLMANCÉ *mesure :* Oui, vous avez raison : treize de longueur sur huit et demi de circonférence. Je n'en ai jamais vu de plus gros. Voilà ce qu'on appelle un superbe vit. Et vous vous en servez, madame?

Mme DE SAINT-ANGE : Régulièrement toutes les nuits quand je suis à cette campagne.

DOLMANCÉ : Mais dans le cul, j'espère?

Mme DE SAINT-ANGE : Un peu plus souvent que dans le con.

DOLMANCÉ : Ah! sacredieu! quel libertinage!... Eh bien, en honneur, je ne sais si je le soutiendrais.

Mme DE SAINT-ANGE : Ne faites donc pas

l'étroit, Dolmancé; il entrera dans votre cul comme dans le mien.

DOLMANCÉ : Nous verrons cela; je me flatte que mon Augustin me fera l'honneur de me lancer un peu de foutre dans le derrière; je le lui rendrai; mais continuons notre leçon... Allons, Eugénie, le serpent va vomir son venin : préparez-vous; que vos yeux se fixent sur la tête de ce sublime membre; et quand, pour preuve de sa prompte éjaculation, vous allez le voir se gonfler, se nuancer du plus beau pourpre, que vos mouvements alors acquièrent toute l'énergie dont ils sont susceptibles; que les doigts qui chatouillent l'anus s'y enfoncent le plus avant que faire se pourra; livrez-vous tout entière au libertin qui s'amuse de vous; cherchez sa bouche afin de le sucer; que vos attraits volent, pour ainsi dire, au-devant de ses mains... Il décharge, Eugénie, voilà l'instant de votre triomphe.

AUGUSTIN : Ahe! ahe! ahe! mam'selle, je me meurs!... je ne puis plus!... Allez donc plus fort, je vous en conjure... Ah! sacrédié! je n'y vois plus clair!...

DOLMANCÉ : Redoublez, redoublez, Eugénie! ne le ménagez pas, il est dans l'ivresse... Ah! quelle abondance de sperme!... avec quelle vigueur il s'est élancé!... Voyez les traces du premier jet : il a sauté à plus de dix pieds... Foutredieu! la chambre en est pleine!... Je n'ai jamais vu décharger comme cela, et il vous a, dites-vous, foutue cette nuit, madame?

Mme DE SAINT-ANGE : Neuf ou dix coups, je crois : il y a longtemps que nous ne comptons plus.

Le chevalier : Belle Eugénie, vous en êtes couverte.

Eugénie : Je voudrais en être inondée. *(A Dolmancé.)* Eh bien, mon maître, es-tu content ?

Dolmancé : Fort bien, pour un début ; mais il est encore quelques épisodes que vous avez négligés.

Mme de Saint-Ange : Attendons : ils ne peuvent être en elle que le fruit de l'expérience ; pour moi, je l'avoue, je suis fort contente de mon Eugénie ; elle annonce les plus heureuses dispositions, et je crois que nous devons maintenant la faire jouir d'un autre spectacle. Faisons-lui voir les effets d'un vit dans le cul. Dolmancé, je vais vous offrir le mien ; je serai dans les bras de mon frère : il m'enconnera, vous m'enculerez, et c'est Eugénie qui préparera votre vit, qui le placera dans mon cul, qui en réglera tous les mouvements, qui les étudiera, afin de se rendre familière à cette opération, que nous lui ferons ensuite subir à elle-même par l'énorme vit de cet hercule.

Dolmancé : Je m'en flatte, et ce joli petit derrière sera bientôt déchiré sous nos yeux par les secousses violentes du brave Augustin. J'approuve, en attendant, ce que vous proposez, madame, mais si vous voulez que je vous traite bien, permettez-moi d'y mettre une clause : Augustin, que je vais faire rebander en deux tours de poignet, m'enculera pendant que je vous sodomiserai.

Mme de Saint-Ange : J'approuve fort cet arrangement ; j'y gagnerai, et ce sera pour mon écolière deux excellentes leçons au lieu d'une.

Dolmancé, *s'emparant d'Augustin :* Viens, mon

gros garçon, que je te ranime... Comme il est beau!... Baise-moi, cher ami... Tu es encore tout mouillé de foutre, et c'est du foutre que je te demande... Ah! sacredieu! il faut que je lui gamahuche le cul, tout en le branlant!...

Le chevalier : Approche, ma sœur; afin de répondre aux vues de Dolmancé et aux tiennes, je vais m'étendre sur ce lit; tu te coucheras dans mes bras, en lui exposant tes belles fesses dans le plus grand écartement possible... Oui, c'est cela : nous pourrions toujours commencer.

Dolmancé : Non pas, vraiment : attendez-moi; il faut d'abord que j'encule ta sœur, puisque Augustin me l'insinue; ensuite je vous marierai : ce sont mes doigts qui doivent vous lier. Ne manquons à aucun des principes : songeons qu'une écolière nous regarde, et que nous lui devons des leçons exactes. Eugénie, venez me branler pendant que je détermine l'énorme engin de ce mauvais sujet; soutenez l'érection de mon vit, en le polluant avec légèreté sur vos fesses... *(Elle exécute.)*

Eugénie : Fais-je bien?

Dolmancé : Il y a toujours trop de mollesse dans vos mouvements; serrez beaucoup plus le vit que vous branlez, Eugénie; si la masturbation n'est agréable qu'en ce qu'elle comprime davantage que la jouissance, il faut donc que la main qui y coopère devienne pour l'engin qu'elle travaille un local infiniment plus étroit qu'aucune autre partie du corps... Mieux! c'est mieux, cela!... écartez le derrière un peu plus, afin qu'à chaque secousse la tête de mon vit touche au trou de votre cul... oui, c'est cela!... Branle ta sœur en attendant, chevalier :

nous sommes à toi dans la minute... Ah! bon! voilà mon homme qui bande... Allons, préparez-vous, madame; ouvrez ce cul sublime à mon ardeur impure; guide le dard, Eugénie; il faut que ce soit ta main qui le conduise sur la brèche; il faut que ce soit elle qui le fasse pénétrer; dès qu'il sera dedans, tu t'empareras de celui d'Augustin, dont tu rempliras mes entrailles; ce sont là des devoirs de novice, il y a de l'instruction à recevoir à tout cela; voilà pourquoi je te le fais faire.

Mme DE SAINT-ANGE : Mes fesses sont-elles bien à toi, Dolmancé? Ah! mon ange, si tu savais combien je te désire, combien il y a de temps que je veux être enculée par un bougre!

DOLMANCÉ : Vos vœux vont être exaucés, madame; mais souffrez que je m'arrête un instant aux pieds de l'idole : je veux la fêter avant que de m'introduire au fond de son sanctuaire... Quel cul divin!... Que je le baise!... que je le lèche mille et mille fois!... Tiens, le voilà, ce vit que tu désires!... Le sens-tu coquine? Dis, dis; sens-tu comme il pénètre?...

Mme DE SAINT-ANGE : Ah! mets-le-moi jusqu'au fond des entrailles!... O douce volupté, quel est donc ton empire!

DOLMANCÉ : Voilà un cul comme je n'en foutis de mes jours; il est digne de Ganymède lui-même! Allons, Eugénie, par vos soins qu'Augustin m'encule à l'instant.

EUGÉNIE : Le voilà, je vous l'apporte. *(A Augustin.)* Tiens, bel ange, vois-tu le trou qu'il te faut perforer?

AUGUSTIN : Je le voyons bien... Dame! il y a de la

place là!... J'entrerai mieux là-dedans que chez vous, au moins, mam'selle; baisez-moi donc un peu pour qu'il entre mieux.

Eugénie, *l'embrassant* : Oh! tant que tu voudras, tu es si frais!... Mais pousse donc!... Comme la tête s'y est engloutie tout de suite!... Ah! il me paraît que le reste ne tardera pas...

Dolmancé : Pousse, pousse, mon ami... déchire-moi s'il le faut... Tiens, vois mon cul, comme il se prête... Ah! sacredieu! quelle massue!... je n'en reçus jamais de pareille... Combien reste-t-il de pouces au-dehors, Eugénie?

Eugénie : A peine deux!

Dolmancé : J'en ai donc onze dans le cul!... Quelles délices!... Il me crève, je n'en puis plus!... Allons, chevalier, es-tu prêt?...

Le chevalier : Tâte, et dis ce que tu en penses.

Dolmancé : Venez mes enfants, que je vous marie... que je coopère de mon mieux à ce divin inceste. (*Il introduit le vit du chevalier dans le con de sa sœur.*)

Mme de Saint-Ange : Ah! mes amis, me voilà donc foutue des deux côtés... Sacredieu! quel divin plaisir!... Non, il n'en est pas de semblable au monde... Ah! foutre! que je plains la femme qui ne l'a pas goûté!... Secoue-moi, Dolmancé, secoue-moi... force-moi par la violence de tes mouvements à me précipiter sur le glaive de mon frère, et toi, Eugénie, contemple-moi; viens me regarder dans le vice; viens apprendre, à mon exemple, à le goûter avec transport, à le savourer avec délices... Vois, mon amour, vois tout ce que je fais à la fois : scandale, séduction, mauvais exemple, inceste,

adultère, sodomie!... O Lucifer! seul et unique dieu
de mon âme, inspire-moi quelque chose de plus,
offre à mon cœur de nouveaux écarts, et tu verras
comme je m'y plongerai!

DOLMANCÉ : Voluptueuse créature! comme tu
détermines mon foutre, comme tu en presses la
décharge par tes propos et l'extrême chaleur de ton
cul!... Tout va me faire partir à l'instant... Eugénie,
échauffe le courage de mon fouteur; presse ses
flancs, entrouvre ses fesses; tu connais maintenant
l'art de ranimer des désirs vacillants... Ta seule
approche donne de l'énergie au vit qui me fout... Je
le sens, ses secousses sont plus vives... Friponne, il
faut que je te cède ce que je n'aurais voulu devoir
qu'à mon cul... Chevalier, tu t'emportes, je le
sens... Attends-moi!... attends-nous!... O mes
amis, ne déchargeons qu'ensemble : c'est le seul
bonheur de la vie!...

Mme DE SAINT-ANGE : Ah! foutre! foutre! partez
quand vous voudrez... pour moi, je n'y tiens plus!
Double nom d'un dieu, dont je me fous!... Sacré
bougre de dieu! je décharge!... Inondez-moi, mes
amis... inondez votre putain... lancez les flots de
votre foutre écumeux jusqu'au fond de son âme
embrasée : elle n'existe que pour les recevoir!...
Ahe! ahe! ahe! foutre!... foutre!... quel incroyable
excès de volupté!... Je me meurs!... Eugénie, que je
te baise, que je te mange, que je dévore ton foutre,
en perdant le mien!... *(Augustin, Dolmancé et le
chevalier font chorus; la crainte d'être monotone nous
empêche de rendre des expressions qui, dans de tels
instants, se ressemblent toutes.)*

DOLMANCÉ : Voilà une des bonnes jouissances

que j'aie eues de ma vie. *(Montrant Augustin.)* Ce bougre-là m'a rempli de sperme!... mais je vous l'ai bien rendu, madame!...

Mme DE SAINT-ANGE : Ah! ne m'en parlez pas; j'en suis inondée.

EUGÉNIE : Je n'en peux pas dire autant, moi! *(Se jetant en folâtrant dans les bras de son amie.)* Tu dis que tu as fait bien des péchés, ma bonne; jamais, pour moi, Dieu merci! pas un seul! Ah! si je mange longtemps mon pain à la fumée comme cela, je n'aurai pas d'indigestion.

Mme DE SAINT-ANGE, *éclatant de rire :* La drôle de créature!

DOLMANCÉ : Elle est charmante!... Venez ici, petite fille, que je vous fouette. *(Il lui claque le cul.)* Baisez-moi, vous aurez bientôt votre tour.

Mme DE SAINT-ANGE : Il ne faut à l'avenir s'occuper que d'elle seule, mon frère; considère-la, c'est ta proie; examine ce charmant pucelage, il va bientôt t'appartenir.

EUGÉNIE : Oh! non pas par-devant : cela me ferait trop de mal; par-derrière tant que vous voudrez, comme Dolmancé me l'a fait tout à l'heure.

Mme DE SAINT-ANGE : La naïve et délicieuse fille! Elle vous demande précisément ce qu'on a tant de peine à obtenir des autres!

EUGÉNIE : Oh! ce n'est pas sans un peu de remords; car vous ne m'avez point rassurée sur le crime énorme que j'ai toujours entendu dire qu'il y avait à cela, et surtout à le faire d'homme à homme, comme cela vient d'arriver à Dolmancé et à Augustin. Voyons, voyons, monsieur, comment votre philosophie explique cette sorte de délit. Il est affreux, n'est-ce pas?

DOLMANCÉ : Commencez à partir d'un point, Eugénie, c'est que rien n'est affreux en libertinage, parce que tout ce que le libertinage inspire l'est également par la nature; les actions les plus extraordinaires, les plus bizarres, celles qui paraissent choquer le plus évidemment toutes les lois, toutes les institutions humaines (car, pour le ciel, je n'en parle pas), eh bien, Eugénie, celles-là même ne sont point affreuses, et il n'en est pas une d'elles qui ne puisse se démontrer dans la nature; il est certain que celle dont vous me parlez, belle Eugénie, est la même relativement à laquelle on trouve une fable si singulière dans le plat roman de l'Écriture sainte, fastidieuse compilation d'un juif ignorant, pendant la captivité de Babylone; mais il est faux, hors de toute vraisemblance, que ce soit en punition de ces écarts que ces villes, ou plutôt ces bourgades, aient péri par le feu; placées sur le cratère de quelques anciens volcans, Sodome, Gomorrhe périrent comme ces villes de l'Italie qu'engloutirent les laves du Vésuve; voilà tout le miracle, et ce fut pourtant de cet événement tout simple que l'on partit pour inventer barbarement le supplice du feu contre les malheureux humains qui se livraient dans une partie de l'Europe à cette naturelle fantaisie.

EUGÉNIE : Oh! naturelle!...

DOLMANCÉ : Oui, naturelle, je le soutiens; la nature n'a pas deux voix, dont l'une fasse journellement le métier de condamner ce que l'autre inspire, et il est bien certain que ce n'est que par son organe que les hommes entichés de cette manie reçoivent les impressions qui les y portent. Ceux qui veulent proscrire ou condamner ce goût prétendent qu'il nuit à la population. Qu'ils sont plats, ces imbéciles qui n'ont jamais que cette idée de population dans la tête, et qui ne voient jamais que du crime à tout ce qui s'éloigne de là! Est-il donc démontré que la nature ait de cette population un aussi grand besoin qu'ils voudraient nous le faire croire? Est-il bien certain qu'on l'outrage chaque fois qu'on s'écarte de cette stupide propagation? Scrutons un instant, pour nous en convaincre, et sa marche et ses lois. Si la nature ne faisait que créer, et qu'elle ne détruisît jamais, je pourrais croire avec ces fastidieux sophistes que le plus sublime de tous les actes serait de travailler sans cesse à celui qui produit, et je leur accorderais, à la suite de cela, que le refus de produire devrait nécessairement être un crime. Le plus léger coup d'œil sur les opérations de la nature ne prouve-t-il pas que les destructions sont aussi nécessaires à ses plans que les créations? que l'une et l'autre de ces opérations se lient et s'enchaînent même si intimement qu'il devient impossible que l'une puisse agir sans l'autre? que rien ne naîtrait, rien ne se régénérerait sans des destructions? La destruction est donc une des lois de la nature comme la création.

Ce principe admis, comment puis-je offenser cette nature en refusant de créer? ce qui, à supposer un mal à cette action, en deviendrait un infiniment moins grand, sans doute, que celui de détruire, qui pourtant se trouve dans ses lois, ainsi que je viens de le prouver. Si, d'un côté, j'admets donc le penchant que la nature me donne à cette perte, que j'examine, de l'autre, qu'il lui est nécessaire et que je ne fais qu'entrer dans ses vues en m'y livrant, où sera le crime alors, je vous le demande ? Mais, vous objectent encore les sots et les populateurs, ce qui est synonyme, ce sperme productif ne peut être placé dans vos reins à aucun autre usage que pour celui de la propagation : l'en détourner est une offense. Je viens d'abord de prouver que non, puisque cette perte n'équivaudrait même pas à une destruction et que la destruction, bien plus importante que la perte, ne serait pas elle-même un crime. Secondement, il est faux que la nature veuille que cette liqueur spermatique soit absolument et entièrement destinée à produire ; si cela était, non seulement elle ne permettrait pas que cet écoulement eût lieu dans tout autre cas, comme nous le prouve l'expérience, puisque nous la perdons, et quand nous voulons et où nous voulons, et ensuite elle s'opposerait à ce que ces pertes eussent lieu sans coït, comme il arrive, et dans nos rêves et dans nos souvenirs ; avare d'une liqueur aussi précieuse, ce ne serait jamais que dans le vase de la propagation qu'elle en permettrait l'écoulement ; elle ne voudrait assurément pas que cette volupté dont elle nous couronne alors pût être ressentie quand nous détournerions l'hommage ; car il ne serait pas raisonnable de supposer qu'elle consentît à nous donner du plaisir même au moment où nous l'accablerions d'outrages. Allons plus loin ; si les femmes n'étaient nées que pour produire, ce qui serait assurément si cette production était si chère à la nature, arriverait-il que, sur la plus longue vie d'une femme, il ne se trouve cependant que sept ans, toute déduction faite, où elle soit en état de donner la vie à son semblable? Quoi! la nature est avide de propagation; tout ce qui ne tend pas à ce but l'offense, et sur cent ans de vie le sexe destiné à produire ne le pourra que pendant sept ans! La nature ne veut que des propagations, et la semence qu'elle prête à l'homme pour servir ces propagations se perd tant qu'il plaît à l'homme! Il trouve le même plaisir à cette perte qu'à l'emploi utile, et jamais le moindre inconvénient!...

Cessons, mes amis, cessons de croire à de telles absurdités : elles font frémir le bon sens. Ah! loin d'outrager la nature, persuadons-nous bien, au contraire, que le sodomite et la tribade la servent, en se refusant opiniâtrement à une conjonction dont il ne résulte qu'une progéniture fastidieuse pour elle. Cette propagation, ne nous trompons point, ne fut jamais une de ses lois, mais une tolérance tout au plus, je vous l'ai dit. Eh! que lui importe que la race des hommes s'éteigne ou s'anéantisse sur la terre! Elle rit de notre orgueil à nous persuader que tout finirait si ce malheur avait lieu! Mais elle ne s'en apercevrait seulement pas. S'imagine-t-on qu'il n'y ait pas déjà des races éteintes? Buffon en compte plusieurs, et la nature, muette à une perte aussi précieuse, ne s'en aperçoit seulement pas. L'espèce entière s'anéantirait que ni l'air n'en serait moins pur, ni l'astre moins brillant, ni la marche de l'univers moins exacte. Qu'il fallait d'imbécillité, cependant, pour croire que notre espèce est tellement utile au monde que celui qui ne travaillerait pas à la propager ou celui qui troublerait cette propagation deviendrait nécessairement un criminel! Cessons de nous aveugler à ce point, et que l'exemple des peuples plus raisonnables que nous serve à nous persuader de nos erreurs. Il n'y a pas un seul coin sur la terre où ce prétendu crime de sodomie n'ait eu des temples et des sectateurs. Les Grecs, qui en faisaient pour ainsi dire une vertu, lui érigèrent une statue sous le nom de Vénus Callipyge; Rome envoya chercher des lois à Athènes, et elle en rapporta ce goût divin.

Quel progrès ne lui voyons-nous pas faire sous les empereurs! A l'abri des aigles romaines, il s'étend d'un bout de la terre à l'autre; à la destruction de l'empire, il se réfugie près de la tiare, il suit les arts en Italie, il nous parvient quand nous nous policons. Découvrons-nous un hémisphère, nous y trouvons la sodomie. Cook mouille dans un nouveau monde : elle y règne. Si nos ballons eussent été dans la lune, elle s'y serait trouvée tout de même. Goût délicieux, enfant de la nature et du plaisir, vous devez être partout où se trouveront les hommes, et partout où l'on vous aura connu l'on vous érigera des autels! O mes amis, peut-il être une extravagance pareille à celle d'imaginer qu'un homme doit être un monstre digne de perdre la vie parce qu'il a préféré dans sa jouissance le trou d'un cul à celui d'un con, parce qu'un jeune homme avec lequel il trouve deux plaisirs, celui d'être à la fois amant et maîtresse, lui a paru préférable à une fille, qui ne lui promet qu'une jouissance! Il sera un scélérat, un monstre, pour avoir voulu jouer le rôle d'un sexe qui n'est pas le sien! Eh! pourquoi la nature l'a-t-elle créé sensible à ce plaisir?

Examinez sa conformation; vous y observerez des différences totales avec celle des hommes qui n'ont pas reçu ce goût en partage; ses fesses seront plus blanches, plus potelées; pas un poil n'ombragera l'autel du plaisir, dont l'intérieur, tapissé d'une membrane plus délicate, plus sensuelle, plus chatouilleuse, se trouvera positivement du même genre que l'intérieur du vagin d'une femme; le caractère de cet homme, encore différent de celui des autres, aura plus de mollesse, plus de flexibilité; vous lui trouverez presque tous les vices et toutes les vertus des femmes; vous y reconnaîtrez jusqu'à leur faiblesse; tous auront leurs manies et quelques-uns de leurs traits. Serait-il donc possible que la nature, en les assimilant de cette manière à des femmes, pût s'irriter de ce qu'ils ont leurs goûts? N'est-il pas clair que c'est une classe d'hommes différente de l'autre et que la nature créa ainsi pour diminuer cette propagation, dont la trop grande étendue lui nuirait infailliblement?... Ah! ma chère Eugénie, si vous saviez comme on jouit délicieusement quand un gros vit nous remplit le derrière; lorsque, enfoncé jusqu'aux couillons, il s'y trémousse avec ardeur; que, ramené jusqu'au prépuce, il s'y renfonce jusqu'au poil! Non, non, il n'est point dans le monde entier une jouissance qui vaille celle-là: c'est celle des philosophes, c'est celle des héros, ce serait celle des dieux, si les parties de cette divine jouissance n'étaient pas elles-mêmes les seuls dieux que nous devions adorer sur la terre [1] !

EUGÉNIE, *très animée :* Oh! mes amis, que l'on m'encule!... Tenez, voilà mes fesses... je vous les offre!... Foutez-moi, je décharge!... *(Elle tombe, en prononçant ces mots, dans les bras de Mme de Saint-Ange, qui la serre, l'embrasse et offre les reins élevés de cette jeune fille à Dolmancé.)*

Mme DE SAINT-ANGE : Divin instituteur, résisterez-vous à cette proposition? Ce sublime derrière ne vous tentera-t-il pas? Voyez comme il bâille, et comme il s'entrouvre!

DOLMANCÉ : Je vous demande pardon, belle Eugénie; ce ne sera pas moi, si vous le voulez bien, qui me chargerai d'éteindre les feux que j'allume. Chère enfant, vous avez à mes yeux le grand tort d'être femme. J'ai bien voulu oublier toute prévention pour cueillir vos prémices; trouvez bon que j'en reste là; le chevalier va se charger de la besogne. Sa sœur, armée de ce godemiché, portera au cul de son frère des coups les plus redoutables, tout en présentant son beau derrière à Augustin, qui l'enculera et que je foutrai pendant ce temps-là; car, je ne vous le cache pas, le cul de ce beau garçon me tente depuis une heure, et je veux absolument lui rendre ce qu'il m'a fait.

EUGÉNIE : J'adopte le change; mais, en vérité, Dolmancé, la franchise de votre aveu n'en soustrait pas l'impolitesse.

---

1. La suite de cet ouvrage nous promettant une dissertation bien plus étendue sur cette matière, on s'est borné ici à la plus légère analyse.

DOLMANCÉ : Mille pardons, mademoiselle ; mais, nous autres bougres, nous ne nous piquons que de franchise et d'exactitude dans nos principes.

Mme DE SAINT-ANGE : La réputation de franchise n'est pourtant pas celle que l'on donne à ceux qui, comme vous, sont accoutumés à ne prendre les gens que par-derrière.

DOLMANCÉ : Un peu traître, oui, un peu faux ; vous croyez ? Eh bien, madame, je vous ai démontré que ce caractère était indispensable dans la société. Condamnés à vivre avec des gens qui ont le plus grand intérêt à se cacher à nos yeux, à nous déguiser les vices qu'ils ont, pour ne nous offrir que les vertus qu'ils n'encensèrent jamais, il y aurait à nous le plus grand danger à ne leur montrer que de la franchise ; car alors il est clair que nous leur donnerions sur nous tous les avantages qu'ils nous refusent, et la duperie serait manifeste. La dissimulation et l'hypocrisie sont des besoins que la société nous a faits : cédons-y. Permettez-moi de m'offrir à vous un instant pour exemple, madame : il n'est assurément dans le monde aucun être plus corrompu ; eh bien, mes contemporains s'y trompent ; demandez-leur ce qu'ils pensent de moi, tous vous diront que je suis un honnête homme, tandis qu'il n'est pas un seul crime dont je n'aie fait mes plus chères délices !

Mme DE SAINT-ANGE : Oh ! vous ne me persuaderez pas que vous en ayez commis d'atroces.

DOLMANCÉ : D'atroces... en vérité, madame, j'ai fait des horreurs.

Mme DE SAINT-ANGE : Eh bien, oui, vous êtes comme celui qui disait à son confesseur : « Le détail est inutile, monsieur; excepté le meurtre et le vol, vous pouvez être sûr que j'ai tout fait! »

DOLMANCÉ : Oui, madame, je dirai la même chose, mais à l'exception près.

Mme DE SAINT-ANGE : Quoi! libertin, vous vous êtes permis...?

DOLMANCÉ : Tout, madame, tout; se refuse-t-on quelque chose avec mon tempérament et mes principes?

Mme DE SAINT-ANGE : Ah! foutons! foutons!... Je ne puis plus tenir à ces propos; nous y reviendrons, Dolmancé; mais, pour ajouter plus de foi à vos aveux, je ne veux les entendre qu'*à tête fraîche*. Quand vous bandez, vous aimez à dire des horreurs, et peut-être nous donneriez-vous ici pour des vérités les libertins prestiges de votre imagination enflammée. *(On s'arrange.)*

DOLMANCÉ : Attends, chevalier, attends : c'est moi-même qui vais l'introduire; mais il faut préalablement, j'en demande pardon à la belle Eugénie, il faut qu'elle me permette de la fouetter pour la mettre en train. *(Il la fouette.)*

EUGÉNIE : Je vous réponds que cette cérémonie était inutile... Dites, Dolmancé, qu'elle satisfait votre luxure; mais, en y procédant, n'ayez pas l'air, je vous prie, de rien faire pour moi.

DOLMANCÉ, *toujours fouettant* : Ah! tout à l'heure, vous m'en direz des nouvelles!... Vous ne connaissez pas l'empire de ce préliminaire... Allons, allons, petite coquine, vous serez fustigée!

EUGÉNIE : Oh! ciel! comme il y va!... Mes fesses sont en feu!... Mais vous me faites mal, en vérité!...

Mme DE SAINT-ANGE : Je vais te venger, ma mie ; je vais le lui rendre. *(Elle fouette Dolmancé.)*

DOLMANCÉ : Oh! de tout mon cœur; je ne demande qu'une grâce à Eugénie, c'est de trouver bon que je la fouette aussi fort que je désire l'être moi-même ; vous voyez comme me voilà dans la loi de la nature; mais, attendez, arrangeons cela : qu'Eugénie monte sur vos reins, madame; elle s'accrochera à votre col, comme ces mères qui portent leurs enfants sur leur dos; là, j'aurai deux culs sous ma main; je les étrillerai ensemble; le chevalier et Augustin me le rendront en frappant à la fois tous deux sur mes fesses... Oui, c'est ainsi... Ah! nous y voilà!... Quelles délices!

Mme DE SAINT-ANGE : N'épargnez pas cette petite coquine, je vous en conjure, et comme je ne vous demande point de grâce, je ne veux pas que vous lui en fassiez aucune.

EUGÉNIE : Ahe! ahe! ahe! en vérité, je crois que mon sang coule.

Mme DE SAINT-ANGE : Il embellira tes fesses en les colorant... Courage, mon ange, courage; souviens-toi que c'est par les peines qu'on arrive toujours aux plaisirs.

EUGÉNIE : En vérité, je n'en puis plus.

DOLMANCÉ *suspend une minute pour contempler son ouvrage; puis, reprenant :* Encore une soixantaine, Eugénie; oui, oui, soixante encore sur chaque cul!... Oh! coquines! comme vous allez avoir du plaisir à foutre maintenant! *(La posture se défait.)*

Mme DE SAINT-ANGE, *examinant les fesses d'Eugénie :* Ah! la pauvre petite, son derrière est en sang!... Scélérat, comme tu as du plaisir à baiser ainsi les vestiges de ta cruauté!

Dolmancé, *se polluant* : Oui, je ne le cache pas, et mes baisers seraient plus ardents si les vestiges étaient plus cruels.

Eugénie : Ah! vous êtes un monstre!

Dolmancé : J'en conviens!

Le chevalier : Il y a de la bonne foi, au moins!

Dolmancé : Allons, sodomise-la, chevalier.

Le chevalier : Contiens ses reins, et dans trois secousses il y est.

Eugénie : Oh! ciel! vous l'avez plus gros que Dolmancé!... Chevalier, vous me déchirez!... ménagez-moi, je vous en conjure!...

Le chevalier : Cela est impossible, mon ange. Je dois atteindre le but... Songez que je suis ici sous les yeux de mon maître : il faut que je me rende digne de ses leçons.

Dolmancé : Il y est!... J'aime prodigieusement à voir le poil d'un vit frotter les parois d'un anus... Allons, madame, enculez votre frère... Voilà le vit d'Augustin tout prêt à s'introduire en vous, et moi, je vous réponds de ne pas ménager votre fouteur... Ah! bon! il me semble que voilà le chapelet formé; ne pensons plus qu'à décharger maintenant.

Mme de Saint-Ange : Examinez donc cette petite gueuse, comme elle frétille.

Eugénie : Est-ce ma faute? je meurs de plaisir!... Cette fustigation... ce vit immense... et cet aimable chevalier, qui me branle encore pendant ce temps-là!... Ma bonne, ma bonne, je n'en puis plus!...

Mme de Saint-Ange : Sacredieu! je t'en livre autant, je décharge!...

DOLMANCÉ : Un peu d'ensemble, mes amis; si vous vouliez seulement m'accorder deux minutes, je vous aurais bientôt atteints, et nous partirions tous à la fois.

LE CHEVALIER : Il n'est plus temps; mon foutre coule dans le cul de la belle Eugénie... je me meurs!... Ah! sacré nom d'un dieu! que de plaisirs!...

DOLMANCÉ : Je vous suis, mes amis... je vous suis... le foutre m'aveugle également...

AUGUSTIN : Et moi donc!... et moi donc!...

Mme DE SAINT-ANGE : Quelle scène!... Ce bougre-là m'a rempli le cul!...

LE CHEVALIER : Au bidet, mesdames, au bidet!

Mme DE SAINT-ANGE : Non, en vérité, j'aime cela, moi, j'aime à me sentir du foutre dans le cul : je ne le rends jamais quand j'en ai.

EUGÉNIE : En vérité, je n'en puis plus... Dites-moi maintenant, mes amis, si une femme doit toujours accepter la proposition d'être ainsi foutue, quand on la lui fait?

Mme DE SAINT-ANGE : Toujours, ma chère, toujours; elle doit faire plus, même : comme cette manière de foutre est délicieuse, elle doit l'exiger de ceux dont elle se sert; mais si elle dépend de celui avec lequel elle s'amuse, si elle espère en obtenir des faveurs, des présents ou des grâces, qu'elle se fasse valoir, qu'elle se fasse presser; il n'y a pas d'homme de ce goût qui, dans pareil cas, ne se ruine avec une femme assez adroite pour ne lui faire de refus qu'avec le dessein de l'enflammer davantage; elle en tirera tout ce qu'elle voudra si elle possède bien l'art de n'accorder qu'à propos ce qu'on lui demande.

DOLMANCÉ : Eh bien, petit ange, es-tu convertie? cesses-tu de croire que la sodomie soit un crime?

EUGÉNIE : Et quand elle en serait un, que m'importe? Ne m'avez-vous pas démontré le néant des crimes? Il est bien peu d'actions maintenant qui soient criminelles à mes yeux.

DOLMANCÉ : Il n'est de crime à rien, chère fille, à quoi que ce soit au monde : la plus monstrueuse des actions n'a-t-elle pas un côté par lequel elle nous est propice?

EUGÉNIE : Qui en doute?

DOLMANCÉ : Eh bien, de ce moment elle cesse d'être un crime; car, pour que ce qui sert l'un en nuisant à l'autre fût un crime, il faudrait démontrer que l'être lésé est plus précieux à la nature que l'être servi : or tous les individus étant égaux aux yeux de la nature, cette prédilection est impossible; donc l'action qui sert à l'un en nuisant à l'autre est d'une indifférence parfaite à la nature.

EUGÉNIE : Mais si l'action nuisait à une très grande majorité d'individus, et qu'elle ne nous rapportât à nous qu'une très légère dose de plaisir, ne serait-il pas affreux de s'y livrer alors?

DOLMANCÉ : Pas davantage, parce qu'il n'y a aucune comparaison entre ce qu'éprouvent les autres et ce que nous ressentons; la plus forte dose de douleur chez les autres doit assurément être nulle pour nous, et le plus léger chatouillement de plaisir éprouvé par nous nous touche; donc nous devons, à quel prix que ce soit, préférer ce léger chatouillement qui nous délecte à cette somme immense des malheurs d'autrui, qui ne saurait nous atteindre. Mais s'il arrive, au contraire, que la singularité de nos organes, une construction bizarre, nous rendent agréables les douleurs du prochain, ainsi que cela arrive souvent : qui doute alors que nous ne devions incontestablement préférer cette douleur d'autrui qui nous amuse, à l'absence de cette douleur qui deviendrait une privation pour nous? La source de toutes nos erreurs en morale vient de l'admission ridicule de ce fil de fraternité qu'inventèrent les chrétiens dans leur siècle d'infortune et de détresse. Contraints à mendier la pitié des autres, il n'était pas maladroit d'établir qu'ils étaient tous frères. Comment refuser des secours d'après une telle hypothèse? Mais il est impossible d'admettre cette doctrine. Ne naissons-nous pas tous isolés? je dis plus, tous ennemis les uns des autres, tous dans un état de guerre perpétuelle et réciproque? Or, je vous demande si cela serait dans la supposition que les vertus exigées par ce prétendu fil de fraternité fussent réellement dans la nature. Si sa voix les inspirait aux hommes, ils les éprouveraient dès en naissant. Dès lors, la pitié, la bienfaisance, l'humanité seraient des vertus naturelles, dont il serait impossible de se défendre, et qui rendraient cet état primitif de l'homme sauvage totalement contraire à ce que nous le voyons.

EUGÉNIE : Mais si, comme vous le dites, la nature fait naître les hommes isolés, tous indépendants les uns des autres, au moins m'accorderez-vous que les besoins, en les rapprochant, ont dû nécessairement établir quelques liens entre eux; de là, ceux du sang nés de leur alliance réciproque, ceux de l'amour, de l'amitié, de la reconnaissance ; vous respecterez au moins ceux-là, j'espère ?

DOLMANCÉ : Pas plus que les autres, en vérité ; mais analysons-les, je le veux : un coup d'œil rapide, Eugénie, sur chacun en particulier. Direz-vous, par exemple, que le besoin de me marier, ou pour voir prolonger ma race, ou pour arranger ma fortune, doit établir des liens indissolubles ou sacrés avec l'objet auquel je m'allie ? Ne serait-ce pas, je vous le demande, une absurdité que de soutenir cela ? Tant que dure l'acte du coït, je peux, sans doute, avoir besoin de cet objet pour y participer ; mais sitôt qu'il est satisfait, que reste-t-il, je vous prie, entre lui et moi ? et quelle obligation réelle enchaînera à lui ou à moi les résultats de ce coït ? Ces derniers liens furent les fruits de la frayeur qu'eurent les parents d'être abandonnés dans leur vieillesse, et les soins intéressés qu'ils ont de nous dans notre enfance ne sont que pour mériter ensuite les mêmes attentions dans leur dernier âge. Cessons d'être la dupe de tout cela : nous ne devons rien à nos parents... pas la moindre chose, Eugénie, et, comme c'est bien moins pour nous que pour eux qu'ils ont travaillé, il nous est permis de les détester, et de nous en défaire même, si leur procédé nous irrite ; nous ne devons les aimer que s'ils agissent bien avec nous, et cette tendresse alors ne doit pas avoir un degré de plus que celle que nous aurions pour d'autres amis, parce que les droits de la naissance n'établissent rien, ne fondent rien, et qu'en les scrutant avec sagesse et réflexion, nous n'y trouverons sûrement que des raisons de haine pour ceux qui, ne songeant qu'à leurs plaisirs, ne nous ont donné souvent qu'une existence malheureuse ou malsaine.

Vous me parlez des liens de l'amour, Eugénie; puissiez-vous ne les jamais connaître! Ah! qu'un tel sentiment, pour le bonheur que je vous souhaite, n'approche jamais de votre cœur! Qu'est-ce que l'amour? On ne peut le considérer, ce me semble, que comme l'effet résultatif des qualités d'un bel objet sur nous; ces effets nous transportent; ils nous enflamment; si nous possédons cet objet, nous voilà contents; s'il nous est impossible de l'avoir, nous nous désespérons. Mais quelle est la base de ce sentiment?... le désir. Quelles sont les suites de ce sentiment?... la folie. Tenons-nous-en donc au motif, et garantissons-nous des effets. Le motif est de posséder l'objet : eh bien! tâchons de réussir, mais avec sagesse; jouissons-en dès que nous l'avons; consolons-nous dans le cas contraire : mille autres objets semblables, et souvent bien meilleurs, nous consoleront de la perte de celui-là; tous les hommes, toutes les femmes se ressemblent : il n'y a point d'amour qui résiste aux effets d'une réflexion saine. Oh! quelle duperie que cette ivresse qui, absorbant en nous le résultat des sens, nous met dans un tel état que nous ne voyons plus, que nous n'existons plus que par cet objet follement adoré! Est-ce donc là vivre? N'est-ce pas bien plutôt se priver volontairement de toutes les douceurs de la vie? N'est-ce pas vouloir rester dans une fièvre brûlante qui nous absorbe et qui nous dévore, sans nous laisser d'autre bonheur que des jouissances métaphysiques, si ressemblantes aux

effets de la folie? Si nous devions toujours l'aimer,
cet objet adorable, s'il était certain que nous ne
dussions jamais l'abandonner, ce serait encore une
extravagance sans doute, mais excusable au moins.
Cela arrive-t-il? A-t-on beaucoup d'exemples de
ces liaisons éternelles qui ne se sont jamais démen-
ties? Quelques mois de jouissance, remettant
bientôt l'objet à sa véritable place, nous font rougir
de l'encens que nous avons brûlé sur ses autels, et
nous arrivons souvent à ne pas même concevoir
qu'il ait pu nous séduire à ce point.

O filles voluptueuses, livrez-nous donc vos corps
tant que vous le pourrez! Foutez, divertissez-vous,
voilà l'essentiel; mais fuyez avec soin l'amour. Il
n'y a de bon que son physique, disait le naturaliste
Buffon, et ce n'était pas sur cela seul qu'il
raisonnait en bon philosophe. Je le répète, amusez-
vous; mais n'aimez point; ne vous embarrassez pas
davantage de l'être : ce n'est pas de s'exténuer en
lamentations, en soupirs, en œillades, en billets
doux qu'il faut; c'est de foutre, c'est de multiplier
et de changer souvent ses fouteurs, c'est de
s'opposer fortement surtout à ce qu'un seul veuille
vous captiver, parce que le but de ce constant
amour serait, en vous liant à lui, de vous empêcher
de vous livrer à un autre, égoïsme cruel, qui
deviendrait bientôt fatal à vos plaisirs. Les femmes
ne sont pas faites pour un seul homme : c'est pour
tous que les a créées la nature. N'écoutant que cette
voix sacrée, qu'elles se livrent indifféremment à
tous ceux qui veulent d'elles. Toujours putains,
jamais amantes, fuyant l'amour, adorant le plaisir,
ce ne seront plus que des roses qu'elles trouveront

dans la carrière de la vie; ce ne seront plus que des fleurs qu'elles nous prodigueront! Demandez, Eugénie, demandez à la femme charmante qui veut bien se charger de votre éducation le cas qu'il faut faire d'un homme quand on en a joui. *(Assez bas pour n'être pas entendu d'Augustin.)* Demandez-lui si elle ferait un pas pour conserver cet Augustin qui fait aujourd'hui ses délices. Dans l'hypothèse où l'on voudrait le lui enlever, elle en prendrait un autre, ne penserait plus à celui-ci, et, bientôt lasse du nouveau, elle l'immolerait elle-même dans deux mois, si de nouvelles jouissances devaient naître de ce sacrifice.

Mme DE SAINT-ANGE : Que ma chère Eugénie soit bien sûre que Dolmancé lui explique ici mon cœur, ainsi que celui de toutes les femmes, comme si nous lui en ouvrions les replis.

DOLMANCÉ : La dernière partie de mon analyse porte donc sur les liens de l'amitié et sur ceux de la reconnaissance. Respectons les premiers, j'y consens, tant qu'ils nous sont utiles; gardons nos amis tant qu'ils nous servent; oublions-les dès que nous n'en tirons plus rien; ce n'est jamais que pour soi qu'il faut aimer les gens; les aimer pour eux-mêmes n'est qu'une duperie; jamais il n'est dans la nature d'inspirer aux hommes d'autres mouvements, d'autres sentiments que ceux qui doivent leur être bons à quelque chose; rien n'est égoïste comme la nature; soyons-le donc aussi, si nous voulons accomplir ses lois. Quant à la reconnaissance, Eugénie, c'est le plus faible de tous les liens sans doute. Est-ce donc pour nous que les hommes nous obligent? N'en croyons rien, ma chère; c'est par ostentation, par orgueil. N'est-il donc pas humiliant dès lors de devenir ainsi le jouet de l'amour-propre des autres ? Ne l'est-il pas encore davantage d'être obligé ? Rien de plus à charge qu'un bienfait reçu. Point de milieu : il faut le rendre ou en être avili. Les âmes fières se font mal au poids du bienfait : il pèse sur elles avec tant de violence que le seul sentiment qu'elles exhalent est de la haine pour le bienfaiteur. Quels sont donc maintenant, à votre avis, les liens qui suppléent à l'isolement où nous a créés la nature ? Quels sont ceux qui doivent établir des rapports entre les hommes ? A quels titres les aimerons-nous, les chérirons-nous, les préférerons-nous à nous-mêmes ? De quel droit soulagerons-nous leur infortune ? Où sera maintenant dans nos âmes le berceau de vos belles et inutiles vertus de bienfaisance, d'humanité, de charité, indiquées dans le code absurde de quelques religions imbéciles, qui, prêchées par des imposteurs ou par des mendiants, durent nécessairement conseiller ce qui pouvait les soutenir ou les tolérer ? Eh bien, Eugénie, admettez-vous encore quelque chose de sacré parmi les hommes ? Concevez-vous quelques raisons de ne pas toujours nous préférer à eux ?

Eugénie : Ces leçons, que mon cœur devance, me flattent trop pour que mon esprit les récuse.

Mme de Saint-Ange : Elles sont dans la nature, Eugénie : la seule approbation que tu leur donnes le prouve ; à peine éclose de son sein, comment ce que tu sens pourrait-il être le fruit de la corruption ?

Eugénie : Mais si toutes les erreurs que vous

préconisez sont dans la nature, pourquoi les lois s'y
opposent-elles?

DOLMANCÉ : Parce que les lois ne sont pas faites
pour le particulier, mais pour le général, ce qui les
met dans une perpétuelle contradiction avec l'intérêt, attendu que l'intérêt personnel l'est toujours
avec l'intérêt général. Mais les lois, bonnes pour la
société, sont très mauvaises pour l'individu qui la
compose; car, pour une fois qu'elles le protègent ou
le garantissent, elles le gênent et le captivent les
trois quarts de sa vie; aussi l'homme sage et plein
de mépris pour elles les tolère-t-il, comme il fait
des serpents et des vipères, qui, bien qu'ils blessent
ou qu'ils empoisonnent, servent pourtant quelquefois dans la médecine; il se garantira des lois
comme il fera de ces bêtes venimeuses; il s'en
mettra à l'abri par des précautions, par des
mystères, toutes choses faciles à la sagesse et à la
prudence. Que la fantaisie de quelques crimes
vienne enflammer votre âme, Eugénie, et soyez
bien certaine de les commettre en paix, entre votre
amie et moi.

EUGÉNIE : Ah! cette fantaisie est déjà dans mon
cœur!

Mme DE SAINT-ANGE : Quel caprice t'agite,
Eugénie? dis-le-nous avec confiance.

EUGÉNIE, *égarée :* Je voudrais une victime.

Mme DE SAINT-ANGE : Et de quel sexe la
désires-tu?

EUGÉNIE : Du mien!

DOLMANCÉ : Eh bien, madame, êtes-vous
contente de votre élève? ses progrès sont-ils assez
rapides?

EUGÉNIE, *comme ci-dessus* : Une victime, ma bonne, une victime!... Oh! dieux! cela ferait le bonheur de ma vie!...

Mme DE SAINT-ANGE : Et que lui ferais-tu?

EUGÉNIE : Tout!... tout!... tout ce qui pourrait la rendre la plus malheureuse des créatures. Oh! ma bonne, ma bonne, aie pitié de moi, je n'en puis plus!...

DOLMANCÉ : Sacredieu! quelle imagination!... Viens, Eugénie, tu es délicieuse... viens que je te baise, mille et mille fois! *(Il la reprend dans ses bras.)* Tenez, madame, tenez, regardez cette libertine comme elle décharge *de tête* sans qu'on la touche... Il faut absolument que je l'encule encore une fois!

EUGÉNIE : Aurai-je après ce que je demande?

DOLMANCÉ : Oui, folle!... oui, l'on t'en répond!

EUGÉNIE : Oh! mon ami, voilà mon cul!... faites-en ce que vous voudrez!

DOLMANCÉ : Attendez, que je dispose cette jouissance d'une manière un peu luxurieuse. *(Tout s'exécute à mesure que Dolmancé indique.)* Augustin, étends-toi sur le bord de ce lit; qu'Eugénie se couche dans tes bras; pendant que je la sodomiserai, je branlerai son clitoris avec la superbe tête du vit d'Augustin, qui, pour ménager son foutre, aura soin de ne pas décharger; le cher chevalier, qui, sans dire un mot, se branle tout doucement en nous écoutant, voudra bien s'étendre sur les épaules d'Eugénie, en exposant ses belles fesses à mes baisers : je le branlerai en dessous; ce qui fait qu'ayant mon engin dans un cul, je polluerai un vit de chaque main; et vous, madame, après avoir été votre mari, je veux que vous deveniez le mien; revêtissez-vous du plus énorme de vos godemichés! *(Mme de Saint-Ange ouvre une cassette qui en est remplie, et notre héros choisit le plus redoutable.)* Bon! celui-ci, dit le numéro, a quatorze pouces de long sur dix de tour; arrangez-vous cela autour des reins, madame, et portez-moi maintenant les plus terribles coups.

Mme DE SAINT-ANGE : En vérité, Dolmancé, vous êtes fou, et je vais vous estropier avec cela.

DOLMANCÉ : Ne craignez rien; poussez, pénétrez, mon ange : je n'enculerai votre chère Eugénie que quand votre membre énorme sera bien avant dans mon cul!... Il y est! il y est, sacredieu!... Ah! tu me mets aux nues!... Point de pitié, ma belle!... je vais, je te le déclare, foutre ton cul sans préparation... Ah! sacredieu! le beau derrière!...

EUGÉNIE : Oh! mon ami, tu me déchires... Prépare au moins les voies.

DOLMANCÉ : Je m'en garderai pardieu bien : on perd la moitié du plaisir avec ces sottes attentions. Songe à nos principes, Eugénie; je travaille pour moi : maintenant, victime un moment, mon bel ange, et tout à l'heure persécutrice... Ah! sacredieu! il entre!...

EUGÉNIE : Tu me fais mourir!...

DOLMANCÉ : Oh! foutredieu! je touche au but!...

EUGÉNIE : Ah! fais ce que tu voudras à présent, il y est... je ne sens que du plaisir!...

DOLMANCÉ : Que j'aime à branler ce gros vit sur le clitoris d'une vierge!... Toi, chevalier, fais-moi beau cul... Te branlé-je bien, libertin?... Et vous, madame, foutez-moi, foutez votre garce... oui, je la

suis et je veux l'être... Eugénie, décharge, mon
ange, oui, décharge!... Augustin, malgré lui, me
remplit de foutre... Je reçois celui du chevalier, le
mien s'y joint... Je n'y résiste plus... Eugénie, agite
tes fesses, que ton anus presse mon vit : je vais
lancer au fond de tes entrailles le foutre brûlant qui
s'exhale... Ah! foutu bougre de dieu! je me meurs!
(Il se retire ; l'attitude se rompt.) Tenez, madame,
voilà votre petite libertine encore pleine de foutre;
l'entrée de son con en est inondée; branlez-la,
secouez vigoureusement son clitoris tout mouillé de
sperme : c'est une des plus délicieuses choses qui
puissent se faire.

EUGÉNIE, *palpitant :* Oh! ma mie, que de plaisir
tu me ferais!... Ah! cher amour, je brûle de
lubricité! *(Cette posture s'arrange.)*

DOLMANCÉ : Chevalier, comme c'est toi qui vas
dépuceler cette belle enfant, joins tes secours à ceux
de ta sœur pour la faire pâmer dans tes bras, et par
ton attitude présente-moi les fesses : je vais te
foutre pendant qu'Augustin m'enculera. *(Tout se
dispose.)*

LE CHEVALIER : Me trouves-tu bien de cette
manière?

DOLMANCÉ : Le cul tant soit peu plus haut, mon
amour; là, bien... sans préparation, chevalier...

LE CHEVALIER : Ma foi! comme tu voudras;
puis-je sentir autre chose que du plaisir au sein de
cette délicieuse fille? *(Il la baise et la branle, en lui
enfonçant légèrement un doigt dans le con, pendant que
Mme de Saint-Ange chatouille le clitoris d'Eugénie.)*

DOLMANCÉ : Pour quant à moi, mon cher, j'en
prends, sois-en assuré, beaucoup davantage avec toi

que je n'en pris avec Eugénie : il y a tant de différence entre le cul d'un garçon et celui d'une fille!... Encule-moi donc, Augustin! Que de peine tu as à te décider!

AUGUSTIN : Dame! monsieux, c'est que ça venait de couler tout près du chose de cette gentille tourterelle, et vous voulez que ça dresse tout d'suite pour vot'cul, qui n'est vraiment pas si joli, da!

DOLMANCÉ : L'imbécile! Mais pourquoi se plaindre? Voilà la nature : chacun prêche pour son saint. Allons, allons, pénètre toujours, véridique Augustin; et quand tu auras un peu plus d'expérience, tu me diras si les culs ne valent pas mieux que les cons... Eugénie, rends donc au chevalier ce qu'il te fait; tu ne t'occupes que de toi : tu as raison, libertine; mais pour l'intérêt de tes plaisirs mêmes, branle-le, puisqu'il va cueillir tes prémices.

EUGÉNIE : Eh bien, je le branle, je le baise, je perds la tête... Ahe! ahe! ahe! mes amis, je n'en puis plus!... ayez pitié de mon état... je me meurs... je décharge!... Sacredieu! je suis hors de moi!...

DOLMANCÉ : Pour moi, je serai sage! Je ne voulais que me remettre en train dans ce beau cul; je garde pour Mme de Saint-Ange le foutre qui s'y est allumé : rien ne m'amuse comme de commencer dans un cul l'opération que je veux terminer dans un autre. Eh bien, chevalier, te voilà bien en train... dépucelons-nous?...

EUGÉNIE : Oh! ciel, non, je ne veux pas l'être par lui, j'en mourrais; le vôtre est plus petit, Dolmancé : que ce soit à vous que je doive cette opération, je vous en conjure!

Dolmancé : Cela n'est pas possible, mon ange; je n'ai jamais foutu de con de ma vie! vous me permettrez de ne pas commencer à mon âge. Vos prémices appartiennent au chevalier; lui seul ici est digne de les cueillir : ne lui ravissons pas ses droits.

Mme de Saint-Ange : Refuser un pucelage... aussi frais, aussi joli que celui-là, car je défie qu'on puisse dire que mon Eugénie n'est pas la plus belle fille de Paris, oh! monsieur!... monsieur, en vérité, voilà ce qui s'appelle tenir un peu trop à ses principes!

Dolmancé : Pas autant que je le devrais, madame, car il est tout plein de mes confrères qui ne vous enculeraient assurément pas... Moi, je l'ai fait et je vais le refaire; ce n'est donc point, comme vous m'en soupçonnez, porter mon culte jusqu'au fanatisme.

Mme de Saint-Ange : Allons donc, chevalier! mais ménage-la; regarde la petitesse du détroit que tu vas enfiler : est-il quelque proportion entre le contenu et le contenant?

Eugénie : Oh! j'en mourrai, cela est inévitable... Mais le désir ardent que j'ai d'être foutue me fait tout hasarder sans rien craindre... Va, pénètre, mon cher, je m'abandonne à toi.

Le chevalier, *tenant à pleine main son vit bandant :* Oui foutre! il faut qu'il y pénètre... Ma sœur, Dolmancé, tenez-lui chacun une jambe... Ah! sacredieu! quelle entreprise!... Oui, oui, dût-elle en être pourfendue, déchirée, il faut, double-dieu, qu'elle y passe!

Eugénie : Doucement, doucement, je n'y puis tenir... *(Elle crie; les pleurs coulent sur ses joues...)* A

mon secours! ma bonne amie... *(Elle se débat.)*
Non, je ne veux pas qu'il entre!... je crie au
meurtre, si vous persistez!...

LE CHEVALIER : Crie tant que tu voudras, petite
coquine, je te dis qu'il faut qu'il entre, en dusses-tu
crever mille fois!

EUGÉNIE : Quelle barbarie!

DOLMANCÉ : Ah! foutre! est-on délicat quand on
bande?

LE CHEVALIER : Tenez-la; il y est!... Il y est,
sacredieu!... Foutre! voilà le pucelage du diable...
Regardez son sang comme il coule!

EUGÉNIE : Va, tigre!... va, déchire-moi si tu veux,
maintenant, je m'en moque!... baise-moi, bour-
reau, baise-moi, je t'adore!... Ah! ce n'est plus rien
quand il est dedans : toutes les douleurs sont
oubliées... Malheur aux jeunes filles qui s'effarou-
cheraient d'une telle attaque!... Que de grands
plaisirs elles refuseraient pour une bien petite
peine!... Pousse! pousse! chevalier, je décharge!...
Arrose de ton foutre les plaies dont tu m'as
couverte... pousse-le donc au fond de ma matrice...
Ah! la douleur cède au plaisir... je suis prête à
m'évanouir...! *(Le chevalier décharge; pendant qu'il
a foutu, Dolmancé lui a branlé le cul et les couilles, et
Mme de Saint-Ange a chatouillé le clitoris d'Eugénie.
La posture se rompt.)*

DOLMANCÉ : Mon avis serait que, pendant que
les voies sont ouvertes, la petite friponne fût à
l'instant foutue par Augustin.

EUGÉNIE : Par Augustin!... un vit de cette
tai¹¹e!... ah! tout de suite!... Quand je saigne
encore!... Avez-vous donc envie de me tuer?

Mme DE SAINT-ANGE : Cher amour, baise-moi...
je te plains... mais la sentence est prononcée; elle
est sans appel, mon cœur : il faut que tu la subisses.

AUGUSTIN : Ah! jardinieu! me voilà prêt; dès
qu'il s'agit d'enfiler c'te petite fille, je vinrais,
pardieu! de Rome à pied.

LE CHEVALIER, *empoignant le vit énorme d'Augustin :* Tiens, Eugénie, vois comme il bande...
comme il est digne de me remplacer!

EUGÉNIE : Ah! juste ciel, quel arrêt!... Oh! vous
voulez me tuer, cela est clair!...

AUGUSTIN, *s'emparant d'Eugénie :* Oh! que non,
mam'selle : ça n'a jamais fait mourir personne.

DOLMANCÉ : Un moment, beau fils, un moment :
il faut qu'elle me présente le cul pendant que tu vas
foutre... Oui, ainsi, approchez-vous, madame de
Saint-Ange : je vous ai promis de vous enculer, je
tiendrai parole; mais placez-vous de manière qu'en
vous foutant, je puisse être à portée de fouetter
Eugénie. Que le chevalier me fouette pendant ce
temps-là. *(Tout s'arrange.)*

EUGÉNIE : Ah! foutre! il me crève!... Va donc
doucement, gros butor!... Ah! le bougre! il
enfonce!... l'y voilà, le jean-foutre!... il est tout au
fond!... je me meurs!... Oh! Dolmancé, comme
vous frappez!... C'est m'allumer des deux côtés;
vous me mettez les fesses en feu.

DOLMANCÉ, *fouettant à tour de bras :* Tu en
auras... tu en auras, petite coquine!... Tu n'en
déchargeras que plus délicieusement. Comme vous
la branlez, Saint-Ange... comme ce doigt léger doit
adoucir les maux qu'Augustin et moi lui faisons!...
Mais votre anus se resserre... Je le vois, madame,

nous allons décharger ensemble... Ah! comme il est divin d'être ainsi entre le frère et la sœur!

Mme DE SAINT-ANGE, *à Dolmancé :* Fouts, mon astre, fouts!... Jamais, je crois, je n'eus tant de plaisir!

LE CHEVALIER : Dolmancé, changeons de main; passe lestement du cul de ma sœur dans celui d'Eugénie, pour lui faire connaître les plaisirs de l'entre-deux, et moi j'enculerai ma sœur, qui, pendant ce temps, rendra sur tes fesses les coups de verges dont tu viens d'ensanglanter celles d'Eugénie.

DOLMANCÉ, *exécutant :* J'accepte... Tiens, mon ami, se peut-il faire un changement plus leste que celui-là?

EUGÉNIE : Quoi! tous les deux sur moi, juste ciel!... Je ne sais plus auquel entendre; j'avais bien assez de ce butor!... Ah! que de foutre va me coûter cette double jouissance!... Il coule déjà. Sans cette sensuelle éjaculation, je serais, je crois, déjà morte... Eh quoi! ma bonne, tu m'imites?... Oh! comme elle jure, la coquine!... Dolmancé, décharge... décharge, mon amour... ce gros paysan m'inonde : il me l'élance au fond de mes entrailles... Ah! mes fouteurs, quoi! tous deux à la fois, sacredieu!... Mes amis, recevez mon foutre : il se joint au vôtre... Je suis anéantie... *(Les attitudes se rompent.)* Eh bien! ma bonne, es-tu contente de ton écolière?... Suis-je assez putain, maintenant?... Mais vous m'avez mise dans un état... dans une agitation... Oh! oui, je jure que, dans l'ivresse où me voilà, j'irais, s'il le fallait, me faire foutre au milieu des rues!...

DOLMANCÉ : Comme elle est belle ainsi!

EUGÉNIE : Je vous déteste, vous m'avez refusée!...

DOLMANCÉ : Pouvais-je contrarier mes dogmes?

EUGÉNIE : Allons, je vous pardonne, et je dois respecter des principes qui conduisent à des égarements. Comment ne les adopterais-je pas, moi qui ne veux plus vivre que dans le crime? Asseyons-nous et jasons un instant; je n'en puis plus. Continuez mon instruction, Dolmancé, et dites-moi quelque chose qui me console des excès où me voilà livrée; éteignez mes remords; encouragez-moi.

Mme DE SAINT-ANGE : Cela est juste; il faut qu'un peu de théorie succède à la pratique; c'est le moyen d'en faire une écolière parfaite.

DOLMANCÉ : Eh bien! quel est l'objet, Eugénie, sur lequel vous voulez qu'on vous entretienne?

EUGÉNIE : Je voudrais savoir si les mœurs sont vraiment nécessaires dans un gouvernement, si leur influence est de quelque poids sur le génie d'une nation.

DOLMANCÉ : Ah! parbleu! en partant ce matin, j'ai acheté au palais de l'Égalité une brochure qui, s'il faut en croire le titre, doit nécessairement répondre à votre question... A peine sort-elle de la presse.

Mme DE SAINT-ANGE : Voyons. *(Elle lit.) Français, encore un effort si vous voulez être républicains.* Voilà, sur ma parole, un singulier titre : il promet; chevalier, toi qui possèdes un bel organe, lis-nous cela.

DOLMANCÉ : Ou je me trompe, ou cela doit parfaitement répondre à la question d'Eugénie.

EUGÉNIE : Assurément!

Mme DE SAINT-ANGE : Sors, Augustin : ceci n'est pas fait pour toi; mais ne t'éloigne pas; nous sonnerons dès qu'il faudra que tu reparaisses.

LE CHEVALIER : Je commence.

*Français, encore un effort
si vous voulez être
républicains.*

La religion

Je viens offrir de grandes idées : on les écoutera, elles seront réfléchies ; si toutes ne plaisent pas, au moins en restera-t-il quelques-unes ; j'aurai contribué en quelque chose au progrès des lumières, et j'en serai content. Je ne le cache point, c'est avec peine que je vois la lenteur avec laquelle nous tâchons d'arriver au but ; c'est avec inquiétude que je sens que nous sommes à la veille de le manquer encore une fois. Croit-on que ce but sera atteint quand on nous aura donné des lois ? Qu'on ne l'imagine pas. Que ferions-nous de lois, sans religion ? Il nous faut un culte, et un culte fait pour le caractère d'un républicain, bien éloigné de jamais pouvoir reprendre celui de Rome. Dans un siècle où nous sommes aussi convaincus que la religion doit être appuyée sur la morale, et non pas la morale sur la religion, il faut une religion qui aille aux mœurs, qui en soit comme le développement, comme la suite nécessaire, et qui puisse, en élevant l'âme, la tenir perpétuellement à la hauteur de cette liberté précieuse dont elle fait aujourd'hui son

unique idole. Or, je demande si l'on peut supposer
que celle d'un esclave de Titus, que celle d'un vil
histrion de Judée, puisse convenir à une nation
libre et guerrière qui vient de se régénérer? Non,
mes compatriotes, non, vous ne le croyez pas. Si,
malheureusement pour lui, le Français s'ensevelis-
sait encore dans les ténèbres du christianisme, d'un
côté l'orgueil, la tyrannie, le despotisme des
prêtres, vices toujours renaissants dans cette horde
impure, de l'autre la bassesse, les petites vues, les
platitudes des dogmes et des mystères de cette
indigne et fabuleuse religion, en émoussant la fierté
de l'âme républicaine, l'auraient bientôt ramenée
sous le joug que son énergie vient de briser.

Ne perdons pas de vue que cette puérile religion
était une des meilleures armes aux mains de nos
tyrans : un de ses premiers dogmes était de *rendre à
César ce qui appartient à César ;* mais nous avons
détrôné César et nous ne voulons plus rien lui
rendre. Français, ce serait en vain que vous vous
flatteriez que l'esprit d'un clergé assermenté ne doit
plus être celui d'un clergé réfractaire ; il est des
vices d'état dont on ne se corrige jamais. Avant dix
ans, au moyen de la religion chrétienne, de sa
superstition, de ses préjugés, vos prêtres, malgré
leur serment, malgré leur pauvreté, reprendraient
sur les âmes l'empire qu'ils avaient envahi ; ils vous
renchaîneraient à des rois, parce que la puissance
de ceux-ci étaya toujours celle de l'autre, et votre
édifice républicain s'écroulerait, faute de bases.

O vous qui avez la faux à la main, portez le
dernier coup à l'arbre de la superstition ; ne vous
contentez pas d'élaguer les branches : déracinez

tout à fait une plante dont les effets sont si
contagieux; soyez parfaitement convaincus que
votre système de liberté et d'égalité contrarie trop
ouvertement les ministres des autels du Christ pour
qu'il en soit jamais un seul, ou qui l'adopte de
bonne foi ou qui ne cherche pas à l'ébranler, s'il
parvient à reprendre quelque empire sur les cons-
ciences. Quel sera le prêtre qui, comparant l'état où
l'on vient de le réduire avec celui dont il jouissait
autrefois, ne fera pas tout ce qui dépendra de lui
pour recouvrer et la confiance et l'autorité qu'on lui
a fait perdre? Et que d'êtres faibles et pusillanimes
redeviendront bientôt les esclaves de cet ambitieux
tonsuré! Pourquoi n'imagine-t-on pas que les
inconvénients qui ont existé peuvent encore renaî-
tre? Dans l'enfance de l'Église chrétienne, les
prêtres n'étaient-ils pas ce qu'ils sont aujourd'hui?
Vous voyez où ils étaient parvenus : qui, pourtant,
les avait conduits là? N'étaient-ce pas les moyens
que leur fournissait la religion? Or, si vous ne la
défendez pas absolument, cette religion, ceux qui la
prêchent, ayant toujours les mêmes moyens, arriveront bientôt au même but.

Anéantissez donc à jamais tout ce qui peut
détruire un jour votre ouvrage. Songez que, le fruit
de vos travaux n'étant réservé qu'à vos neveux, il
est de votre devoir, de votre probité, de ne leur
laisser aucun de ces germes dangereux qui pourraient les replonger dans le chaos dont nous avons
tant de peine à sortir. Déjà nos préjugés se
dissipent, déjà le peuple abjure les absurdités
catholiques; il a déjà supprimé les temples, il a
culbuté les idoles, il est convenu que le mariage

n'est plus qu'un acte civil; les confessionnaux brisés servent aux foyers publics; les prétendus fidèles, désertant le banquet apostolique, laissent les dieux de farine aux souris. Français, ne vous arrêtez point : l'Europe entière, une main déjà sur le bandeau qui fascine ses yeux, attend de vous l'effort qui doit l'arracher de son front. Hâtez-vous : ne laissez pas *à Rome la sainte,* s'agitant en tous sens pour réprimer votre énergie, le temps de se conserver peut-être encore quelques prosélytes. Frappez sans ménagement sa tête altière et frémissante, et qu'avant deux mois l'arbre de la liberté, ombrageant les débris de la chaire de saint Pierre, couvre du poids de ses rameaux victorieux toutes ces méprisables idoles du christianisme, effrontément élevées sur les cendres et des Catons et des Brutus.

Français, je vous le répète, l'Europe attend de vous d'être à la fois délivrée du *sceptre* et de *l'encensoir.* Songez qu'il vous est impossible de l'affranchir de la tyrannie royale sans lui faire briser en même temps les freins de la superstition religieuse : les liens de l'une sont trop intimement unis à l'autre pour qu'en laissant subsister un des deux vous ne retombiez pas bientôt sous l'empire de celui que vous aurez négligé de dissoudre. Ce n'est plus ni aux genoux d'un être imaginaire ni à ceux d'un vil imposteur qu'un républicain doit fléchir; ses uniques dieux doivent être maintenant le *courage* et la *liberté.* Rome disparut dès que le christianisme s'y prêcha, et la France est perdue s'il s'y révère encore.

Qu'on examine avec attention les dogmes

absurdes, les mystères effrayants, les cérémonies monstrueuses, la morale impossible de cette dégoûtante religion, et l'on verra si elle peut convenir à une république. Croyez-vous de bonne foi que je me laisserais dominer par l'opinion d'un homme que je viendrais de voir aux pieds de l'imbécile prêtre de Jésus ? Non, non, certes ! Cet homme, toujours vil, tiendra toujours, par la bassesse de ses vues, aux atrocités de l'ancien régime ; dès lors qu'il put se soumettre aux stupidités d'une religion aussi plate que celle que nous avions la folie d'admettre, il ne peut plus ni me dicter des lois ni me transmettre des lumières ; je ne le vois plus que comme un esclave des préjugés et de la superstition.

Jetons les yeux, pour nous convaincre de cette vérité, sur le peu d'individus qui restent attachés au culte insensé de nos pères ; nous verrons si ce ne sont pas tous des ennemis irréconciliables du système actuel, nous verrons si ce n'est pas dans leur nombre qu'est entièrement comprise cette caste, si justement méprisée, de *royalistes* et d'*aristocrates*. Que l'esclave d'un brigand couronné fléchisse, s'il le veut, aux pieds d'une idole de pâte, un tel objet est fait pour son âme de boue ; qui peut servir des rois doit adorer des dieux ! Mais nous, Français, mais nous, mes compatriotes, nous, ramper encore humblement sous des freins aussi méprisables ? plutôt mourir mille fois que de nous y asservir de nouveau ! Puisque nous croyons un culte nécessaire, imitons celui des Romains : les actions, les passions, les héros, voilà quels en étaient les respectables objets. De telles idoles élevaient l'âme, elles l'électrisaient; elles faisaient plus : elles lui communiquaient les vertus de l'être respecté. L'adorateur de Minerve voulait être prudent. Le courage était dans le cœur de celui qu'on voyait aux pieds de Mars. Pas un seul dieu de ces grands hommes n'était privé d'énergie; tous faisaient passer le feu dont ils étaient eux-mêmes embrasés dans l'âme de celui qui les vénérait; et, comme on avait l'espoir d'être adoré soi-même un jour, on aspirait à devenir au moins aussi grand que celui qu'on prenait pour modèle. Mais que trouvons-nous au contraire dans les vains dieux du christianisme? Que vous offre, je le demande, cette imbécile religion [1]? Le plat imposteur de Nazareth vous fait-il naître quelques grandes idées? Sa sale et dégoûtante mère, l'impudique Marie, vous inspire-t-elle quelques vertus? Et trouvez-vous dans les saints dont est garni son Élysée quelque modèle de grandeur, ou d'héroïsme, ou de vertus? Il est si vrai que cette stupide religion ne prête rien aux grandes idées, qu'aucun artiste ne peut en employer les attributs dans les monuments qu'il élève; à Rome même, la plupart des embellissements ou des ornements du palais des papes ont leurs modèles dans le paganisme, et tant que le monde subsistera, lui seul échauffera la verve des grands hommes.

1. Si quelqu'un examine attentivement cette religion, il trouvera que les impiétés dont elle est remplie viennent en partie de la férocité et de l'innocence des Juifs et en partie de l'indifférence et de la confusion des gentils; au lieu de s'approprier ce que les peuples de l'Antiquité pouvaient avoir de bon, les chrétiens paraissent n'avoir formé leur religion que du mélange des vices qu'ils ont rencontrés partout.

Sera-ce dans le théisme pur que nous trouverons plus de motifs de grandeur et d'élévation? Sera-ce l'adoption d'une chimère qui, donnant à notre âme ce degré d'énergie essentiel aux vertus républicaines, portera l'homme à les chérir ou à les pratiquer? Ne l'imaginons pas; on est revenu de ce fantôme, et l'athéisme est à présent le seul système de tous les gens qui savent raisonner. A mesure que l'on s'est éclairé, on a senti que, le mouvement étant inhérent à la matière, l'agent nécessaire à imprimer ce mouvement devenait un être illusoire et que, tout ce qui existait devant être en mouvement par essence, le moteur était inutile; on a senti que ce dieu chimérique, prudemment inventé par les premiers législateurs, n'était entre leurs mains qu'un moyen de plus pour nous enchaîner, et que, se réservant le droit de faire parler seul ce fantôme, ils sauraient bien ne lui faire dire que ce qui viendrait à l'appui des lois ridicules par lesquelles ils prétendaient nous asservir. Lycurgue, Numa, Moïse, Jésus-Christ, Mahomet, tous ces grands fripons, tous ces grands despotes de nos idées, surent associer les divinités qu'ils fabriquaient à leur ambition démesurée, et, certains de captiver les peuples avec la sanction de ces dieux, ils avaient, comme on sait, toujours soin ou de ne les interroger qu'à propos, ou de ne leur faire répondre que ce qu'ils croyaient pouvoir les servir.

Tenons donc aujourd'hui dans le même mépris et le dieu vain que des imposteurs ont prêché, et toutes les subtilités religieuses qui découlent de sa ridicule adoption; ce n'est plus avec ce hochet qu'on peut amuser des hommes libres. Que l'ex-

tinction totale des cultes entre donc dans les principes que nous propageons dans l'Europe entière. Ne nous contentons pas de briser les sceptres; pulvérisons à jamais les idoles : il n'y eut jamais qu'un pas de la superstition au royalisme [1]. Il faut bien que cela soit, sans doute, puisqu'un des premiers articles du sacre des rois était toujours le maintien de la religion dominante, comme une des bases politiques qui devaient le mieux soutenir leur trône. Mais dès qu'il est abattu, ce trône, dès qu'il l'est heureusement pour jamais, ne redoutons point d'extirper de même ce qui en formait les appuis.

Oui, citoyens, la religion est incohérente au système de la liberté; vous l'avez senti. Jamais l'homme libre ne se courbera près des dieux du christianisme; jamais ses dogmes, jamais ses rites, ses mystères ou sa morale ne conviendront à un républicain. Encore un effort; puisque vous travaillez à détruire tous les préjugés, n'en laissez subsister aucun, s'il n'en faut qu'un seul pour les ramener tous. Combien devons-nous être plus certains de leur retour si celui que vous laissez vivre est positivement le berceau de tous les autres! Cessons de croire que la religion puisse être utile à l'homme. Ayons de bonnes lois, et nous saurons

---

1. Suivez l'histoire de tous les peuples : vous ne les verrez jamais changer le gouvernement qu'ils avaient pour un gouvernement monarchique, qu'en raison de l'abrutissement où la superstition les tient; vous verrez toujours les rois étayer la religion, et la religion sacrer des rois. On sait l'histoire de l'intendant et du cuisinier : *Passez-moi le poivre, je vous passerai le beurre.* Malheureux humains, êtes-vous donc toujours destinés à ressembler au maître de ces deux fripons?

nous passer de religion. Mais il en faut une au peuple, assure-t-on; elle l'amuse, elle le contient. A la bonne heure! Donnez-nous donc, en ce cas, celle qui convient à des hommes libres. Rendez-nous les dieux du paganisme. Nous adorerons volontiers Jupiter, Hercule ou Pallas; mais nous ne voulons plus du fabuleux auteur d'un univers qui se meut lui-même; nous ne voulons plus d'un dieu sans étendue et qui pourtant remplit tout de son immensité, d'un dieu tout-puissant et qui n'exécute jamais ce qu'il désire, d'un être souverainement bon et qui ne fait que des mécontents, d'un être ami de l'ordre et dans le gouvernement duquel tout est en désordre. Non, nous ne voulons plus d'un dieu qui dérange la nature, qui est le père de la confusion, qui meut l'homme au moment où l'homme se livre à des horreurs; un tel dieu nous fait frémir d'indignation, et nous le reléguons pour jamais dans l'oubli, d'où l'infâme Robespierre a voulu le sortir [1].

Français, à cet indigne fantôme, substituons les simulacres imposants qui rendaient Rome maîtresse de l'univers; traitons toutes les idoles chrétiennes comme nous avons traité celles de nos rois. Nous avons replacé les emblèmes de la liberté sur les bases qui soutenaient autrefois des tyrans;

1. Toutes les religions s'accordent à nous exalter la sagesse et la puissance intimes de la divinité; mais dès qu'elles nous exposent sa conduite, nous n'y trouvons qu'imprudence, que faiblesse et que folie. Dieu, dit-on, a créé le monde pour lui-même, et jusqu'ici il n'a pu parvenir à s'y faire convenablement honorer; Dieu nous a créés pour l'adorer, et nous passons nos jours à nous moquer de lui! Quel pauvre dieu que ce dieu-là!

réédifions de même l'effigie des grands hommes
sur les piédestaux de ces polissons adorés par le
christianisme [1]. Cessons de redouter, pour nos
campagnes, l'effet de l'athéisme; les paysans n'ont-
ils pas senti la nécessité de l'anéantissement du
culte catholique, si contradictoire aux vrais principes de la liberté? N'ont-ils pas vu sans effroi,
comme sans douleur, culbuter leurs autels et leurs
presbytères? Ah! croyez qu'ils renonceront de
même à leur ridicule dieu. Les statues de Mars, de
Minerve et de la Liberté seront mises aux endroits
les plus remarquables de leurs habitations; une fête
annuelle s'y célébrera tous les ans; la couronne
civique y sera décernée au citoyen qui aura le
mieux mérité de la patrie. A l'entrée d'un bois
solitaire, Vénus, l'Hymen et l'Amour, érigés sous
un temple agreste, recevront l'hommage des
amants; là, ce sera par la main des Grâces que la
beauté couronnera la constance. Il ne s'agira pas
seulement d'aimer pour être digne de cette couronne, il faudra avoir mérité de l'être : l'héroïsme,
les talents, l'humanité, la grandeur d'âme, un
civisme à l'épreuve, voilà les titres qu'aux pieds de
sa maîtresse sera forcé d'établir l'amant, et ceux-là
vaudront bien ceux de la naissance et de la richesse,
qu'un sot orgueil exigeait autrefois. Quelques vertus au moins écloront de ce culte, tandis qu'il ne
naît que des crimes de celui que nous avons eu la
faiblesse de professer. Ce culte s'alliera avec la
liberté que nous servons; il l'animera, l'entretien-

---

1. Il ne s'agit ici que de ceux dont la réputation est faite depuis
longtemps.

dra, l'embrasera, au lieu que le théisme est par son essence et par sa nature le plus mortel ennemi de la liberté que nous servons. En coûta-t-il une goutte de sang quand les idoles païennes furent détruites sous le Bas-Empire? La révolution, préparée par la stupidité d'un peuple redevenu esclave, s'opéra sans le moindre obstacle. Comment pouvons-nous redouter que l'ouvrage de la philosophie soit plus pénible que celui du despotisme? Ce sont les prêtres seuls qui captivent encore aux pieds de leur dieu chimérique ce peuple que vous craignez tant d'éclairer; éloignez-les de lui et le voile tombera naturellement. Croyez que ce peuple, bien plus sage que vous ne l'imaginez, dégagé des fers de la tyrannie, le sera bientôt de ceux de la superstition. Vous le redoutez s'il n'a pas ce frein : quelle extravagance! Ah! croyez-le, citoyens, celui que le glaive matériel des lois n'arrête point ne le sera pas davantage par la crainte morale des supplices de l'enfer, dont il se moque depuis son enfance. Votre théisme, en un mot, a fait commettre beaucoup de forfaits, mais il n'en arrêta jamais un seul. S'il est vrai que les passions aveuglent, que leur effet soit d'élever sur nos yeux un nuage qui nous déguise les dangers dont elles sont environnées, comment pouvons-nous supposer que ceux qui sont loin de nous, comme le sont les punitions annoncées par votre dieu, puissent parvenir à dissiper ce nuage que ne peut dissoudre le glaive même des lois toujours suspendu sur les passions? S'il est donc prouvé que ce supplément de freins imposé par l'idée d'un dieu devienne inutile, s'il est démontré qu'il est dangereux par ses autres effets, je demande à quel usage il peut donc servir, et de quels motifs nous pourrions nous appuyer pour en prolonger l'existence. Me dira-t-on que nous ne sommes pas assez mûrs pour consolider encore notre révolution d'une manière aussi éclatante? Ah! mes concitoyens, le chemin que nous avons fait depuis 89 était bien autrement difficile que celui qui nous reste à faire et nous avons bien moins à travailler l'opinion dans ce que je vous propose, que nous ne l'avons tourmentée en tous sens depuis l'époque du renversement de la Bastille. Croyons qu'un peuple assez sage, assez courageux pour conduire un monarque impudent du faîte des grandeurs aux pieds de l'échafaud; qui dans ce peu d'années sut vaincre autant de préjugés, sut briser tant de freins ridicules, le sera suffisamment pour immoler au bien de la chose, à la prospérité de la république, un fantôme bien plus illusoire encore que ne pouvait l'être celui d'un roi.

Français, vous frapperez les premiers coups : votre éducation nationale fera le reste; mais travaillez promptement à cette besogne; qu'elle devienne un de vos soins les plus importants; qu'elle ait surtout pour base cette morale essentielle, si négligée dans l'éducation religieuse. Remplacez les sottises déifiques, dont vous fatiguiez les jeunes organes de vos enfants, par d'excellents principes sociaux; qu'au lieu d'apprendre à réciter de futiles prières qu'ils se feront gloire d'oublier dès qu'ils auront seize ans, ils soient instruits de leurs devoirs dans la société; apprenez-leur à chérir des vertus dont vous leur parliez à peine autrefois et qui, sans vos fables religieuses, suffisent à leur bonheur individuel; faites-leur sentir que ce bonheur consiste à rendre les autres aussi fortunés que nous désirons l'être nous-mêmes. Si vous asseyez ces vérités sur des chimères chrétiennes, comme vous aviez la folie de le faire autrefois, à peine vos élèves auront-ils reconnu la futilité des bases qu'ils feront crouler l'édifice, et ils deviendront scélérats seulement parce qu'ils croiront que la religion qu'ils ont culbutée leur défendait de l'être. En leur faisant sentir au contraire la nécessité de la vertu uniquement parce que leur propre bonheur en dépend, ils seront honnêtes gens par égoïsme, et cette loi qui régit tous les hommes sera toujours la plus sûre de toutes. Que l'on évite donc avec le plus grand soin de mêler aucune fable religieuse dans cette éducation nationale. Ne perdons jamais de vue que ce sont des hommes libres que nous voulons former et non de vils adorateurs d'un dieu. Qu'un philosophe simple instruise ces nouveaux élèves des sublimités incompréhensibles de la nature; qu'il leur prouve que la connaissance d'un dieu, souvent très dangereuse aux hommes, ne servit jamais à leur bonheur, et qu'ils ne seront pas plus heureux en admettant, comme cause de ce qu'ils ne comprennent pas, quelque chose qu'ils comprendront encore moins; qu'il est bien moins essentiel d'entendre la nature que d'en jouir et d'en respecter les lois; que ces lois sont aussi sages que simples; qu'elles sont écrites dans le cœur de tous les hommes, et qu'il ne faut qu'interroger ce cœur pour en démêler l'impulsion. S'ils veulent qu'absolument vous leur parliez d'un créateur, répondez que les choses ayant toujours été ce qu'elles sont, n'ayant jamais eu de commencement et ne devant jamais avoir de fin, il devient aussi inutile qu'impossible à l'homme de pouvoir remonter à une origine imaginaire qui n'expliquerait rien et n'avancerait à rien. Dites-leur qu'il est impossible aux hommes d'avoir des idées vraies d'un être qui n'agit sur aucun de nos sens.

Toutes nos idées sont des représentations des objets qui nous frappent; qu'est-ce qui peut nous représenter l'idée de Dieu, qui est évidemment une idée sans objet? Une telle idée, leur ajouterez-vous, n'est-elle pas aussi impossible que des effets sans cause? Une idée sans prototype est-elle autre chose qu'une chimère? Quelques docteurs, poursuivrez-vous, assurent que l'idée de Dieu est innée, et que les hommes ont cette idée dès le ventre de leur mère. Mais cela est faux, leur ajouterez-vous; tout principe est un jugement, tout jugement est l'effet de l'expérience, et l'expérience ne s'acquiert que par l'exercice des sens; d'où suit que les principes religieux ne portent évidemment sur rien et ne sont point innés. Comment, poursuivrez-vous, a-t-on pu persuader à des êtres raisonnables que la chose la plus difficile à comprendre était la plus essentielle pour eux? C'est qu'on les a grandement effrayés; c'est que, quand on a peur, on cesse de raisonner; c'est qu'on leur a surtout recommandé de se défier de leur raison et que, quand la cervelle est troublée, on croit tout et n'examine rien. L'ignorance et la peur, leur direz-vous encore, voilà les deux bases de toutes les religions. L'incertitude où l'homme se trouve par rapport à son Dieu est précisément le motif qui l'attache à sa religion. L'homme a peur dans les ténèbres, tant au physique qu'au moral ; la peur devient habituelle en lui et se change en besoin : il croirait qu'il lui manque quelque chose s'il n'avait plus rien à espérer ou à craindre. Revenez ensuite à l'utilité de la morale : donnez-leur sur ce grand objet beaucoup plus d'exemples que de leçons, beaucoup plus de preuves que de livres et vous en ferez de bons citoyens ; vous en ferez de bons guerriers, de bons pères, de bons époux ; vous en ferez des hommes d'autant plus attachés à la liberté de leur pays qu'aucune idée de servitude ne pourra plus se présenter à leur esprit, qu'aucune terreur religieuse ne viendra troubler leur génie. Alors le véritable patriotisme éclatera dans toutes les âmes ; il y régnera dans toute sa force et dans toute sa pureté, parce qu'il y deviendra le seul sentiment dominant, et qu'aucune idée étrangère n'en attiédira l'énergie ; alors, votre seconde génération est sûre, et votre ouvrage, consolidé par elle, va devenir la loi de l'univers. Mais si, par crainte ou pusillanimité, ces conseils ne sont pas suivis, si l'on laisse subsister les bases de l'édifice que l'on avait cru détruire, qu'arrivera-t-il ? On rebâtira sur ces bases, et l'on y placera les mêmes colosses, à la cruelle différence qu'ils y seront cette fois cimentés d'une telle force que ni votre génération ni celles qui la suivront ne réussiront à les culbuter.

Qu'on ne doute pas que les religions ne soient le berceau du despotisme ; le premier de tous les despotes fut un prêtre ; le premier roi et le premier empereur de Rome, Numa et Auguste, s'associent l'un et l'autre au sacerdoce ; Constantin et Clovis furent plutôt des abbés que des souverains ; Hélio-

gabale fut prêtre du Soleil. De tous les temps,
dans tous les siècles, il y eut dans le despotisme et
dans la religion une telle connexité qu'il reste plus
que démontré qu'en détruisant l'un, l'on doit saper
l'autre, par la grande raison que le premier servira
toujours de loi au second. Je ne propose cependant
ni massacres ni exportations; toutes ces horreurs
sont trop loin de mon âme pour oser seulement les
concevoir une minute. Non, n'assassinez point,
n'exportez point : ces atrocités sont celles des rois
ou des scélérats qui les imitèrent; ce n'est point en
faisant comme eux que vous forcerez de prendre en
horreur ceux qui les exerçaient. N'employons la
force que pour les idoles; il ne faut que des
ridicules pour ceux qui les servent : les sarcasmes
de Julien nuisirent plus à la religion chrétienne que
tous les supplices de Néron. Oui, détruisons à
jamais toute idée de Dieu et faisons des soldats de
ses prêtres; quelques-uns le sont déjà; qu'ils s'en
tiennent à ce métier si noble pour un républicain,
mais qu'ils ne nous parlent plus ni de leur être
chimérique ni de sa religion fabuleuse, unique objet
de nos mépris. Condamnons à être bafoué, ridicu-
lisé, couvert de boue dans tous les carrefours des
plus grandes villes de France, le premier de ces
charlatans bénis qui viendra nous parler encore ou
de Dieu ou de religion; une éternelle prison sera la
peine de celui qui tombera deux fois dans les
mêmes fautes. Que les blasphèmes les plus insul-
tants, les ouvrages les plus athées soient ensuite
autorisés pleinement, afin d'achever d'extirper dans
le cœur et la mémoire des hommes ces effrayants
jouets de notre enfance; que l'on mette au concours

l'ouvrage le plus capable d'éclairer enfin les Européens sur une matière aussi importante, et qu'un
prix considérable, et décerné par la nation, soit la
récompense de celui qui, ayant tout dit, tout
démontré sur cette matière, ne laissera plus à ses
compatriotes qu'une faux pour culbuter tous ces
fantômes et qu'un cœur droit pour les haïr. Dans
six mois, tout sera fini : votre infâme Dieu sera
dans le néant ; et cela sans cesser d'être juste, jaloux
de l'estime des autres, sans cesser de redouter le
glaive des lois et d'être honnête homme, parce
qu'on aura senti que le véritable ami de la patrie ne
doit point, comme l'esclave des rois, être mené par
des chimères ; que ce n'est, en un mot, ni l'espoir
frivole d'un monde meilleur ni la crainte de plus
grands maux que ceux que nous envoya la nature,
qui doivent conduire un républicain, dont le seul
guide est la vertu, comme l'unique frein le
remords.

Les mœurs

Après avoir démontré que le théisme ne convient
nullement à un gouvernement républicain, il me
paraît nécessaire de prouver que les mœurs fran-
çaises ne lui conviennent pas davantage. Cet article
est d'autant plus essentiel que ce sont les mœurs
qui vont servir de motifs aux lois qu'on va
promulguer.

Français, vous êtes trop éclairés pour ne pas
sentir qu'un nouveau gouvernement va nécessiter
de nouvelles mœurs ; il est impossible que le

citoyen d'un État libre se conduise comme l'esclave d'un roi despote; ces différences de leurs intérêts, de leurs devoirs, de leurs relations entre eux, déterminant essentiellement une manière tout autre de se comporter dans le monde; une foule de petites erreurs, de petits délits sociaux, considérés comme très essentiels sous le gouvernement des rois, qui devaient exiger d'autant plus qu'ils avaient plus besoin d'imposer des freins pour se rendre respectables ou inabordables à leurs sujets, vont devenir nuls ici; d'autres forfaits, connus sous les noms de régicide ou de sacrilège, sous un gouvernement qui ne connaît plus ni rois ni religions, doivent s'anéantir de même dans un État républicain. En accordant la liberté de conscience et celle de la presse, songez, citoyens, qu'à bien peu de chose près, on doit accorder celle d'agir, et qu'excepté ce qui choque directement les bases du gouvernement, il vous reste on ne saurait moins de crimes à punir, parce que, dans le fait, il est fort peu d'actions criminelles dans une société dont la liberté et l'égalité font les bases, et qu'à bien peser et bien examiner les choses, il n'y a vraiment de criminel que ce que réprouve la loi; car la nature, nous dictant également des vices et des vertus, en raison de notre organisation, ou plus philosophiquement encore, en raison du besoin qu'elle a de l'une ou de l'autre, ce qu'elle nous inspire deviendrait une mesure très incertaine pour régler avec précision ce qui est bien ou ce qui est mal. Mais, pour mieux développer mes idées sur un objet aussi essentiel, nous allons classer les différentes actions de la vie de l'homme que l'on était convenu jusqu'à présent de nommer criminelles, et nous les *toiserons* ensuite aux vrais devoirs d'un républicain.

On a considéré de tout temps les devoirs de l'homme sous les trois différents rapports suivants :

1. Ceux que sa conscience et sa crédulité lui imposent envers l'Être suprême ;

2. Ceux qu'il est obligé de remplir avec ses frères ;

3. Enfin ceux qui n'ont de relation qu'avec lui.

La certitude où nous devons être qu'aucun dieu ne s'est mêlé de nous et que, créatures nécessitées de la nature, comme les plantes et les animaux, nous sommes ici parce qu'il était impossible que nous n'y fussions pas, cette certitude sans doute anéantit, comme on le voit, tout d'un coup la première partie de ces devoirs, je veux dire ceux dont nous nous croyons faussement responsables envers la divinité ; avec eux disparaissent tous les délits religieux, tous ceux connus sous les noms vagues et indéfinis d'*impiété*, de *sacrilège*, de *blasphème*, d'*athéisme*, etc., tous ceux, en un mot, qu'Athènes punit avec tant d'injustice dans Alcibiade et la France dans l'infortuné La Barre. S'il y a quelque chose d'extravagant dans le monde, c'est de voir des hommes, qui ne connaissent leur dieu et ce que peut exiger ce dieu que d'après leurs idées bornées, vouloir néanmoins décider sur la nature de ce qui contente ou de ce qui fâche ce ridicule fantôme de leur imagination. Ce ne serait donc point à permettre indifféremment tous les cultes que je voudrais qu'on se bornât ; je désirerais qu'on fût libre de se rire ou de se moquer de tous ; que des hommes, réunis dans un temple quelconque pour invoquer l'Éternel à leur guise, fussent vus comme des comédiens sur un théâtre, au jeu desquels il est permis à chacun d'aller rire. Si vous ne voyez pas les religions sous ce rapport elles reprendront le sérieux qui les rend importantes, elles protégeront bientôt les opinions, et l'on ne se sera pas plus tôt disputé sur les religions que l'on se rebattra pour les religions [1] ; l'égalité détruite par la préférence ou la protection accordée à l'une d'elles disparaîtra bientôt du gouvernement, et de la *théocratie* réédifiée renaîtra bientôt l'*aristocratie*. Je ne saurais donc trop le répéter : plus de dieux, Français, plus de dieux, si vous ne voulez pas que leur funeste empire vous replonge bientôt dans toutes les horreurs du despotisme; mais ce n'est qu'en vous en moquant que vous les détruirez; tous les dangers qu'ils traînent à leur suite renaîtront aussitôt en foule si vous y mettez de l'humeur ou de l'importance. Ne renversez point leurs idoles en colère : pulvérisez-les en jouant, et l'opinion tombera d'elle-même.

En voilà suffisamment, je l'espère, pour démontrer qu'il ne doit être promulgué aucune loi contre

---

1. Chaque peuple prétend que sa religion est la meilleure et s'appuie, pour le persuader, sur une infinité de preuves, non seulement discordantes entre elles, mais presque toutes contradictoires. Dans la profonde ignorance où nous sommes, quelle est celle qui peut plaire à Dieu, à supposer qu'il y ait un Dieu? Nous devons, si nous sommes sages, ou les protéger toutes également ou les proscrire toutes de même; or, les proscrire est assurément le plus sûr, puisque nous avons la certitude morale que toutes sont des mômeries, dont aucune ne peut plaire plus que l'autre à un dieu qui n'existe pas.

les délits religieux, parce que qui offense une chimère n'offense rien, et qu'il serait de la dernière inconséquence de punir ceux qui outragent ou qui méprisent un culte dont rien ne vous démontre avec évidence la priorité sur les autres; ce serait nécessairement adopter un parti et influencer dès lors la balance de l'égalité, première loi de votre nouveau gouvernement.

Passons aux seconds devoirs de l'homme, ceux qui le lient avec ses semblables; cette classe est la plus étendue sans doute.

La morale chrétienne, trop vague sur les rapports de l'homme avec ses semblables, pose des bases si pleines de sophismes qu'il nous est impossible de les admettre, parce que, lorsqu'on veut édifier des principes, il faut bien se garder de leur donner des sophismes pour bases. Elle nous dit, cette absurde morale, d'aimer notre prochain comme nous-même. Rien ne serait assurément plus sublime s'il était possible que ce qui est faux pût jamais porter les caractères de la beauté. Il ne s'agit pas d'aimer ses semblables comme soi-même, puisque cela est contre toutes les lois de la nature, et que son seul organe doit diriger toutes les actions de notre vie; il n'est question que d'aimer nos semblables comme des frères, comme des amis que la nature nous donne, et avec lesquels nous devons vivre d'autant mieux dans un État républicain que la disparition des distances doit nécessairement resserrer les liens.

Que l'humanité, la fraternité, la bienfaisance nous prescrivent d'après cela nos devoirs réci-proques, et remplissons-les individuellement avec le simple degré d'énergie que nous a sur ce point donné la nature, sans blâmer et surtout sans punir ceux qui, plus froids ou plus atrabilaires, n'éprouvent pas dans ces liens, néanmoins si touchants, toutes les douceurs que d'autres y rencontrent; car, on en conviendra, ce serait ici une absurdité palpable que de vouloir prescrire des lois universelles; ce procédé serait aussi ridicule que celui d'un général d'armée qui voudrait que tous ses soldats fussent vêtus d'un habit fait sur la même mesure; c'est une injustice effrayante que d'exiger que des hommes de caractères inégaux se plient à des lois égales : ce qui va à l'un ne va point à l'autre.

Je conviens que l'on ne peut pas faire autant de lois qu'il y a d'hommes; mais les lois peuvent être si douces, en si petit nombre, que tous les hommes, de quelque caractère qu'ils soient, puissent facilement s'y plier. Encore exigerais-je que ce petit nombre de lois fût d'espèce à pouvoir s'adapter facilement à tous les différents caractères; l'esprit de celui qui les dirigerait serait de frapper plus ou moins, en raison de l'individu qu'il faudrait atteindre. Il est démontré qu'il y a telle vertu dont la pratique est impossible à certains hommes, comme il y a tel remède qui ne saurait convenir à tel tempérament. Or, quel sera le comble de votre injustice si vous frappez de la loi celui auquel il est impossible de se plier à la loi! L'iniquité que vous commettriez en cela ne serait-elle pas égale à celle dont vous vous rendriez coupable si vous vouliez forcer un aveugle à discerner les couleurs? De ces premiers principes il découle, on le sent, la nécessité de faire des lois douces, et surtout d'anéantir pour jamais l'atrocité de la peine de mort, parce que la loi qui attente à la vie d'un homme est impraticable, injuste, inadmissible. Ce n'est pas, ainsi que je le dirai tout à l'heure, qu'il n'y ait une infinité de cas où, sans outrager la nature (et c'est ce que je démontrerai), les hommes n'aient reçu de cette mère commune l'entière liberté d'attenter à la vie les uns des autres, mais c'est qu'il est impossible que la loi puisse obtenir le même privilège, parce que la loi, froide par elle-même, ne saurait être accessible aux passions qui peuvent légitimer dans l'homme la cruelle action du meurtre; l'homme reçoit de la nature les impressions qui peuvent lui faire pardonner cette action, et la loi, au contraire, toujours en opposition à la nature et ne recevant rien d'elle, ne peut être autorisée à se permettre les mêmes écarts : n'ayant pas les mêmes motifs, il est impossible qu'elle ait les mêmes droits. Voilà de ces distinctions savantes et délicates qui échappent à beaucoup de gens, parce que fort peu de gens réfléchissent; mais elles seront accueillies des gens instruits à qui je les adresse, et elles influeront, je l'espère, sur le nouveau Code que l'on nous prépare.

La seconde raison pour laquelle on doit anéantir la peine de mort, c'est qu'elle n'a jamais réprimé le crime, puisqu'on le commet chaque jour aux pieds de l'échafaud. On doit supprimer cette peine, en un mot, parce qu'il n'y a point de plus mauvais calcul que celui de faire mourir un homme pour en avoir tué un autre, puisqu'il résulte évidemment de ce procédé qu'au lieu d'un homme de moins, en voilà tout d'un coup deux, et qu'il n'y a que des bourreaux ou des imbéciles auxquels une telle arithmétique puisse être familière.

Quoi qu'il en soit enfin, les forfaits que nous pouvons commettre envers nos frères se réduisent à quatre principaux : la *calomnie*, le *vol*, les délits qui, causés par l'*impureté*, peuvent atteindre désagréablement les autres, et le *meurtre*. Toutes ces actions, considérées comme capitales dans un gouvernement monarchique, sont-elles aussi graves dans un État républicain ? C'est ce que nous allons analyser avec le flambeau de la philosophie, car c'est à sa seule lumière qu'un tel examen doit s'entreprendre. Qu'on ne me taxe point d'être un novateur dangereux ; qu'on ne dise pas qu'il y a du risque à émousser, comme le feront peut-être ces écrits, le remords dans l'âme des malfaiteurs ; qu'il y a le plus grand mal à augmenter par la douceur de ma morale le penchant que ces mêmes malfaiteurs ont aux crimes : j'atteste ici formellement n'avoir aucune de ces vues perverses ; j'expose les idées qui depuis l'âge de raison se sont identifiées avec moi et au sujet desquelles l'infâme despotisme des tyrans s'était opposé tant de siècles. Tant pis pour ceux que ces grandes idées corrompaient, tant pis pour ceux qui ne savent saisir que le mal dans des opinions philosophiques, susceptibles de se corrompre à tout ! Qui sait s'ils ne se gangrèneraient peut-être pas aux lectures de Sénèque et de Charron ? Ce n'est point à eux que je parle : je ne m'adresse qu'à des gens capables de m'entendre, et ceux-là me liront sans danger.

J'avoue avec la plus extrême franchise que je n'ai jamais cru que la calomnie fût un mal, et surtout dans un gouvernement comme le nôtre, où tous les hommes, plus liés, plus rapprochés, ont évidemment un plus grand intérêt à se bien connaître. De deux choses l'une : ou la calomnie porte sur un homme véritablement pervers, ou elle tombe sur un être vertueux. On conviendra que dans le premier cas il devient à peu près indifférent que l'on dise un peu plus de mal d'un homme connu pour en faire beaucoup ; peut-être même alors le mal qui n'existe pas éclairera-t-il sur celui qui est, et voilà le malfaiteur mieux connu.

S'il règne, je suppose, une influence malsaine à Hanovre, mais que je ne doive courir d'autres risques, en m'exposant à cette inclémence de l'air, que de gagner un accès de fièvre, pourrai-je savoir mauvais gré à l'homme qui, pour empêcher d'y aller, m'aurait dit qu'on y mourait dès en arrivant ? Non, sans doute ; car, en m'effrayant par un grand mal, il m'a empêché d'en éprouver un petit. La calomnie porte-t-elle au contraire sur un homme vertueux ? qu'il ne s'en alarme pas : qu'il se montre, et tout le venin du calomniateur retombera bientôt sur lui-même. La calomnie, pour de telles gens, n'est qu'un scrutin épuratoire dont leur vertu ne sortira que plus brillante. Il y a même ici du profit pour la masse des vertus de la république ; car cet homme vertueux et sensible, piqué de l'injustice qu'il vient d'éprouver, s'appliquera à faire mieux encore ; il voudra surmonter cette calomnie dont il se croyait à l'abri, et ses belles actions n'acquerront qu'un degré d'énergie de plus. Ainsi, dans le premier cas, le calomniateur aura produit d'assez bons effets, en grossissant les vices

de l'homme dangereux ; dans le second, il en aura
produit d'excellents, en contraignant la vertu à
s'offrir à nous tout entière. Or, je demande
maintenant sous quel rapport le calomniateur
pourra vous paraître à craindre, dans un gouvernement surtout où il est si essentiel de connaître les
méchants et d'augmenter l'énergie des bons ? Que
l'on se garde donc bien de prononcer aucune peine
contre la calomnie ; considérons-la sous le double
rapport d'un fanal et d'un stimulant, et dans tous
les cas comme quelque chose de très utile. Le
législateur, dont toutes les idées doivent être
grandes comme l'ouvrage auquel il s'applique, ne
doit jamais étudier l'effet du délit qui ne frappe
qu'individuellement ; c'est son effet en masse qu'il
doit examiner ; et quand il observera de cette
manière les effets qui résultent de la calomnie, je le
défie d'y trouver rien de punissable ; je défie qu'il
puisse placer quelque ombre de justice à la loi qui
la punirait ; il devient au contraire l'homme le plus
juste et le plus intègre, s'il la favorise ou la
récompense.

Le vol est le second des délits moraux dont nous
nous sommes proposé l'examen.

Si nous parcourons l'Antiquité, nous verrons le
vol permis, récompensé dans toutes les républiques
de la Grèce ; Sparte ou Lacédémone le favorisait
ouvertement ; quelques autres peuples l'ont regardé
comme une vertu guerrière ; il est certain qu'il
entretient le courage, la force, l'adresse, toutes les
vertus, en un mot, utiles à un gouvernement
républicain, et par conséquent au nôtre. J'oserai
demander, sans partialité maintenant, si le vol,

dont l'effet est d'égaliser les richesses, est un grand mal dans un gouvernement dont le but est l'égalité. Non, sans doute; car, s'il entretient l'égalité d'un côté, de l'autre il rend plus exact à conserver son bien. Il y avait un peuple qui punissait non pas le voleur, mais celui qui s'était laissé voler, afin de lui apprendre à soigner ses propriétés. Ceci nous amène à des réflexions plus étendues.

A Dieu ne plaise que je veuille attaquer ou détruire ici le serment du respect des propriétés, que vient de prononcer la nation; mais me permettra-t-on quelques idées sur l'injustice de ce serment? Quel est l'esprit d'un serment prononcé par tous les individus d'une nation? N'est-il pas de maintenir une parfaite égalité parmi les citoyens, de les soumettre tous également à la loi protectrice des propriétés de tous? Or, je vous demande maintenant si elle est bien juste, la loi qui ordonne à celui qui n'a rien de respecter celui qui a tout. Quels sont les éléments du pacte social? Ne consiste-t-il pas à céder un peu de sa liberté et de ses propriétés pour assurer et maintenir ce que l'on conserve de l'un et de l'autre?

Toutes les lois sont assises sur ces bases; elles sont les motifs des punitions infligées à celui qui abuse de sa liberté. Elles autorisent de même les impositions; ce qui fait qu'un citoyen ne se récrie pas lorsqu'on les exige de lui, c'est qu'il sait qu'au moyen de ce qu'il donne, on lui conserve ce qui lui reste; mais, encore une fois, de quel droit celui qui n'a rien s'enchaînera-t-il sous un pacte qui ne protège que celui qui a tout? Si vous faites un acte d'équité en conservant, par votre serment, les

propriétés du riche, ne faites-vous pas une injustice
en exigeant ce serment du « conservateur » qui n'a
rien ? Quel intérêt celui-ci a-t-il à votre serment ? Et
pourquoi voulez-vous qu'il promette une chose
uniquement favorable à celui qui diffère autant de
lui par ses richesses ? Il n'est assurément rien de
plus injuste : un serment doit avoir un effet égal sur
tous les individus qui le prononcent ; il est impossible qu'il puisse enchaîner celui qui n'a aucun
intérêt à son maintien, parce qu'il ne serait plus
alors le pacte d'un peuple libre : il serait l'arme du
fort sur le faible, contre lequel celui-ci devrait se
révolter sans cesse ; or c'est ce qui arrive dans le
serment du respect des propriétés que vient d'exiger la nation ; le riche seul y enchaîne le pauvre, le
riche seul a intérêt au serment que prononce le
pauvre avec tant d'inconsidération qu'il ne voit pas
qu'au moyen de ce serment, extorqué à sa bonne
foi, il s'engage à faire une chose qu'on ne peut pas
faire vis-à-vis de lui.

Convaincus, ainsi que vous devez l'être, de cette
barbare inégalité, n'aggravez donc pas votre injustice en punissant celui qui n'a rien d'avoir osé
dérober quelque chose à celui qui a tout : votre
inéquitable serment lui en donne plus le droit que
jamais. En le contraignant au parjure par ce
serment absurde pour lui, vous légitimez tous les
crimes où le portera ce parjure ; il ne vous
appartient donc plus de punir ce dont vous avez été
la cause. Je n'en dirai pas davantage pour faire
sentir la cruauté horrible qu'il y a à punir les
voleurs. Imitez la loi sage du peuple dont je viens
de parler ; punissez l'homme assez négligent pour

se laisser voler, mais ne prononcez aucune espèce
de peine contre celui qui vole; songez que votre
serment l'autorise à cette action et qu'il n'a fait, en
s'y livrant, que suivre le premier et le plus sage des
mouvements de la nature, celui de conserver sa
propre existence, n'importe aux dépens de qui.

Les délits que nous devons examiner dans cette
seconde classe des devoirs de l'homme envers ses
semblables consistent dans les actions que peut
faire entreprendre le libertinage, parmi lesquelles se
distinguent particulièrement, comme plus attenta-
toires à ce que chacun doit aux autres, la *prostitution*, l'*adultère*, l'*inceste*, le *viol* et la *sodomie*. Nous
ne devons certainement pas douter un moment que
tout ce qui s'appelle crimes moraux, c'est-à-dire
toutes les actions de l'espèce de celles que nous
venons de citer, ne soit parfaitement indifférent
dans un gouvernement dont le seul devoir consiste
à conserver, par tel moyen que ce puisse être, la
forme essentielle à son maintien : voilà l'unique
morale d'un gouvernement républicain. Or, puisqu'il est toujours contrarié par les despotes qui
l'environnent, on ne saurait imaginer raisonnablement que ses moyens conservateurs puissent être
des *moyens moraux*; car il ne se conservera que par
la guerre, et rien n'est moins moral que la guerre.
Maintenant, je demande comment on parviendra à
démontrer que dans un État *immoral* par ses
obligations, il soit essentiel que les individus soient
moraux. Je dis plus : il est bon qu'ils ne le soient
pas. Les législateurs de la Grèce avaient parfaitement senti l'importante nécessité de gangrener les
membres pour que, leur *dissolution morale* influant

sur celle utile à la machine, il en résultât l'insurrection toujours indispensable dans un gouvernement,
qui parfaitement heureux comme le gouvernement
républicain, doit nécessairement exciter la haine et
la jalousie de tout ce qui l'entoure. L'insurrection,
pensaient ces sages législateurs, n'est point un état
moral ; elle doit être pourtant l'état permanent
d'une république ; il serait donc aussi absurde que
dangereux d'exiger que ceux qui doivent maintenir
le perpétuel ébranlement *immoral* de la machine
fussent eux-mêmes des êtres très *moraux,* parce que
l'état *moral* d'un homme est un état de paix et de
tranquillité, au lieu que son état *immoral* est un état
de mouvement perpétuel qui le rapproche de
l'insurrection nécessaire, dans laquelle il faut que le
républicain tienne toujours le gouvernement dont il
est membre.

Détaillons maintenant et commençons par analyser la pudeur, ce mouvement pusillanime, contradictoire aux affections impures. S'il était dans les
intentions de la nature que l'homme fût pudique,
assurément elle ne l'aurait pas fait naître nu ; une
infinité de peuples, moins dégradés que nous par la
civilisation, vont nus et n'en éprouvent aucune
honte ; il ne faut pas douter que l'usage de se vêtir
n'ait eu pour unique base et l'inclémence de l'air et
la coquetterie des femmes ; elles sentirent qu'elles
perdraient bientôt tous les effets du désir si elles les
prévenaient, au lieu de les laisser naître ; elles
conçurent que, la nature d'ailleurs ne les ayant pas
créées sans défauts, elles s'assureraient bien mieux
tous les moyens de plaire en déguisant ces défauts
par des parures ; ainsi la pudeur, loin d'être une

vertu, ne fut donc plus qu'un des premiers effets de la corruption, qu'un des premiers moyens de la coquetterie des femmes. Lycurgue et Solon, bien pénétrés que les résultats de l'impudeur tiennent le citoyen dans l'état *immoral* essentiel aux lois du gouvernement républicain, obligèrent les jeunes filles à se montrer nues au théâtre [1]. Rome imita bientôt cet exemple : on dansait nu aux jeux de Flore; la plus grande partie des mystères païens se célébraient ainsi; la nudité passa même pour vertu chez quelques peuples. Quoi qu'il en soit, de l'impudeur naissent des penchants luxurieux; ce qui résulte de ces penchants compose les prétendus crimes que nous analysons et dont la prostitution est le premier effet. Maintenant que nous sommes revenus sur tout cela de la foule d'erreurs religieuses qui nous captivaient et que, plus rapprochés de la nature par la quantité de préjugés que nous venons d'anéantir, nous n'écoutons que sa voix, bien assurés que s'il y avait du crime à quelque chose, ce serait plutôt à résister aux penchants qu'elle nous inspire qu'à les combattre, persuadés que, la luxure étant une suite de ces penchants, il s'agit bien moins d'éteindre cette passion dans nous

1. On a dit que l'intention de ces législateurs était, en émoussant la passion que les hommes éprouvent pour une fille nue, de rendre plus active celle que les hommes éprouvent quelquefois pour leur sexe. Ces sages faisaient montrer ce dont ils voulaient que l'on se dégoûtât et cacher ce qu'ils croyaient fait pour inspirer de plus doux désirs; dans tous les cas, ne travaillaient-ils pas au but que nous venons de dire? Ils sentaient, on le voit, le besoin de l'immoralité dans les mœurs républicaines.

que de régler les moyens d'y satisfaire en paix.
Nous devons donc nous attacher à mettre de l'ordre
dans cette partie, à y établir toute la sûreté
nécessaire à ce que le citoyen, que le besoin
rapproche des objets de luxure, puisse se livrer avec
ces objets à tout ce que ses passions lui prescrivent,
sans jamais être enchaîné par rien, parce qu'il n'est
aucune passion dans l'homme qui ait plus besoin
de toute l'extension de la liberté que celle-là.
Différents emplacements sains, vastes, proprement
meublés et sûrs dans tous les points, seront érigés
dans les villes ; là, tous les sexes, tous les âges,
toutes les créatures seront offerts aux caprices des
libertins qui viendront jouir, et la plus entière
subordination sera la règle des individus présentés,
le plus léger refus sera puni aussitôt arbitrairement
par celui qui l'aura éprouvé. Je dois encore
expliquer ceci, le mesurer aux mœurs républicaines ; j'ai promis partout la même logique, je
tiendrai parole.

Si, comme je viens de le dire tout à l'heure,
aucune passion n'a plus besoin de toute l'extension
de la liberté que celle-là, aucune sans doute n'est
aussi despotique ; c'est là que l'homme aime à
commander, à être obéi, à s'entourer d'esclaves
contraints à le satisfaire ; or, toutes les fois que vous
ne donnerez pas à l'homme le moyen secret
d'exhaler la dose de despotisme que la nature mit
au fond de son cœur, il se rejettera pour l'exercer
sur les objets qui l'entoureront, il troublera le
gouvernement. Permettez, si vous voulez éviter ce
danger, un libre essor à ces désirs tyranniques qui,
malgré lui, le tourmentent sans cesse ; content

d'avoir pu exercer sa petite souveraineté au milieu du harem d'icoglans ou de sultanes que vos soins et son argent lui soumettent, il sortira satisfait et sans aucun désir de troubler un gouvernement qui lui assure aussi complaisamment tous les moyens de sa concupiscence. Exercez, au contraire, des procédés différents, imposez sur ces objets de la luxure publique les ridicules entraves jadis inventées par la tyrannie ministérielle et par la lubricité de nos Sardanapales [1] : l'homme, bientôt aigri contre votre gouvernement, bientôt jaloux du despotisme qu'il vous voit exercer tout seul, secouera le joug que vous lui imposez et, las de votre manière de le régir, en changera comme il vient de le faire.

Voyez comme les législateurs grecs, bien pénétrés de ces idées, traitaient la débauche à Lacédémone, à Athènes ; ils en enivraient le citoyen, bien loin de la lui interdire ; aucun genre de lubricité ne lui était défendu, et Socrate, déclaré par l'oracle le plus sage des philosophes de la terre, passant indifféremment des bras d'Aspasie dans ceux d'Alcibiade, n'en était pas moins la gloire de la Grèce. Je vais aller plus loin, et quelque contraires que soient mes idées à nos coutumes actuelles, comme mon objet est de prouver que nous devons nous presser de changer ces coutumes si nous voulons conserver le gouvernement adopté, je vais essayer de vous convaincre que la prostitution des femmes

1. On sait que l'infâme et scélérat Sartine composait à Louis XV des moyens de luxure, en lui faisant lire trois fois par semaine, par la Dubarry, le détail privé et enrichi par lui de tout ce qui se passait dans les mauvais lieux de Paris. Cette branche de libertinage du Néron français coûtait trois millions à l'État !

connues sous le nom d'honnêtes n'est pas plus
dangereuse que celle des hommes, et que non
seulement nous devons les associer aux luxures
exercées dans les maisons que j'établis, mais que
nous devons même en ériger pour elles, où leurs
caprices et les besoins de leur tempérament, bien
autrement ardent que le nôtre, puissent de même
se satisfaire avec tous les sexes.

De quel droit prétendez-vous d'abord que les
femmes doivent être exceptées de l'aveugle soumission que la nature leur prescrit aux caprices des
hommes ? et ensuite par quel autre droit prétendez-
vous les asservir à une continence impossible à leur
physique et absolument inutile à leur honneur ?

Je vais traiter séparément l'une et l'autre de ces
questions.

Il est certain que, dans l'état de nature, les
femmes naissent *vulgivagues,* c'est-à-dire jouissant
des avantages des autres animaux femelles et
appartenant, comme elles et sans aucune exception,
à tous les mâles ; telles furent, sans aucun doute, et
les premières lois de la nature et les seules
institutions des premiers rassemblements que les
hommes firent. L'*intérêt,* l'*égoïsme* et l'*amour* dégra-
dèrent ces premières vues si simples et si naturelles ; on crut s'enrichir en prenant une femme, et
avec elle le bien de sa famille ; voilà les deux
premiers sentiments que je viens d'indiquer satisfaits ; plus souvent encore on enleva cette femme, et
on s'y attacha ; voilà le second motif en action et,
dans tous les cas, de l'injustice.

Jamais un acte de possession ne peut être exercé
sur un être libre ; il est aussi injuste de posséder

exclusivement une femme qu'il l'est de posséder des esclaves ; tous les hommes sont nés libres, tous sont égaux en droit : ne perdons jamais de vue ces principes ; il ne peut donc être jamais donné, d'après cela, de droit légitime à un sexe de s'emparer exclusivement de l'autre, et jamais l'un de ces sexes ou l'une de ces classes ne peut posséder l'autre arbitrairement. Une femme même, dans la pureté des lois de la nature, ne peut alléguer, pour motif du refus qu'elle fait à celui qui la désire, l'amour qu'elle a pour un autre, parce que ce motif en devient un d'exclusion, et qu'aucun homme ne peut être exclu de la possession d'une femme, du moment qu'il est clair qu'elle appartient décidément à tous les hommes. L'acte de possession ne peut être exercé que sur un immeuble ou sur un animal ; jamais il ne peut l'être sur un individu qui nous ressemble, et tous les liens qui peuvent enchaîner une femme à un homme, de telle espèce que vous puissiez les supposer, sont aussi injustes que chimériques.

S'il devient donc incontestable que nous avons reçu de la nature le droit d'exprimer nos vœux indifféremment à toutes les femmes, il le devient de même que nous avons celui de l'obliger de se soumettre à nos vœux, non pas exclusivement, je me contrarierais, mais momentanément[1]. Il est

1. Qu'on ne dise pas ici que je me contrarie, et qu'après avoir établi plus haut que nous n'avions aucun droit de lier une femme à nous, je détruis ces principes en disant maintenant que nous avons le droit de la contraindre ; je répète qu'il ne s'agit ici que de la jouissance et non de la propriété ; je n'ai nul droit à la propriété de cette fontaine que je rencontre dans mon chemin, mais j'ai des

incontestable que nous avons le droit d'établir des
lois qui la contraignent de céder aux feux de celui
qui la désire; la violence même étant un des effets
de ce droit, nous pouvons l'employer légalement.
Eh! la nature n'a-t-elle pas prouvé que nous avions
ce droit, en nous départissant la force nécessaire à
les soumettre à nos désirs?

En vain les femmes doivent-elles faire parler,
pour leur défense, ou la pudeur ou leur attache-
ment à d'autres hommes; ces moyens chimériques
sont nuls; nous avons vu plus haut combien la
pudeur était un sentiment factice et méprisable.
L'amour, qu'on peut appeler la *folie de l'âme,* n'a
pas plus de titres pour légitimer leur constance; ne
satisfaisant que deux individus, l'être aimé et l'être
aimant, il ne peut servir au bonheur des autres, et
c'est pour le bonheur de tous, et non pour un
bonheur égoïste et privilégié, que nous ont été
données les femmes. Tous les hommes ont donc un
droit de jouissance égal sur toutes les femmes; il
n'est donc aucun homme qui, d'après les lois de la
nature, puisse s'ériger sur une femme un droit
unique et personnel. La loi qui les obligera de se
prostituer, tant que nous le voudrons, aux maisons
de débauche dont il vient d'être question, et qui les
y contraindra si elles s'y refusent, qui les punira si
elles y manquent, est donc une loi des plus

droits certains à sa jouissance; j'ai le droit de profiter de l'eau
limpide qu'elle offre à ma soif; je n'ai de même aucun droit réel à
la propriété de telle ou telle femme, mais j'en ai d'incontestables
à sa jouissance; j'en ai de la contraindre à cette jouissance si elle
me la refuse par tel motif que ce puisse être.

équitables, et contre laquelle aucun motif légitime ou juste ne saurait réclamer.

Un homme qui voudra jouir d'une femme ou d'une fille quelconque pourra donc, si les lois que vous promulguez sont justes, la faire sommer de se trouver dans l'une des maisons dont j'ai parlé; et là, sous la sauvegarde des matrones de ce temple de Vénus, elle lui sera livrée pour satisfaire, avec autant d'humilité que de soumission, tous les caprices qu'il lui plaira de se passer avec elle, de quelque bizarrerie ou de quelque irrégularité qu'ils puissent être, parce qu'il n'en est aucun qui ne soit dans la nature, aucun qui ne soit avoué par elle. Il ne s'agirait plus ici que de fixer l'âge; or je prétends qu'on ne le peut sans gêner la liberté de celui qui désire la jouissance d'une fille de tel ou tel âge. Celui qui a le droit de manger le fruit d'un arbre peut assurément le cueillir mûr ou vert, suivant les inspirations de son goût. Mais, objectera-t-on, il est un âge où les procédés de l'homme nuiront décidément à la santé de la fille. Cette considération est sans aucune valeur; dès que vous m'accordez le droit de propriété sur la jouissance, ce droit est indépendant des effets produits par la jouissance; de ce moment il devient égal que cette jouissance soit avantageuse ou nuisible à l'objet qui doit s'y soumettre. N'ai-je pas déjà prouvé qu'il était légal de contraindre la volonté d'une femme sur cet objet, et qu'aussitôt qu'elle inspirait le désir de la jouissance, elle devait se soumettre à cette jouissance, abstraction faite de tout sentiment égoïste? Il en est de même de sa santé. Dès que les égards qu'on aurait pour cette considération détrui-

raient ou affaibliraient la jouissance de celui qui la
désire, et qui a le droit de se l'approprier, cette
considération d'âge devient nulle, parce qu'il ne
s'agit nullement ici de ce que peut éprouver l'objet
condamné par la nature et par la loi à l'assouvisse-
ment momentané des désirs de l'autre; il n'est
question, dans cet examen, que de ce qui convient à
celui qui désire. Nous rétablirons la balance.

Oui, nous la rétablirons, nous le devons sans
doute; ces femmes que nous venons d'asservir si
cruellement, nous devons incontestablement les
dédommager, et c'est ce qui va former la réponse à
la seconde question que je me suis proposée.

Si nous admettons, comme nous venons de le
faire, que toutes les femmes doivent être soumises
à nos désirs, assurément nous pouvons leur permettre de même de satisfaire amplement tous les
leurs; nos lois doivent favoriser sur cet objet leur
tempérament de feu, et il est absurde d'avoir placé
et leur honneur et leur vertu dans la force
antinaturelle qu'elles mettent à résister aux penchants qu'elles ont reçus avec bien plus de profusion que nous; cette injustice de nos mœurs est
d'autant plus criante que nous consentons à la fois à
les rendre faibles à force de séduction et à les punir
ensuite de ce qu'elles cèdent à tous les efforts que
nous avons faits pour les provoquer à la chute.
Toute l'absurdité de nos mœurs est gravée, ce me
semble, dans cette inéquitable atrocité, et ce seul
exposé devrait nous faire sentir l'extrême besoin
que nous avons de les changer pour de plus pures.
Je dis donc que les femmes, ayant reçu des
penchants bien plus violents que nous aux plaisirs

de la luxure, pourront s'y livrer tant qu'elles le voudront, absolument dégagées de tous les liens de l'hymen, de tous les faux préjugés de la pudeur, absolument rendues à l'état de nature; je veux que les lois leur permettent de se livrer à autant d'hommes que bon leur semblera; je veux que la jouissance de tous les sexes et de toutes les parties de leur corps leur soit permise comme aux hommes; et, sous la clause spéciale de se livrer de même à tous ceux qui le désireront, il faut qu'elles aient la liberté de jouir également de tous ceux qu'elles croiront dignes de les satisfaire.

Quels sont, je le demande, les dangers de cette licence? Des enfants qui n'auront point de pères? Eh! qu'importe dans une république où tous les individus ne doivent avoir d'autre mère que la patrie, où tous ceux qui naissent sont tous enfants de la patrie? Ah! combien l'aimeront mieux ceux qui, n'ayant jamais connu qu'elle, sauront dès en naissant que ce n'est que d'elle qu'ils doivent tout attendre! N'imaginez pas de faire de bons républicains tant que vous isolerez dans leurs familles les enfants qui ne doivent appartenir qu'à la république. En donnant seulement à quelques individus la dose d'affection qu'ils doivent répartir sur tous leurs frères, ils adoptent inévitablement les préjugés souvent dangereux de ces individus; leurs opinions, leurs idées s'isolent, se particularisent et toutes les vertus d'un homme d'État leur deviennent absolument impossibles. Abandonnant enfin leur cœur tout entier à ceux qui les ont fait naître, ils ne trouvent plus dans ce cœur aucune affection pour celle qui doit les faire vivre, les faire connaître et les illustrer, comme si ces seconds bienfaits n'étaient pas plus importants que les premiers! S'il y a le plus grand inconvénient à laisser des enfants sucer ainsi dans leurs familles des intérêts souvent bien différents de ceux de la patrie, il y a donc le plus grand avantage à les en séparer; ne le sont-ils pas naturellement par les moyens que je propose, puisqu'en détruisant absolument tous les liens de l'hymen, il ne naît plus d'autres fruits des plaisirs de la femme que des enfants auxquels la connaissance de leur père est absolument interdite, et avec cela les moyens de ne plus appartenir qu'à une même famille, au lieu d'être, ainsi qu'ils le doivent, uniquement les enfants de la patrie?

Il y aura donc des maisons destinées au libertinage des femmes et, comme celles des hommes, sous la protection du gouvernement; là, leur seront fournis tous les individus de l'un et l'autre sexe qu'elles pourront désirer, et plus elles fréquenteront ces maisons, plus elles seront estimées. Il n'y a rien de si barbare et de si ridicule que d'avoir attaché l'honneur et la vertu des femmes à la résistance qu'elles mettent à des désirs qu'elles ont reçus de la nature et qu'échauffent sans cesse ceux qui ont la barbarie de les blâmer. Dès l'âge le plus tendre [1], une fille dégagée des liens paternels,

---

1. Les Babyloniennes n'attendaient pas sept ans pour porter leurs prémices au temple de Vénus. Le premier mouvement de concupiscence qu'éprouve une jeune fille est l'époque que la nature lui indique pour se prostituer, et, sans aucune autre espèce de considération, elle doit céder dès que sa nature parle; elle en outrage les lois si elle résiste.

n'ayant plus rien à conserver pour l'hymen (absolument aboli par les sages lois que je désire), au-
dessus du préjugé enchaînant autrefois son sexe,
pourra donc se livrer à tout ce que lui dictera son
tempérament dans les maisons établies à ce sujet;
elle y sera reçue avec respect, satisfaite avec
profusion et, de retour dans la société elle y pourra
parler aussi publiquement des plaisirs qu'elle aura
goûtés qu'elle le fait aujourd'hui d'un bal ou d'une
promenade. Sexe charmant, vous serez libre; vous
jouirez comme les hommes de tous les plaisirs dont
la nature vous fait un devoir; vous ne vous
contraindrez sur aucun. La plus divine partie de
l'humanité doit-elle donc recevoir des fers de
l'autre? Ah! brisez-les, la nature le veut; n'ayez
plus d'autre frein que celui de vos penchants,
d'autres lois que vos seuls désirs, d'autre morale
que celle de la nature; ne languissez pas plus
longtemps dans ces préjugés barbares qui flétris-
saient vos charmes et captivaient les élans divins de
vos cœurs [1]; vous êtes libres comme nous, et la
carrière des combats de Vénus vous est ouverte
comme à nous; ne redoutez plus d'absurdes
reproches; le pédantisme et la superstition sont
anéantis; on ne vous verra plus rougir de vos

---

1. Les femmes ne savent pas à quel point leurs lascivités les
embellissent. Que l'on compare deux femmes d'âge et de beauté
à peu près semblables, dont l'une vit dans le célibat et l'autre
dans le libertinage : on verra combien cette dernière l'emportera
d'éclat et de fraîcheur; toute violence faite à la nature use bien
plus que l'abus des plaisirs; il n'y a personne qui ne sache que les
couches embellissent une femme.

charmants écarts; couronnées de myrtes et de roses, l'estime que nous concevrons pour vous ne sera plus qu'en raison de la plus grande étendue que vous vous serez permis de leur donner.

Ce qui vient d'être dit devrait nous dispenser sans doute d'examiner l'adultère; jetons-y néanmoins un coup d'œil, quelque nul qu'il soit après les lois que j'établis. A quel point il était ridicule de le considérer comme criminel dans nos anciennes institutions! S'il y avait quelque chose d'absurde dans le monde, c'était bien sûrement l'éternité des liens conjugaux; il ne fallait, ce me semble, qu'examiner ou que sentir toute la lourdeur de ces liens pour cesser de voir comme un crime l'action qui les allégeait; la nature, comme nous l'avons dit tout à l'heure, ayant doué les femmes d'un tempérament plus ardent, d'une sensibilité plus profonde qu'elle n'a fait des individus de l'autre sexe, c'était pour elles, sans doute, que le joug d'un hymen éternel était plus pesant. Femmes tendres et embrasées du feu de l'amour, dédommagez-vous maintenant sans crainte; persuadez-vous qu'il ne peut exister aucun mal à suivre les impulsions de la nature, que ce n'est pas pour un seul homme qu'elle vous a créées, mais pour plaire indifféremment à tous. Qu'aucun frein ne vous arrête. Imitez les républicaines de la Grèce; jamais les législateurs qui leur donnèrent des lois n'imaginèrent de leur faire un crime de l'adultère, et presque tous autorisèrent le désordre des femmes. Thomas Morus prouve, dans son *Utopie,* qu'il est avantageux aux femmes de se livrer à la débauche, et les idées de ce grand homme n'étaient pas toujours des rêves [1].

Chez les Tartares, plus une femme se prostituait, plus elle était honorée; elle portait publiquement au col les marques de son impudicité, et l'on n'estimait point celles qui n'en étaient point décorées. Au Pégu, les familles elles-mêmes livrent leurs femmes ou leurs filles aux étrangers qui y voyagent : on les loue à tant par jour, comme des chevaux et des voitures! Des volumes enfin ne suffiraient pas à démontrer que jamais la luxure ne fut considérée comme criminelle chez aucun des peuples sages de la terre. Tous les philosophes savent bien que ce n'est qu'aux imposteurs chrétiens que nous devons de l'avoir érigée en crime. Les prêtres avaient bien leur motif, en nous interdisant la luxure : cette recommandation, en leur réservant la connaissance et l'absolution de ces péchés secrets, leur donnait un incroyable empire sur les femmes et leur ouvrait une carrière de lubricité dont l'étendue n'avait point de bornes. On sait comment ils en profitèrent, et comme ils en abuseraient encore si leur crédit n'était pas perdu sans ressource.

L'inceste est-il plus dangereux? Non, sans doute; il étend les liens des familles et rend par conséquent plus actif l'amour des citoyens pour la patrie; il nous est dicté par les premières lois de la nature, nous l'éprouvons, et la jouissance des objets

---

1. Le même voulait que les fiancés se vissent tout nus avant de s'épouser. Que de mariages manqueraient si cette loi s'exécutait! On avouera que le contraire est bien ce qu'on appelle acheter de la marchandise sans la voir.

qui nous appartiennent nous sembla toujours plus
délicieuse. Les premières institutions favorisent
l'inceste; on le trouve dans l'origine des sociétés; il
est consacré dans toutes les religions; toutes les lois
l'ont favorisé. Si nous parcourons l'univers, nous
trouverons l'inceste établi partout. Les nègres de la
Côte du Poivre et de Rio-Gabon prostituent leurs
femmes à leurs propres enfants; l'aîné des fils, au
royaume de Juda, doit épouser la femme de son
père; les peuples du Chili couchent indifféremment
avec leurs sœurs, leurs filles, et épousent souvent à
la fois la mère et la fille. J'ose assurer, en un mot,
que l'inceste devrait être la loi de tout gouvernement dont la fraternité fait la base. Comment des
hommes raisonnables purent-ils porter l'absurdité
au point de croire que la jouissance de sa mère, de
sa sœur ou de sa fille pourrait jamais devenir
criminelle! N'est-ce pas, je vous le demande, un
abominable préjugé que celui qui paraît faire un
crime à un homme d'estimer plus pour sa jouissance l'objet dont le sentiment de la nature le
rapproche davantage? Il vaudrait autant dire qu'il
nous est défendu d'aimer trop les individus que la
nature nous enjoint d'aimer le mieux, et que plus
elle nous donne de penchants pour un objet, plus
elle nous ordonne en même temps de nous en
éloigner! Ces contrariétés sont absurdes : il n'y a
que des peuples abrutis par la superstition qui
puissent les croire ou les adopter. La communauté
des femmes que j'établis entraînant nécessairement
l'inceste, il reste peu de chose à dire sur un
prétendu délit dont la nullité est trop démontrée
pour s'y appesantir davantage; et nous allons passer

au viol, qui semble être au premier coup d'œil, de tous les écarts du libertinage, celui dont la lésion est le mieux établie, en raison de l'outrage qu'il paraît faire. Il est pourtant certain que le viol, action si rare et si difficile à prouver, fait moins de tort au prochain que le vol, puisque celui-ci envahit la propriété que l'autre se contente de détériorer. Qu'aurez-vous d'ailleurs à objecter au violateur s'il vous répond qu'en fait, le mal qu'il a commis est bien médiocre, puisqu'il n'a fait que placer un peu plus tôt l'objet dont il a abusé au même état où l'aurait bientôt mis l'hymen ou l'amour?

Mais la sodomie, mais ce prétendu crime, qui attira le feu du ciel sur les villes qui y étaient adonnées, n'est-il point un égarement monstrueux, dont le châtiment ne saurait être assez fort? Il est sans doute bien douloureux pour nous d'avoir à reprocher à nos ancêtres les meurtres judiciaires qu'ils ont osé se permettre à ce sujet. Est-il possible d'être assez barbare pour oser condamner à mort un malheureux individu dont tout le crime est de ne pas avoir les mêmes goûts que vous? On frémit lorsqu'on pense qu'il n'y a pas encore quarante ans que l'absurdité des législateurs en était encore là. Consolez-vous, citoyens; de telles absurdités n'arriveront plus : la sagesse de vos législateurs vous en répond. Entièrement éclairci sur cette faiblesse de quelques hommes, on sent bien aujourd'hui qu'une telle erreur ne peut être criminelle, et que la nature ne saurait avoir mis au fluide qui coule dans nos reins une assez grande importance pour se courroucer sur le chemin qu'il nous plaît de faire prendre à cette liqueur.

Quel est le seul crime qui puisse exister ici? Assurément ce n'est pas de se placer dans tel ou tel lieu, à moins qu'on ne voulût soutenir que toutes les parties du corps ne se ressemblent point, et qu'il en est de pures et de souillées; mais, comme il est impossible d'avancer de telles absurdités, le seul prétendu délit ne saurait consister ici que dans la perte de la semence. Or je demande s'il est vraisemblable que cette semence soit tellement précieuse aux yeux de la nature qu'il devienne impossible de la perdre sans crime? Procéderait-elle tous les jours à ces pertes si cela était? et n'est-ce pas les autoriser que de les permettre dans les rêves, dans l'acte de la jouissance d'une femme grosse? Est-il possible d'imaginer que la nature nous donnât la possibilité d'un crime qui l'outragerait? Est-il possible qu'elle consente à ce que les hommes détruisent ses plaisirs et deviennent par là plus forts qu'elle? Il est inouï dans quel gouffre d'absurdités l'on se jette quand on abandonne, pour raisonner, les secours du flambeau de la raison! Tenons-nous donc pour bien assurés qu'il est aussi simple de jouir d'une femme d'une manière que de l'autre, qu'il est absolument indifférent de jouir d'une fille ou d'un garçon, et qu'aussitôt qu'il est constant qu'il ne peut exister en nous d'autres penchants que ceux que nous tenons de la nature, elle est trop sage et trop conséquente pour en avoir mis dans nous qui puissent jamais l'offenser.

Celui de la sodomie est le résultat de l'organisation, et nous ne contribuons pour rien à cette organisation. Des enfants de l'âge le plus tendre annoncent ce goût, et ne s'en corrigent jamais.

Quelquefois il est le fruit de la satiété; mais, dans ce cas même, en appartient-il moins à la nature? Sous tous les rapports, il est son ouvrage, et, dans tous les cas, ce qu'elle inspire doit être respecté par les hommes. Si, par un recensement exact, on venait à prouver que ce goût affecte infiniment plus que l'autre, que les plaisirs qui en résultent sont beaucoup plus vifs, et qu'en raison de cela ses sectateurs sont mille fois plus nombreux que ses ennemis, ne serait-il pas possible de conclure alors que, loin d'outrager la nature, ce vice servirait ses vues, et qu'elle tient bien moins à la progéniture que nous n'avons la folie de le croire? Or, en parcourant l'univers, que de peuples ne voyons-nous pas mépriser les femmes! Il en est qui ne s'en servent absolument que pour avoir l'enfant néces- saire à les remplacer. L'habitude que les hommes ont de vivre ensemble dans les républiques y rendra toujours ce vice plus fréquent, mais il n'est certainement pas dangereux. Les législateurs de la Grèce l'auraient-ils introduit dans leur république s'ils l'avaient cru tel? Bien loin de là, ils le croyaient nécessaire à un peuple guerrier. Plutarque nous parle avec enthousiasme du bataillon des *amants* et des *aimés;* eux seuls défendirent longtemps la liberté de la Grèce. Ce vice régna dans l'association des frères d'armes; il la cimenta; les plus grands hommes y furent enclins. L'Amérique entière, lorsqu'on la découvrit, se trouva peuplée de gens de ce goût. A la Louisiane, chez les Illinois, des Indiens, vêtus en femmes, se prostituaient comme des courtisanes. Les nègres de Benguelé entre- tiennent publiquement des hommes; presque tous les sérails d'Alger ne sont plus aujourd'hui peuplés que de jeunes garçons. On ne se contentait pas de tolérer, on ordonnait à Thèbes l'amour des garçons ; le philosophe de Chéronée le prescrivit pour adoucir les mœurs des jeunes gens.

Nous savons à quel point il régna dans Rome : on y trouvait des lieux publics où de jeunes garçons se prostituaient sous l'habit de filles et des jeunes filles sous celui de garçons. Martial, Catulle, Tibulle, Horace et Virgile écrivaient à des hommes comme à leurs maîtresses, et nous lisons enfin dans Plutarque [1] que les femmes ne doivent avoir aucune part à l'amour des hommes. Les Amasiens de l'île de Crète enlevaient autrefois de jeunes garçons avec les plus singulières cérémonies. Quand ils en aimaient un, ils en faisaient part aux parents le jour où le ravisseur voulait l'enlever ; le jeune homme faisait quelque résistance si son amant ne lui plaisait pas ; dans le cas contraire, il partait avec lui, et le séducteur le renvoyait à sa famille sitôt qu'il s'en était servi ; car, dans cette passion comme dans celle des femmes, on en a toujours trop, dès qu'on en a assez. Strabon nous dit que, dans cette même île, ce n'était qu'avec des garçons que l'on remplissait les sérails : on les prostituait publiquement.

Veut-on une dernière autorité, faite pour prouver combien ce vice est utile dans une république ? Écoutons Jérôme le Péripatéticien. L'amour des garçons, nous dit-il, se répandit, dans toute la Grèce, parce qu'il donnait du courage et de la force, et qu'il servait à chasser les tyrans ; les

1. *Œuvres morales, Traité de l'amour.*

conspirations se formaient entre les amants, et ils se laissaient plutôt torturer que de révéler leurs complices; le patriotisme sacrifiait ainsi tout à la prospérité de l'État; on était certain que ces liaisons affermissaient la république, on déclamait contre les femmes, et c'était une faiblesse réservée au despotisme que de s'attacher à de telles créatures.

Toujours la pédérastie fut le vice des peuples guerriers. César nous apprend que les Gaulois y étaient extraordinairement adonnés. Les guerres qu'avaient à soutenir les républiques, en séparant les deux sexes, propagèrent ce vice, et, quand on y reconnut des suites si utiles à l'État, la religion le consacra bientôt. On sait que les Romains sanctifièrent les amours de Jupiter et de Ganymède. Sextus Empiricus nous assure que cette fantaisie était ordonnée chez les Perses. Enfin les femmes jalouses et méprisées offrirent à leurs maris de leur rendre le même service qu'ils recevaient des jeunes garçons; quelques-uns l'essayèrent et revinrent à leurs anciennes habitudes, ne trouvant pas l'illusion possible.

Les Turcs, fort enclins à cette dépravation que Mahomet consacra dans son Alcoran, assurent néanmoins qu'une très jeune vierge peut assez bien remplacer un garçon, et rarement les leurs deviennent femmes avant que d'avoir passé par cette épreuve. Sixte-Quint et Sanchez permirent cette débauche; ce dernier entreprit même de prouver qu'elle était utile à la propagation, et qu'un enfant créé après cette course préalable en devenait infiniment mieux constitué. Enfin les femmes se dédommagèrent entre elles. Cette fantaisie sans doute n'a pas plus d'inconvénients que l'autre, parce que le résultat n'en est que le refus de créer, et que les moyens de ceux qui ont le goût de la population sont assez puissants pour que les adversaires n'y puissent jamais nuire. Les Grecs appuyaient de même cet égarement des femmes sur des raisons d'État. Il en résultait que, se suffisant entre elles, leurs communications avec les hommes étaient moins fréquentes et qu'elles ne nuisaient point ainsi aux affaires de la république. Lucien nous apprend quel progrès fit cette licence, et ce n'est pas sans intérêt que nous la voyons dans Sapho.

Il n'est, en un mot, aucune sorte de danger dans toutes ces manies : se portassent-elles même plus loin, allassent-elles jusqu'à caresser des monstres et des animaux, ainsi que nous l'apprend l'exemple de plusieurs peuples, il n'y aurait pas dans toutes ces fadaises le plus petit inconvénient, parce que la corruption des mœurs, souvent très utile dans un gouvernement, ne saurait y nuire sous aucun rapport, et nous devons attendre de nos législateurs assez de sagesse, assez de prudence, pour être bien sûrs qu'aucune loi n'émanera d'eux pour la répression de ces misères qui, tenant absolument à l'organisation, ne sauraient jamais rendre plus coupable celui qui y est enclin que ne l'est l'individu que la nature créa contrefait.

Il ne nous reste plus que le meurtre à examiner dans la seconde classe des délits de l'homme envers son semblable, et nous passerons ensuite à ses devoirs envers lui-même. De toutes les offenses que l'homme peut faire à son semblable, le meurtre est, sans contredit, la plus cruelle de toutes puisqu'il lui enlève le seul bien qu'il ait reçu de la nature, le seul dont la perte soit irréparable. Plusieurs questions néanmoins se présentent ici, abstraction faite du tort que le meurtre cause à celui qui en devient la victime.

1. Cette action, eu égard aux seules lois de la nature, est-elle vraiment criminelle?

2. L'est-elle relativement aux lois de la politique?

3. Est-elle nuisible à la société?

4. Comment doit-elle être considérée dans un gouvernement républicain?

5. Enfin le meurtre doit-il être réprimé par le meurtre?

Nous allons examiner séparément chacune de ces questions : l'objet est assez essentiel pour qu'on nous permette de nous y arrêter; on trouvera peut-être nos idées un peu fortes : qu'est-ce que cela fait? N'avons-nous pas acquis le droit de tout dire? Développons aux hommes de grandes vérités : ils les attendent de nous; il est temps que l'erreur disparaisse, il faut que son bandeau tombe à côté de celui des rois. Le meurtre est-il un crime aux yeux de la nature? Telle est la première question posée.

Nous allons sans doute humilier ici l'orgueil de l'homme, en le rabaissant au rang de toutes les autres productions de la nature, mais le philosophe ne caresse point les petites vanités humaines; toujours ardent à poursuivre la vérité, il la démêle sous les sots préjugés de l'amour-propre, l'atteint, la développe et la montre hardiment à la terre étonnée.

Qu'est-ce que l'homme, et quelle différence y a-t-il entre lui et les autres plantes, entre lui et tous les autres animaux de la nature? Aucune assurément. Fortuitement placé, comme eux, sur ce globe, il est né comme eux; il se propage, croît et décroît comme eux; il arrive comme eux à la vieillesse et tombe comme eux dans le néant après le terme que la nature assigne à chaque espèce d'animaux, en raison de la construction de ses organes. Si les rapprochements sont tellement exacts qu'il devienne absolument impossible à l'œil examinateur du philosophe d'apercevoir aucune dissemblance, il y aura donc alors tout autant de mal à tuer un animal qu'un homme, ou tout aussi peu à l'un qu'à l'autre, et dans les préjugés de notre orgueil se trouvera seulement la distance; mais rien n'est malheureusement absurde comme les préjugés de l'orgueil. Pressons néanmoins la question. Vous ne pouvez disconvenir qu'il ne soit égal de détruire un homme ou une bête; mais la destruction de tout animal qui a vie n'est-elle pas décidément un mal, comme le croyaient les pythagoriciens et comme le croient encore les habitants des bords du Gange? Avant de répondre à ceci, rappelons d'abord aux lecteurs que nous n'examinons la question que relativement à la nature; nous l'envisagerons ensuite par rapport aux hommes.

Or, je demande de quel prix peuvent être à la nature des individus qui ne lui coûtent ni la moindre peine ni le moindre soin. L'ouvrier n'estime son ouvrage qu'en raison du travail qu'il lui coûte, du temps qu'il emploie à le créer. Or, l'homme coûte-t-il à la nature? Et, en supposant qu'il lui coûte, lui coûte-t-il plus qu'un singe ou qu'un éléphant? Je vais plus loin : quelles sont les matières génératrices de la nature? de quoi se composent les êtres qui viennent à la vie? Les trois éléments qui les forment ne résultent-ils pas de la primitive destruction des autres corps? Si tous les individus étaient éternels, ne deviendrait-il pas impossible à la nature d'en créer de nouveaux? Si l'éternité des êtres est impossible à la nature, leur destruction devient donc une de ses lois. Or, si les destructions lui sont tellement utiles qu'elle ne puisse absolument s'en passer, et si elle ne peut parvenir à ses créations sans puiser dans ces masses de destruction que lui prépare la mort, de ce moment l'idée d'anéantissement que nous attachons à la mort ne sera donc plus réelle; il n'y aura plus d'anéantissement constaté; ce que nous appelons la fin de l'animal qui a vie ne sera plus une fin réelle, mais une simple transmutation, dont est la base le mouvement perpétuel, véritable essence de la matière et que tous les philosophes modernes admettent comme une de ses premières lois. La mort, d'après ces principes irréfutables, n'est donc plus qu'un changement de forme, qu'un passage imperceptible d'une existence à une autre, et voilà ce que Pythagore appelait la métempsycose.

Ces vérités une fois admises, je demande si l'on pourra jamais avancer que la destruction soit un crime. A dessein de conserver vos absurdes préjugés, oserez-vous me dire que la transmutation est une destruction? Non, sans doute; car il faudrait pour cela prouver un instant d'inaction dans la matière, un moment de repos. Or, vous ne découvrirez

jamais ce moment. De petits animaux se forment à
l'instant que le grand animal a perdu le souffle, et
la vie de ces petits animaux n'est qu'un des effets
nécessaires et déterminés par le sommeil momentané du grand. Oserez-vous dire à présent que l'un
plaît mieux à la nature que l'autre? Il faudrait
prouver pour cela une chose impossible : c'est que
la forme longue ou carrée est plus utile, plus
agréable à la nature que la forme oblongue ou
triangulaire; il faudrait prouver que, eu égard aux
plans sublimes de la nature, un fainéant qui
s'engraisse dans l'inaction et dans l'indolence est
plus utile que le cheval, dont le service est si
essentiel, ou que le bœuf, dont le corps est si
précieux qu'il n'en est aucune partie qui ne serve; il
faudrait dire que le serpent venimeux est plus
nécessaire que le chien fidèle.

Or, comme tous ces systèmes sont insoutenables,
il faut donc absolument consentir à admettre
l'impossibilité où nous sommes d'anéantir les
ouvrages de la nature, attendu que la seule chose
que nous faisons, en nous livrant à la destruction,
n'est que d'opérer une variation dans les formes,
mais qui ne peut éteindre la vie, et il devient alors
au-dessus des forces humaines de prouver qu'il
puisse exister aucun crime dans la prétendue
destruction d'une créature, de quelque âge, de
quelque sexe, de quelque espèce que vous la
supposiez. Conduits plus avant encore par la série
de nos conséquences, qui naissent toutes les unes
des autres, il faudra convenir enfin que, loin de
nuire à la nature, l'action que vous commettez, en
variant les formes de ses différents ouvrages, est

avantageuse pour elle, puisque vous lui fournissez par cette action la matière première de ses reconstructions, dont le travail lui deviendrait impraticable si vous n'anéantissiez pas. Eh! laissez-la faire, vous dit-on. Assurément, il faut la laisser faire, mais ce sont ses impulsions que suit l'homme quand il se livre à l'homicide; c'est la nature qui le lui conseille, et l'homme qui détruit son semblable est à la nature ce que lui est la peste ou la famine, également envoyées par sa main, laquelle se sert de tous les moyens possibles pour obtenir plus tôt cette matière première de destruction, absolument essentielle à ses ouvrages.

Daignons éclairer un instant notre âme du saint flambeau de la philosophie : quelle autre voix que celle de la nature nous suggère les haines personnelles, les vengeances, les guerres, en un mot tous ces motifs de meurtres perpétuels? Or, si elle nous les conseille, elle en a donc besoin. Comment donc pouvons-nous, d'après cela, nous supposer coupables envers elle, dès que nous ne faisons que suivre ses vues?

Mais en voilà plus qu'il ne faut pour convaincre tout lecteur éclairé qu'il est impossible que le meurtre puisse jamais outrager la nature.

Est-il un crime en politique? Osons avouer, au contraire, qu'il n'est malheureusement qu'un des plus grands ressorts de la politique. N'est-ce pas à force de meurtres que Rome est devenue la maîtresse du monde? N'est-ce pas à force de meurtres que la France est libre aujourd'hui? Il est inutile d'avertir ici qu'on ne parle que des meurtres occasionnés par la guerre, et non des atrocités commises par les factieux et les désorganisateurs; ceux-là, voués à l'exécration publique, n'ont besoin que d'être rappelés pour exciter à jamais l'horreur et l'indignation générales. Quelle science humaine a plus besoin de se soutenir par le meurtre que celle qui ne tend qu'à tromper, qui n'a pour but que l'accroissement d'une nation aux dépens d'une autre? Les guerres, uniques fruits de cette barbare politique, sont-elles autre chose que les moyens dont elle se nourrit, dont elle se fortifie, dont elle s'étaie? et qu'est-ce que la guerre, sinon la science de détruire? Étrange aveuglement de l'homme, qui enseigne publiquement l'art de tuer, qui récompense celui qui y réussit le mieux et qui punit celui qui, pour une cause particulière, s'est défait de son ennemi! N'est-il pas temps de revenir sur des erreurs si barbares?

Enfin, le meurtre est-il un crime contre la société? Qui put jamais l'imaginer raisonnablement? Ah! qu'importe à cette nombreuse société qu'il y ait parmi elle un membre de plus ou de moins? Ses lois, ses mœurs, ses coutumes en seront-elles viciées? Jamais la mort d'un individu influa-t-elle sur la masse générale? Et après la perte de la plus grande bataille, que dis-je? après l'extinction de la moitié du monde, de sa totalité, si l'on veut, le petit nombre d'êtres qui pourrait survivre éprouverait-il la moindre altération matérielle? Hélas! non. La nature entière n'en éprouverait pas davantage, et le sot orgueil de l'homme, qui croit que tout est fait pour lui, serait bien étonné, après la destruction totale de l'espèce humaine, s'il voyait que rien ne varie dans la nature et que le

cours des astres n'en est seulement pas retardé.
Poursuivons.

Comment le meurtre doit-il être vu dans un État
guerrier et républicain?

Il serait assurément du plus grand danger, ou de
jeter de la défaveur sur cette action, ou de la punir.
La fierté du républicain demande un peu de
férocité; s'il s'amollit, si son énergie se perd, il sera
bientôt subjugué. Une très singulière réflexion se
présente ici, mais, comme elle est vraie malgré sa
hardiesse, je la dirai. Une nation qui commence à
se gouverner en république ne se soutiendra que
par des vertus, parce que, pour arriver au plus, il
faut toujours débuter par le moins; mais une nation
déjà vieille et corrompue qui, courageusement,
secouera le joug de son gouvernement monarchique
pour en adopter un républicain, ne se maintiendra
que par beaucoup de crimes; car elle est déjà dans
le crime, et si elle voulait passer du crime à la
vertu, c'est-à-dire d'un état violent dans un état
doux, elle tomberait dans une inertie dont sa ruine
certaine serait bientôt le résultat. Que deviendrait
l'arbre que vous transplanteriez d'un terrain plein
de vigueur dans une plaine sablonneuse et sèche?
Toutes les idées intellectuelles sont tellement
subordonnées à la physique de la nature que les
comparaisons fournies par l'agriculture ne nous
tromperont jamais en morale.

Les plus indépendants des hommes, les plus
rapprochés de la nature, les sauvages se livrent avec
impunité journellement au meurtre. A Sparte, à
Lacédémone, on allait à la chasse des ilotes comme
nous allons en France à celle des perdrix. Les

peuples les plus libres sont ceux qui l'accueillent davantage. A Mindanao, celui qui veut commettre un meurtre est élevé au rang des braves : on le décore aussitôt d'un turban; chez les Caraguos, il faut avoir tué sept hommes pour obtenir les honneurs de cette coiffure; les habitants de Bornéo croient que tous ceux qu'ils mettent à mort les serviront quand ils ne seront plus; les dévots espagnols même faisaient vœu à saint Jacques de Galice de tuer douze Américains par jour; dans le royaume de Tangut, on choisit un jeune homme fort et vigoureux auquel il est permis, dans certains jours de l'année, de tuer tout ce qu'il rencontre. Était-il un peuple plus ami du meurtre que les Juifs? On le voit sous toutes les formes, à toutes les pages de leur histoire.

L'empereur et les mandarins de la Chine prennent de temps en temps des mesures pour faire révolter le peuple, afin d'obtenir de ces manœuvres le droit d'en faire un horrible carnage. Que ce peuple mou et efféminé s'affranchisse du joug de ses tyrans, il les assommera à son tour avec beaucoup plus de raison, et le meurtre, toujours adopté, toujours nécessaire, n'aura fait que changer de victimes; il était le bonheur des uns, il deviendra la félicité des autres.

Une infinité de nations tolèrent les assassinats publics : ils sont entièrement permis à Gênes, à Venise, à Naples et dans toute l'Albanie; à Kachao, sur la rivière de San Domingo, les meurtriers, sous un costume connu et avoué, égorgent à vos ordres et sous vos yeux l'individu que vous leur indiquez; les Indiens prennent de l'opium pour s'encourager au meurtre; se précipitant ensuite au milieu des rues, ils massacrent tout ce qu'ils rencontrent; des voyageurs anglais ont retrouvé cette manie à Batavia.

Quel peuple fut à la fois plus grand et plus cruel que les Romains, et quelle nation conserva plus longtemps sa splendeur et sa liberté! Le spectacle des gladiateurs soutint son courage; elle devenait guerrière par l'habitude de se faire un jeu du meurtre. Douze ou quinze cents victimes journalières remplissaient l'arène du cirque, et là, les femmes, plus cruelles que les hommes, osaient exiger que les mourants tombassent avec grâce et se dessinassent encore sous les convulsions de la mort. Les Romains passèrent de là au plaisir de voir des nains s'égorger devant eux; et quand le culte chrétien, en infectant la terre, vint persuader aux hommes qu'il y avait du mal à se tuer, des tyrans aussitôt enchaînèrent ce peuple, et les héros du monde en devinrent bientôt les jouets.

Partout enfin on crut avec raison que le meurtrier, c'est-à-dire l'homme qui étouffait sa sensibilité au point de tuer son semblable et de braver la vengeance publique ou particulière, partout, dis-je, on crut qu'un tel homme ne pouvait être que très dangereux, et par conséquent très précieux dans un gouvernement guerrier ou républicain. Parcourons-nous des nations qui, plus féroces encore ne se satisfirent qu'en immolant des enfants, et bien souvent les leurs, nous verrons ces actions, universellement adoptées, faire même quelquefois partie des lois. Plusieurs peuplades sauvages tuent leurs enfants aussitôt qu'ils naissent. Les mères, sur les bords du fleuve Orénoque, dans la persuasion où elles étaient que leurs filles ne naissaient que pour être malheureuses, puisque leur destination était de devenir les épouses des sauvages de cette contrée, qui ne pouvaient souffrir les femmes, les immolaient aussitôt qu'elles leur avaient donné le jour. Dans le Trapobane et dans le royaume de Sopit, tous les enfants difformes étaient immolés par les parents mêmes. Les femmes de Madagascar exposaient aux bêtes sauvages ceux de leurs enfants nés certains jours de la semaine. Dans les républiques de la Grèce, on examinait soigneusement tous les enfants qui arrivaient au monde, et si l'on ne les trouvait pas conformés de manière à pouvoir défendre un jour la république, ils étaient aussitôt immolés : là l'on ne jugeait pas qu'il fût essentiel d'ériger des maisons richement dotées pour conserver cette vile écume de la nature humaine [1]. Jusqu'à la translation du siège de l'empire, tous les Romains qui ne voulaient pas nourrir leurs enfants les jetaient à la voirie. Les anciens législateurs n'avaient aucun scrupule de dévouer les enfants à la mort, et jamais aucun de leurs codes ne réprima les droits qu'un père se crut toujours sur sa famille. Aristote conseillait l'avortement ; et ces antiques républicains, remplis d'enthousiasme, d'ardeur pour la patrie, méconnaissaient cette commisération individuelle qu'on retrouve parmi les nations

1. Il faut espérer que la nation réformera cette dépense, la plus inutile de toutes ; tout individu qui naît sans les qualités nécessaires pour devenir un jour utile à la république n'a nul droit à conserver la vie, et ce qu'on peut faire de mieux est de la lui ôter au moment où il la reçoit

modernes; on aimait moins ses enfants, mais on aimait mieux son pays. Dans toutes les villes de la Chine, on trouve chaque matin une incroyable quantité d'enfants abandonnés dans les rues; un tombereau les enlève à la pointe du jour, et on les jette dans une fosse; souvent les accoucheuses elles-mêmes en débarrassent les mères, en étouffant aussitôt leurs fruits dans des cuves d'eau bouillante ou en les jetant dans la rivière. A Pékin, on les met dans de petites corbeilles de jonc que l'on abandonne sur les canaux; on écume chaque jour ces canaux, et le célèbre voyageur Duhalde évalue à plus de trente mille le nombre journalier qui s'enlève à chaque recherche. On ne peut nier qu'il ne soit extraordinairement nécessaire, extrêmement politique de mettre une digue à la population dans un gouvernement républicain; par des vues absolument contraires, il faut l'encourager dans une monarchie; là, les tyrans n'étant riches qu'en raison du nombre de leurs esclaves, assurément il leur faut des hommes; mais l'abondance de cette population, n'en doutons pas, est un vice réel dans un gouvernement républicain. Il ne faut pourtant pas l'égorger pour l'amoindrir, comme le disaient nos modernes décemvirs : il ne s'agit que de ne pas lui laisser les moyens de s'étendre au-delà des bornes que sa félicité lui prescrit. Gardez-vous de multiplier trop un peuple dont chaque être est souverain et soyez bien sûrs que les révolutions ne sont jamais les effets que d'une population trop nombreuse. Si pour la splendeur de l'État vous accordez à vos guerriers le droit de détruire des hommes, pour la conservation de ce même État

accordez de même à chaque individu de se livrer
tant qu'il le voudra, puisqu'il le peut sans outrager
la nature, au droit de se défaire des enfants qu'il ne
peut nourrir ou desquels le gouvernement ne peut
tirer aucun secours; accordez-lui de même de se
défaire, à ses risques et périls, de tous les ennemis
qui peuvent lui nuire, parce que le résultat de
toutes ces actions, absolument nulles en elles-
mêmes, sera de tenir votre population dans un état
modéré, et jamais assez nombreuse pour boulever-
ser votre gouvernement. Laissez dire aux monar-
chistes qu'un État n'est grand qu'en raison de son
extrême population : cet État sera toujours pauvre
si la population excède ses moyens de vivre, et il
sera toujours florissant si, contenu dans de justes
bornes, il peut trafiquer de son superflu. N'éla-
guez-vous pas l'arbre quand il a trop de branches?
et, pour conserver le tronc, ne taillez-vous pas les
rameaux? Tout système qui s'écarte de ces principes est une extravagance dont les abus nous
conduiraient bientôt au renversement total de
l'édifice que nous venons d'élever avec tant de
peine. Mais ce n'est pas quand l'homme est fait
qu'il faut le détruire afin de diminuer la population : il est injuste d'abréger les jours d'un individu
bien conformé; il ne l'est pas, je le dis, d'empêcher
d'arriver à la vie un être qui certainement sera
inutile au monde. L'espèce humaine doit être
épurée dès le berceau; c'est ce que vous prévoyez
ne pouvoir jamais être utile à la société qu'il faut
retrancher de son sein; voilà les seuls moyens
raisonnables d'amoindrir une population dont la

trop grande étendue est, ainsi que nous venons de le prouver, le plus dangereux des abus.

Il est temps de se résumer.

Le meurtre doit-il être réprimé par le meurtre? Non, sans doute. N'imposons jamais au meurtrier d'autre peine que celle qu'il peut encourir par la vengeance des amis ou de la famille de celui qu'il a tué. *Je vous accorde votre grâce,* disait Louis XV à Charolais, qui venait de tuer un homme pour se divertir, *mais je la donne aussi à celui qui vous tuera.* Toutes les bases de la loi contre les meurtriers se trouvent dans ce mot sublime [1].

En un mot, le meurtre est une horreur, mais une horreur souvent nécessaire, jamais criminelle, essentielle à tolérer dans un État républicain. J'ai fait voir que l'univers entier en avait donné l'exemple; mais faut-il le considérer comme une action faite pour être punie de mort? Ceux qui répondront au dilemme suivant auront satisfait à la question : Le meurtre est-il un crime ou ne l'est-il pas? S'il n'en est pas un, pourquoi faire des lois qui le punissent? Et s'il en est un, par quelle barbare et

---

1. La loi salique ne punissait le meurtre que d'une simple amende, et comme le coupable trouvait facilement les moyens de s'y soustraire, Childebert, roi d'Austrasie, décerna par un règlement fait à Cologne, la peine de mort non contre le meurtrier, mais contre celui qui se soustrairait à l'amende décernée contre le meurtrier. La loi ripuaire n'ordonnait de même contre cette action qu'une amende, proportionnée à l'individu qu'il avait tué. Il en coûtait fort cher pour un prêtre : on faisait à l'assassin une tunique de plomb de sa taille; et il devait équivaloir en or le poids de cette tunique, à défaut de quoi le coupable et sa famille demeuraient esclaves de l'Église.

stupide inconséquence le punirez-vous par un crime semblable ?

Il nous reste à parler des devoirs de l'homme envers lui-même. Comme le philosophe n'adopte ces devoirs qu'autant qu'ils tendent à son plaisir ou à sa conservation, il est fort inutile de lui en recommander la pratique, plus inutile encore de lui imposer des peines s'il y manque.

Le seul délit que l'homme puisse commettre en ce genre est le suicide. Je ne m'amuserai point ici à prouver l'imbécillité des gens qui érigent cette action en crime : je renvoie à la fameuse lettre de Rousseau ceux qui pourraient avoir encore quelques doutes sur cela. Presque tous les anciens gouvernements autorisaient le suicide par la politique et par la religion. Les Athéniens exposaient à l'Aréopage les raisons qu'ils avaient de se tuer : ils se poignardaient ensuite. Toutes les républiques de la Grèce tolérèrent le suicide ; il entrait dans le plan des législateurs ; on se tuait en public, et l'on faisait de sa mort un spectacle d'apparat. La république de Rome encouragea le suicide : les dévouements si célèbres pour la patrie n'étaient que des suicides. Quand Rome fut prise par les Gaulois, les plus illustres sénateurs se dévouèrent à la mort ; en reprenant ce même esprit, nous adoptons les mêmes vertus. Un soldat s'est tué, pendant la campagne de 92, de chagrin de ne pouvoir suivre ses camarades à l'affaire de Jemmapes. Incessamment placés à la hauteur de ces fiers républicains, nous surpasserons bientôt leurs vertus : c'est le gouvernement qui fait l'homme. Une si longue habitude du despotisme avait totalement énervé notre courage; il avait dépravé nos mœurs : nous renaissons; on va bientôt voir de quelles actions sublimes est capable le génie, le caractère français, quand il est libre; soutenons, au prix de nos fortunes et de nos vies, cette liberté qui nous coûte déjà tant de victimes; n'en regrettons aucune si nous parvenons au but; elles-mêmes se sont toutes dévouées volontairement; ne rendons pas leur sang inutile; mais de l'union... de l'union, ou nous perdrons le fruit de toutes nos peines; essayons d'excellentes lois sur les victoires que nous venons de remporter; nos premiers législateurs, encore esclaves du despote qu'enfin nous avons abattu, ne nous avaient donné que des lois dignes de ce tyran, qu'ils encensaient encore; refaisons leur ouvrage, songeons que c'est pour des républicains et pour des philosophes que nous allons enfin travailler; que nos lois soient douces comme le peuple qu'elles doivent régir.

En offrant ici, comme je viens de le faire, le néant, l'indifférence d'une infinité d'actions que nos ancêtres, séduits par une fausse religion, regardaient comme criminelles, je réduis notre travail à bien peu de chose. Faisons peu de lois, mais qu'elles soient bonnes. Il ne s'agit pas de multiplier les freins : il n'est question que de donner à celui qu'on emploie une qualité indestructible. Que les lois que nous promulguons n'aient pour but que la tranquillité du citoyen, son bonheur et l'éclat de la république. Mais, après avoir chassé l'ennemi de vos terres, Français, je ne voudrais pas que l'ardeur de propager vos principes vous entraînât plus loin; ce n'est qu'avec le fer et le feu que vous pourrez les porter au bout de l'univers. Avant que d'accomplir ces résolutions, rappelez-vous le malheureux succès des Croisades. Quand l'ennemi sera de l'autre côté du Rhin, croyez-moi, gardez vos frontières et restez chez vous; ranimez votre commerce, redonnez de l'énergie et des débouchés à vos manufactures; faites refleurir vos arts, encouragez l'agriculture, si nécessaire dans un gouvernement tel que le vôtre et dont l'esprit doit être de pouvoir fournir à tout le monde sans avoir besoin de personne; laissez les trônes de l'Europe s'écrouler d'eux-mêmes : votre exemple, votre prospérité les culbuteront bientôt, sans que vous ayez besoin de vous en mêler.

Invincibles dans votre intérieur et modèles de tous les peuples par votre police et vos bonnes lois, il ne sera pas un gouvernement dans le monde qui ne travaille à vous imiter, pas un seul qui ne s'honore de votre alliance; mais si, pour le vain honneur de porter vos principes au loin, vous abandonnez le soin de votre propre félicité, le despotisme qui n'est qu'endormi renaîtra, des dissensions intestines vous déchireront, vous aurez épuisé vos finances et vos achats et tout cela pour revenir baiser les fers que vous imposeront les tyrans qui vous auront subjugués pendant votre absence. Tout ce que vous désirez peut se faire sans qu'il soit besoin de quitter vos foyers; que les autres peuples vous voient heureux, et ils courront au bonheur par la même route que vous leur aurez tracée [1].

---

1. Qu'on se souvienne que la guerre extérieure ne fut jamais proposée que par l'infâme Dumouriez.

EUGÉNIE, *à Dolmancé :* Voilà ce qui s'appelle un écrit très sage, et tellement dans vos principes, au moins sur beaucoup d'objets, que je serais tentée de vous en croire l'auteur.

DOLMANCÉ : Il est bien certain que je pense une partie de ces réflexions, et mes discours, qui vous l'ont prouvé, donnent même à la lecture que nous venons de faire l'apparence d'une répétition...

EUGÉNIE, *coupant :* Je ne m'en suis pas aperçue; on ne saurait trop dire les bonnes choses; je trouve cependant quelques-uns de ces principes un peu dangereux.

DOLMANCÉ : Il n'y a de dangereux dans le monde que la pitié et la bienfaisance; la bonté n'est jamais qu'une faiblesse dont l'ingratitude et l'impertinence des faibles forcent toujours les honnêtes gens à se repentir. Qu'un bon observateur s'avise de calculer tous les dangers de la pitié, et qu'il les mette en parallèle avec ceux d'une fermeté soutenue, il verra si les premiers ne l'emportent pas. Mais nous allons trop loin, Eugénie; résumons pour votre éducation l'unique conseil qu'on puisse tirer de tout ce qui vient d'être dit : n'écoutez jamais votre cœur, mon enfant; c'est le guide le plus faux que nous ayons reçu de la nature; fermez-le avec grand soin aux accents fallacieux de l'infortune; il vaut beaucoup mieux que vous refusiez à celui qui vraiment serait fait pour vous intéresser, que de risquer de donner au scélérat, à l'intrigant et au cabaleur : l'un est d'une très légère conséquence, l'autre du plus grand inconvénient.

LE CHEVALIER : Qu'il me soit permis, je vous en conjure, de reprendre en sous-œuvre et d'anéantir,

si je peux, les principes de Dolmancé. Ah! qu'ils
seraient différents, homme cruel, si, privé de cette
fortune immense où tu trouves sans cesse les
moyens de satisfaire tes passions, tu pouvais languir
quelques années dans cette accablante infortune
dont ton esprit féroce ose composer des torts aux
misérables! Jette un coup d'œil de pitié sur eux, et
n'éteins pas ton âme au point de l'endurcir sans
retour aux cris déchirants du besoin! Quand ton
corps, uniquement las de voluptés, repose languis-
samment sur des lits de duvet, vois le leur, affaissé
des travaux qui te font vivre, recueillir à peine un
peu de paille pour se préserver de la fraîcheur de la
terre, dont ils n'ont, comme les bêtes, que la froide
superficie pour s'étendre; jette un regard sur eux,
lorsque, entouré de mets succulents dont vingt
élèves de Comus réveillent chaque jour ta sensua-
lité, ces malheureux disputent aux loups, dans les
bois, la racine amère d'un sol desséché; quand les
jeux, les grâces et les ris conduisent à ta couche
impure les plus touchants objets du temple de
Cythère, vois ce misérable étendu près de sa triste
épouse et, satisfait des plaisirs qu'il cueille au sein
des larmes, ne pas même en soupçonner d'autres;
regarde-le, quand tu ne te refuses rien, quand tu
nages au milieu du superflu; regarde-le, te dis-je,
manquer même opiniâtrement des premiers
besoins de la vie; jette les yeux sur sa famille
désolée; vois son épouse tremblante se partager
avec tendresse entre les soins qu'elle doit à son
mari, languissant auprès d'elle, et à ceux que la
nature commande pour les rejetons de son amour,
privée de la possibilité de remplir aucun de ces

devoirs si sacrés pour son âme sensible ; entends-la sans frémir, si tu peux, réclamer près de toi ce superflu que ta cruauté lui refuse !

Barbare, ne sont-ce donc pas des hommes comme toi ? et s'ils te ressemblent, pourquoi dois-tu jouir quand ils languissent ? Eugénie, Eugénie, n'éteignez jamais dans votre âme la voix sacrée de la nature : c'est à la bienfaisance qu'elle vous conduira malgré vous, quand vous séparerez son organe du feu des passions qui l'absorbe. Laissons là les principes religieux, j'y consens ; mais n'abandonnons pas les vertus que la sensibilité nous inspire ; ce ne sera jamais qu'en les pratiquant que nous goûterons les jouissances de l'âme les plus douces et les plus délicieuses. Tous les égarements de votre esprit seront rachetés par une bonne œuvre ; elle éteindra dans vous les remords que votre inconduite y fera naître, et, formant dans le fond de votre conscience un asile sacré où vous vous replierez quelquefois sur vous-même, vous y trouverez la consolation des écarts où vos erreurs vous auront entraînée. Ma sœur, je suis jeune, je suis libertin, impie, je suis capable de toutes les débauches de l'esprit, mais mon cœur me reste, il est pur, et c'est avec lui, mes amis, que je me console de tous les travers de mon âge.

DOLMANCÉ : Oui, chevalier, vous êtes jeune, vous le prouvez par vos discours ; l'expérience vous manque ; je vous attends quand elle vous aura mûri ; alors, mon cher, vous ne parlerez plus si bien des hommes, parce que vous les aurez connus. Ce fut leur ingratitude qui sécha mon cœur, leur perfidie qui détruisit dans moi ces vertus funestes

pour lesquelles j'étais peut-être né comme vous.
Or, si les vices des uns rendent dans les autres ces
vertus dangereuses, n'est-ce donc pas un service à
rendre à la jeunesse que de les étouffer de bonne
heure en elle ? Que me parles-tu de remords, mon
ami ? Peuvent-ils exister dans l'âme de celui qui ne
connaît de crime à rien ? Que vos principes les
étouffent si vous en craignez l'aiguillon : vous sera-
t-il possible de vous repentir d'une action de
l'indifférence de laquelle vous serez profondément
pénétré ? Dès que vous ne croirez plus de mal à
rien, de quel mal pourrez-vous vous repentir ?

Le chevalier : Ce n'est pas de l'esprit que
viennent les remords, ils ne sont les fruits que du
cœur, et jamais les sophismes de la tête n'étei-
gnirent les mouvements de l'âme.

Dolmancé : Mais le cœur trompe, parce qu'il
n'est jamais que l'expression des faux calculs de
l'esprit ; mûrissez celui-ci, l'autre cédera bientôt ;
toujours de fausses définitions nous égarent lorsque
nous voulons raisonner ; je ne sais ce que c'est que
le cœur, moi ; je n'appelle ainsi que les faiblesses de
l'esprit. Un seul et unique flambeau luit en moi ;
quand je suis sain et ferme, il ne me fourvoie
jamais ; suis-je vieux, hypocondre ou pusillanime ?
il me trompe ; alors je me dis sensible, tandis qu'au
fond je ne suis que faible et timide. Encore une
fois, Eugénie, que cette perfide sensibilité ne vous
abuse pas ; elle n'est, soyez-en bien sûre, que la
faiblesse de l'âme ; on ne pleure que parce que l'on
craint, et voilà pourquoi les rois sont des tyrans.
Rejetez, détestez donc les perfides conseils du
chevalier ; en vous disant d'ouvrir votre cœur à tous

les maux imaginaires de l'infortune, il cherche à vous composer une somme de peines qui, n'étant pas les vôtres, vous déchireraient bientôt en pure perte. Ah! croyez, Eugénie, croyez que les plaisirs qui naissent de l'apathie valent bien ceux que la sensibilité vous donne; celle-ci ne sait qu'atteindre dans un sens le cœur que l'autre chatouille et bouleverse de toutes parts. Les jouissances permises, en un mot, peuvent-elles donc se comparer aux jouissances qui réunissent à des attraits bien plus piquants ceux, inappréciables, de la rupture des freins sociaux et du renversement de toutes les lois?

EUGÉNIE : Tu triomphes, Dolmancé, tu l'emportes! Les discours du chevalier n'ont fait qu'effleurer mon âme, les tiens la séduisent et l'entraînent! Ah! croyez-moi, chevalier, adressez-vous plutôt aux passions qu'aux vertus quand vous voudrez persuader une femme.

Mme DE SAINT-ANGE, *au chevalier :* Oui, mon ami, fous-moi bien, mais ne nous sermonne pas : tu ne nous convertiras point, et tu pourrais troubler les leçons dont nous voulons abreuver l'âme et l'esprit de cette charmante fille.

EUGÉNIE : Troubler? Oh! non, non! votre ouvrage est fini; ce que les sots appellent la corruption est maintenant assez établi dans moi pour ne laisser même aucun espoir de retour, et vos principes sont trop bien étayés dans mon cœur pour que les sophismes du chevalier parviennent jamais à les détruire.

DOLMANCÉ : Elle a raison, ne parlons plus de

cela, chevalier, vous auriez des torts, et nous ne voulons vous trouver que des procédés.

Le chevalier : Soit ; nous sommes ici pour un but très différent, je le sais, que celui où je voulais atteindre ; marchons droit à ce but, j'y consens ; je garderai ma morale pour ceux qui, moins ivres que vous, seront plus en état de l'entendre.

Mme de Saint-Ange : Oui, mon frère, oui, oui, ne nous donne ici que ton foutre ; nous te faisons grâce de la morale ; elle est trop douce pour des *roués* de notre espèce.

Eugénie : Je crains bien, Dolmancé, que cette cruauté, que vous préconisez avec chaleur, n'influence un peu vos plaisirs ; j'ai déjà cru le remarquer, vous êtes dur en jouissant ; je me sentirais bien aussi quelques dispositions à ce vice. Pour débrouiller mes idées sur tout cela, dites-moi, je vous prie, de quel œil vous voyez l'objet qui sert vos plaisirs.

Dolmancé : Comme absolument nul, ma chère ; qu'il partage ou non mes jouissances, qu'il éprouve ou non du contentement, de l'apathie ou même de la douleur, pourvu que je sois heureux, le reste m'est absolument égal.

Eugénie : Il vaut même mieux que cet objet éprouve de la douleur, n'est-ce pas ?

Dolmancé : Assurément, cela vaut beaucoup mieux ; je vous l'ai déjà dit : la répercussion, plus active sur nous, détermine bien plus énergiquement et bien plus promptement alors les esprits animaux à la direction qui leur est nécessaire pour la volupté. Ouvrez les sérails de l'Afrique, ceux de l'Asie, ceux de votre Europe méridionale, et voyez si les chefs de ces harems célèbres s'embarrassent beaucoup, quand ils bandent, de donner du plaisir aux individus qui leur servent ; ils commandent, on leur obéit ; ils jouissent, on n'ose leur répondre ; sont-ils satisfaits, on s'éloigne. Il en est parmi eux qui puniraient comme un manque de respect l'audace de partager leur jouissance. Le roi d'Achem fait impitoyablement trancher la tête à la femme qui a osé s'oublier en sa présence au point de jouir, et très souvent, il la lui coupe lui-même. Ce despote, un des plus singuliers de l'Asie, n'est absolument gardé que par des femmes ; ce n'est jamais que par signes qu'il leur donne ses ordres ; la mort la plus cruelle est la punition de celles qui ne l'entendent pas, et les supplices s'exécutent toujours ou par sa main ou sous ses yeux.

Tout cela, ma chère Eugénie, est absolument fondé sur des principes que je vous ai déjà développés. Que désire-t-on quand on jouit ? Que tout ce qui nous entoure ne s'occupe que de nous, ne pense qu'à nous, ne soigne que nous. Si les objets qui nous servent jouissent, les voilà dès lors bien plus sûrement occupés d'eux que de nous, et notre jouissance conséquemment dérangée. Il n'est point d'homme qui ne veuille être despote quand il bande : il semble qu'il a moins de plaisir si les autres paraissent en prendre autant que lui. Par un mouvement d'orgueil bien naturel en ce moment, il voudrait être le seul au monde qui fût susceptible d'éprouver ce qu'il sent ; l'idée de voir un autre jouir comme lui le ramène à une sorte d'égalité qui nuit aux attraits indicibles que fait éprouver le *despotisme* alors [1]. Il est faux d'ailleurs qu'il y ait du plaisir à en donner aux autres; c'est les servir, cela, et l'homme qui bande est loin du désir d'être utile aux autres. En faisant du mal, au contraire, il éprouve tous les charmes que goûte un individu nerveux à faire usage de ses forces; il domine alors, il est *tyran*. Et quelle différence pour l'amour-propre! Ne croyons point qu'il se taise en ce cas.

L'acte de la jouissance est une passion qui, j'en conviens, subordonne à elle toutes les autres, mais qui les réunit en même temps. Cette envie de dominer dans ce moment est si forte dans la nature qu'on la reconnaît même dans les animaux. Voyez si ceux qui sont en esclavage procréent comme ceux qui sont libres. Le dromadaire va plus loin : il n'engendre plus s'il ne se croit pas seul. Essayez de le surprendre, et par conséquent de lui montrer un maître, il fuira et se séparera sur-le-champ de sa compagne. Si l'intention de la nature n'était pas que l'homme eût cette supériorité, elle n'aurait pas créé plus faibles que lui les êtres qu'elle lui destine dans ce moment-là. Cette débilité où la nature condamna les femmes prouve incontestablement que son intention est que l'homme, qui jouit plus que jamais alors de sa puissance, l'exerce par toutes les violences que bon lui semblera, par des supplices même, s'il le veut. La crise de la volupté

---

1. La pauvreté de la langue française nous contraint à employer des mots que notre heureux gouvernement réprouve aujourd'hui avec tant de raison; nous espérons que nos lecteurs éclairés nous entendront et ne confondront point l'absurde despotisme politique avec le très luxurieux despotisme des passions de libertinage.

serait-elle une espèce de rage si l'intention de cette
mère du genre humain n'était pas que le traitement
du coït fût le même que celui de la colère ? Quel est
l'homme bien constitué, en un mot, l'homme doué
d'organes vigoureux, qui ne désirera pas, soit d'une
façon, soit d'une autre, de molester sa jouissance
alors ? Je sais bien qu'une infinité de sots, qui ne se
rendent jamais compte de leurs sensations, comprendront mal les systèmes que j'établis ; mais que
m'importent ces imbéciles ? ce n'est pas à eux que
je parle. Plats adorateurs des femmes, je les laisse,
aux pieds de leur insolente dulcinée, attendre le
soupir qui doit les rendre heureux, et, bassement
esclaves du sexe qu'ils devraient dominer, je les
abandonne aux vils charmes de porter des fers dont
la nature leur donne le droit d'accabler les autres.
Que ces animaux végètent dans la bassesse qui les
avilit : ce serait en vain que nous les prêcherions.
Mais qu'ils ne dénigrent pas ce qu'ils ne peuvent
entendre, et qu'ils se persuadent que ceux qui ne
veulent établir leurs principes en ces sortes de
matières que sur les élans d'une âme vigoureuse et
d'une imagination sans frein, comme nous le
faisons, vous et moi, madame, seront toujours les
seuls qui mériteront d'être écoutés, les seuls qui
seront faits pour leur prescrire des lois et pour leur
donner des leçons !...

Foutre ! je bande !... Rappelez Augustin, je vous
prie. *(On sonne ; il entre.)* Il est inouï comme le
superbe cul de ce beau garçon m'occupe la tête
depuis que je parle ! Toutes mes idées semblaient
involontairement se rapporter à lui... Montre à mes
yeux ce chef-d'œuvre, Augustin... que je le baise et

caresse un quart d'heure! Viens, bel amour, viens, que je me rende digne, dans ton beau cul, des flammes dont Sodome m'embrase. Il a les plus belles fesses... les plus blanches! Je voudrais qu'Eugénie, à genoux, lui suçât le vit pendant ce temps-là! Par l'attitude, elle exposerait son derrière au chevalier qui l'enculerait, et Mme de Saint-Ange, à cheval sur les reins d'Augustin, me présenterait ses fesses à baiser; armée d'une poignée de verges, elle pourrait au mieux, ce me semble, en se courbant un peu, fouetter le chevalier, que cette stimulante cérémonie engagerait à ne pas épargner notre écolière. *(La posture s'arrange.)* Oui, c'est cela; tout au mieux, mes amis! en vérité, c'est un plaisir que de vous commander des tableaux; il n'est pas un artiste au monde en état de les exécuter comme vous!... Ce coquin a le cul d'un étroit!... C'est tout ce que je peux faire que de m'y loger... Voulez-vous bien me permettre, madame, de mordre et pincer vos belles chairs pendant que je fous?

Mme DE SAINT-ANGE : Tant que tu voudras, mon ami; mais ma vengeance est prête, je t'en avertis; je jure qu'à chaque vexation, je te lâche un pet dans la bouche.

DOLMANCÉ : Ah sacredieu! quelle menace!... C'est me presser de t'offenser, ma chère. *(Il la mord.)* Voyons si tu tiendras parole! *(Il reçoit un pet.)* Ah! foutre! délicieux! délicieux!... *(Il la claque et reçoit sur-le-champ un autre pet.)* Oh! c'est divin, mon ange! Garde-m'en quelques-uns pour l'instant de la crise... et sois sûre que je te traiterai alors avec toute la cruauté... toute la barbarie...

Foutre!... je n'en puis plus... je décharge!... *(Il la mord, la claque, et elle ne cesse de péter.)* Vois-tu comme je te traite, coquine!... comme je te maîtrise... Encore celle-ci... et celle-là... et que la dernière insulte soit à l'idole même où j'ai sacrifié! *(Il lui mord le trou du cul; l'attitude se rompt.)* Et vous autres, qu'avez-vous fait, mes amis?

EUGÉNIE, *rendant le foutre qu'elle a dans le cul et dans la bouche :* Hélas! mon maître... vous voyez comme vos élèves m'ont accommodée! J'ai le derrière et la bouche pleins de foutre, je ne dégorge que du foutre de tous les côtés!

DOLMANCÉ, *vivement :* Attendez, je veux que vous me rendiez dans la bouche celui que le chevalier vous a mis dans le cul.

EUGÉNIE, *se plaçant :* Quelle extravagance!

DOLMANCÉ : Ah! rien n'est bon comme le foutre qui sort du fond d'un beau derrière!... C'est un mets digne des dieux. *(Il l'avale.)* Voyez le cas que j'en fais. *(Se reportant au cul d'Augustin, qu'il baise.)* Je vais vous demander, mesdames, la permission de passer un instant dans un cabinet voisin avec ce jeune homme.

Mme DE SAINT-ANGE : Ne pouvez-vous donc pas faire ici tout ce qu'il vous plaît avec lui?

DOLMANCÉ, *bas et mystérieusement :* Non; il est de certaines choses qui demandent absolument des voiles.

EUGÉNIE : Ah! parbleu! mettez-nous au fait, au moins.

Mme DE SAINT-ANGE : Je ne le laisse pas sortir sans cela.

DOLMANCÉ : Vous voulez le savoir?

Eugénie : Absolument!

Dolmancé, *entraînant Augustin* : Eh bien, mesdames, je vais... mais, en vérité, cela ne peut pas se
dire.

Mme de Saint-Ange : Est-il donc une infamie
dans le monde que nous ne soyons dignes d'entendre et d'exécuter?

Le chevalier : Tenez, ma sœur, je vais vous le
dire. *(Il parle bas aux deux femmes.)*

Eugénie, *avec l'air de la répugnance* : Vous avez
raison, cela est horrible.

Mme de Saint-Ange : Oh! je m'en doutais.

Dolmancé : Vous voyez bien que je devais vous
taire cette fantaisie; et vous concevez à présent qu'il
faut être seul et dans l'ombre pour se livrer à de
pareilles turpitudes.

Eugénie : Voulez-vous que j'aille avec vous? Je
vous branlerai, pendant que vous vous amuserez
d'Augustin?

Dolmancé : Non, non, ceci est une affaire
d'honneur et qui doit se passer entre hommes : une
femme nous dérangerait... A vous dans l'instant,
mesdames. *(Il sort, en entraînant Augustin.)*

Sixième Dialogue

MADAME DE SAINT-ANGE, EUGÉNIE,
LE CHEVALIER.

Mme DE SAINT-ANGE : En vérité, mon frère, ton ami est bien libertin.

LE CHEVALIER : Je ne t'ai donc pas trompée en te le donnant pour tel.

EUGÉNIE : Je suis persuadée qu'il n'a pas son égal au monde... Oh! ma bonne, il est charmant! voyons-le souvent, je t'en prie.

Mme DE SAINT-ANGE : On frappe... Qui cela peut-il être?... J'avais défendu ma porte... Il faut que cela soit bien pressé... Vois ce que c'est, chevalier, je t'en prie.

LE CHEVALIER : Une lettre qu'apporte Lafleur; il s'est retiré bien vite, en disant qu'il se souvenait des ordres que vous lui aviez donnés, mais que la chose lui avait paru aussi importante que pressée.

Mme DE SAINT-ANGE : Ah! ah! qu'est-ce que c'est que ceci?... C'est de votre père, Eugénie!

EUGÉNIE : Mon père!... Ah! nous sommes perdues!...

Mme DE SAINT-ANGE : Lisons avant que de nous décourager. *(Elle lit.)*

Croiriez-vous, ma belle dame, que mon insoutenable

*épouse, alarmée du voyage de ma fille chez vous, part
à l'instant pour aller la rechercher ? Elle s'imagine
tout plein de choses... qui, à supposer même qu'elle
fussent, ne seraient en vérité que fort simples. Je vous
prie de la punir rigoureusement de cette impertinence ;
je la corrigeai hier pour une semblable : la leçon n'a
pas suffi. Mystifiez-la donc d'importance, je vous le
demande en grâce, et croyez qu'à quelque point que
vous portiez les choses, je ne m'en plaindrai pas... Il y
a si longtemps que cette catin me pèse... qu'en vérité...
Vous m'entendez ? Ce que vous ferez sera bien fait :
c'est tout ce que je peux vous dire. Elle va suivre ma
lettre de très près ; tenez-vous donc sur vos gardes
Adieu ; je voudrais bien être des vôtres. Ne me
renvoyez Eugénie qu'instruite, je vous en conjure Je
veux bien vous laisser faire les premières récoltes, mais
soyez assurée cependant que vous aurez un peu
travaillé pour moi.*

Eh bien ! Eugénie, tu vois qu'il n'y a point trop
de quoi s'effrayer ? Il faut convenir que voilà une
petite femme bien insolente.

Eugénie : La putain !... Ah ! ma chère, puisque
mon papa nous donne carte blanche, il faut, je t'en
conjure, recevoir cette coquine-là comme elle le
mérite.

Mme de Saint-Ange : Baise-moi, mon cœur.
Que je suis aise de te voir dans de telles dispositions !... Va, tranquillise-toi ; je réponds que nous ne
l'épargnerons pas. Tu voulais une victime, Eugénie ? en voilà une que te donnent à la fois la nature
et le sort.

Eugénie : Nous en jouirons, ma chère, nous en
jouirons, je te le jure !

Mme DE SAINT-ANGE : Ah! qu'il me tarde de savoir comment Dolmancé va prendre cette nouvelle!

DOLMANCÉ, *rentrant avec Augustin :* Le mieux du monde, mesdames; je n'étais pas assez loin de vous pour ne pas vous entendre; je sais tout... Mme de Mistival arrive on ne saurait plus à propos... Vous êtes bien décidée, j'espère, à remplir les vues de son mari?

EUGÉNIE, *à Dolmancé :* Les remplir?... les outre-passer, mon cher!... Ah! que la terre s'effondre sous moi si vous me voyez faiblir, quelles que soient les horreurs auxquelles vous condamniez cette gueuse!... Cher ami, charge-toi de diriger tout cela, je t'en prie.

DOLMANCÉ : Laissez faire votre amie et moi; obéissez seulement, vous autres, c'est tout ce que nous vous demandons... Ah! l'insolente créature! Je n'ai jamais rien vu de semblable!...

Mme DE SAINT-ANGE : C'est d'un maladroit!... Eh bien, nous remettons-nous un peu plus décemment pour la recevoir?

DOLMANCÉ : Au contraire; il faut que rien, dès qu'elle entrera, ne puisse l'empêcher d'être sûre de la manière dont nous faisons passer le temps à sa fille. Soyons tous dans le plus grand désordre.

Mme DE SAINT-ANGE : J'entends du bruit; c'est elle. Allons, courage, Eugénie! rappelle-toi bien nos principes... Ah! sacredieu! la délicieuse scène!...

Septième et Dernier Dialogue

MADAME DE SAINT-ANGE, EUGÉNIE, LE CHEVALIER, AUGUSTIN, DOLMANCÉ, MADAME DE MISTIVAL.

Mme DE MISTIVAL, *à Mme de Saint-Ange* : Je vous prie de m'excuser, madame, si j'arrive chez vous sans vous prévenir ; mais on dit que ma fille y est, et, comme son âge ne permet pas encore qu'elle aille seule, je vous prie, madame, de vouloir bien me la rendre et de ne pas désapprouver ma démarche.

Mme DE SAINT-ANGE : Cette démarche est des plus impolies, madame ; on dirait, à vous entendre, que votre fille est en mauvaises mains.

Mme DE MISTIVAL : Ma foi ! s'il faut en juger par l'état où je la trouve, elle, vous et votre compagnie, madame, je crois que je n'ai pas grand tort de la juger fort mal ici.

DOLMANCÉ : Ce début est impertinent, madame, et, sans connaître précisément des degrés de liaison qui existent entre Mme de Saint-Ange et vous, je ne vous cache pas qu'à sa place je vous aurais déjà fait jeter par les fenêtres.

Mme DE MISTIVAL : Qu'appelez-vous jeter par les fenêtres ? Apprenez, monsieur, qu'on n'y jette pas une femme comme moi ! J'ignore qui vous êtes, mais aux propos que vous tenez, à l'état dans lequel vous voilà, il est aisé de juger vos mœurs. Eugénie, suivez-moi!

EUGÉNIE : Je vous demande pardon, madame, mais je ne puis avoir cet honneur.

Mme DE MISTIVAL : Quoi! ma fille me résiste!

DOLMANCÉ : Elle vous désobéit formellement même, comme vous le voyez, madame. Croyez-moi, ne souffrez point cela. Voulez-vous que j'envoie chercher des verges pour corriger cette enfant indocile?

EUGÉNIE : J'aurais bien peur, s'il en venait, qu'elles ne servissent plutôt à madame qu'à moi!

Mme DE MISTIVAL : L'impertinente créature!

DOLMANCÉ, *s'approchant de Mme de Mistival* : Doucement, mon cœur, point d'invectives ici; nous protégeons tous Eugénie, et vous pourriez vous repentir de vos vivacités avec elle.

Mme DE MISTIVAL : Quoi! ma fille me désobéira, et je ne pourrai pas lui faire sentir les droits que j'ai sur elle!

DOLMANCÉ : Et quels sont-ils, ces droits, je vous prie madame? Vous flattez-vous de leur légitimité? Quand M. de Mistival, ou je ne sais qui, vous lança dans le vagin les gouttes de foutre qui firent éclore Eugénie, l'aviez-vous en vue pour lors? Non, n'est-ce pas? Eh bien, quel gré voulez-vous qu'elle vous sache aujourd'hui pour avoir déchargé quand on foutait votre vilain con? Apprenez, madame, qu'il n'est rien de plus illusoire que les sentiments du père ou de la mère pour les enfants, et de ceux-ci pour les auteurs de leurs jours. Rien ne fonde, rien n'établit de pareils sentiments, en usage ici, détestés là, puisqu'il est des pays où les parents tuent leurs enfants, d'autres où ceux-ci égorgent ceux de qui ils tiennent la vie. Si les mouvements d'amour réciproque étaient dans la nature, la force du sang ne serait plus chimérique, et sans s'être vus, sans s'être connus mutuellement, les parents distingueraient, adoreraient leurs fils, et, réversiblement, ceux-ci, au milieu de la plus grande assemblée, discerneraient leurs pères inconnus, voleraient dans leurs bras, et les adoreraient. Que voyons-nous au lieu de tout cela? Des haines réciproques et invétérées; des enfants qui, même avant l'âge de raison, n'ont jamais pu souffrir la vue de leurs pères; des pères éloignant leurs enfants d'eux parce que jamais ils ne purent en soutenir l'approche! Ces prétendus mouvements sont donc illusoires, absurdes; l'intérêt seul les imagina, l'usage les prescrivit, l'habitude les soutint, mais la nature jamais ne les imprima dans nos cœurs. Voyez si les animaux les connaissent; non, sans doute; c'est pourtant toujours eux qu'il faut consulter quand on veut connaître la nature. O pères! soyez donc bien en repos sur les prétendues injustices que vos passions ou vos intérêts vous conduisent à faire à ces êtres, nuls pour vous, auxquels quelques gouttes de votre sperme ont donné le jour; vous ne leur devez rien, vous êtes au monde pour vous et non pour eux; vous seriez bien fous de vous gêner, ne vous occupez que de vous : ce n'est que pour vous que vous devez vivre; et vous, enfants, bien plus dégagés, s'il se peut encore, de cette piété filiale dont la base est une vraie chimère, persuadez-vous de même que vous ne devez rien non plus à ces individus dont le sang vous a mis au jour Pitié, reconnaissance, amour, aucun de ces sentiments ne leur est dû; ceux qui vous ont donné l'être n'ont pas un seul titre pour les exiger de vous; ils ne travaillaient que pour eux, qu'ils s'arrangent; mais la plus grande de toutes les duperies serait de leur donner ou des soins ou des secours que vous ne leur devez sous aucun rapport; rien ne vous en prescrit la loi, et, si par hasard, vous vous imaginiez en démêler l'organe, soit dans les inspirations de l'usage, soit dans celles des effets moraux du caractère, étouffez sans remords des sentiments absurdes... des sentiments locaux, fruits des mœurs climatérales que la nature réprouve et que désavoua toujours la raison!

Mme DE MISTIVAL : Eh quoi! les soins que j'ai eus d'elle, l'éducation que je lui ai donnée!...

DOLMANCÉ : Oh! pour les soins, ils ne sont jamais les fruits que de l'usage ou de l'orgueil; n'ayant rien fait de plus pour elle que ce que prescrivent les mœurs du pays que vous habitez, assurément Eugénie ne vous doit rien. Quant à l'éducation, il faut qu'elle ait été bien mauvaise, car nous sommes obligés de refondre ici tous les principes que vous lui avez inculqués; il n'y en a pas un seul qui tienne à son bonheur, pas un qui ne soit absurde ou chimérique. Vous lui avez parlé de Dieu, comme s'il y en avait un; de vertu, comme si elle était nécessaire; de religion, comme si tous les cultes religieux étaient autre chose que le résultat de l'imposture du plus fort et de l'imbécillité du plus faible; de Jésus-Christ, comme si ce coquin-là était autre chose qu'un fourbe et qu'un scélérat!

Vous lui avez dit que *foutre* était un péché, tandis que *foutre* est la plus délicieuse action de la vie; vous avez voulu lui donner des mœurs, comme si le bonheur d'une jeune fille n'était pas dans la débauche et l'immoralité, comme si la plus heureuse de toutes les femmes ne devait pas être incontestablement celle qui est la plus vautrée dans l'ordure et le libertinage, celle qui brave le mieux tous les préjugés et qui se moque le plus de la réputation! Ah! détrompez-vous, détrompez-vous, madame! vous n'avez rien fait pour votre fille, vous n'avez rempli à son égard aucune obligation dictée par la nature : Eugénie ne vous doit donc que de la haine.

Mme de Mistival : Juste ciel! mon Eugénie est perdue, cela est clair... Eugénie, ma chère Eugénie, entends pour la dernière fois les supplications de celle qui t'a donné la vie; ce ne sont plus des ordres, mon enfant, ce sont des prières; il n'est malheureusement que trop vrai que tu es ici avec des monstres; arrache-toi de ce commerce dangereux, et suis-moi, je te le demande à genoux! *(Elle s'y jette.)*

Dolmancé : Ah! bon! voilà une scène de larmes!... Allons, Eugénie, attendrissez-vous!

Eugénie, *à moitié nue, comme on doit s'en souvenir :* Tenez, ma petite maman, je vous apporte mes fesses... les voilà positivement au niveau de votre bouche; baisez-les, mon cœur, sucez-les, c'est tout ce qu'Eugénie peut faire pour vous... Souviens-toi, Dolmancé, que je me montrerai toujours digne d'être ton élève.

Mme de Mistival, *repoussant Eugénie avec hor-*

reur : Ah! monstre! Va, je te renie à jamais pour ma fille!

EUGÉNIE : Joignez-y même votre malédiction, ma très chère mère, si vous le voulez, afin de rendre la chose plus touchante, et vous me verrez toujours du même flegme.

DOLMANCÉ : Oh! doucement, doucement, madame; il y a une insulte ici; vous venez à nos yeux de repousser un peu trop durement Eugénie; je vous ai dit qu'elle était sous notre sauvegarde; il faut une punition à ce crime; ayez la bonté de vous déshabiller toute nue pour recevoir celle que mérite votre brutalité.

Mme DE MISTIVAL : Me déshabiller!...

DOLMANCÉ : Augustin, sers de femme de chambre à madame, puisqu'elle résiste.

(Augustin se met brutalement à l'ouvrage; elle se défend.)

Mme DE MISTIVAL, *à Mme de Saint-Ange :* Oh! ciel! où suis-je? Mais, madame, songez-vous donc à ce que vous permettez qu'on me fasse chez vous? Imaginez-vous donc que je ne me plaindrai pas de pareils procédés?

Mme DE SAINT-ANGE : Il n'est pas bien certain que vous le puissiez.

Mme DE MISTIVAL : Oh! grand Dieu! l'on va donc me tuer ici!

DOLMANCÉ : Pourquoi pas?

Mme DE SAINT-ANGE : Un moment, messieurs. Avant que d'exposer à vos yeux le corps de cette charmante beauté, il est bon que je vous prévienne de l'état dans lequel vous allez le trouver. Eugénie vient de me tout dire à l'oreille : hier, son mari lui donna le fouet à tour de bras, pour quelques petites fautes de ménage... et vous allez, m'assure Eugénie, trouver ses fesses comme du taffetas chiné.

Dolmancé, *dès que Mme de Mistival est nue :* Ah! parbleu : rien n'est plus véritable. Je ne vis, je crois, jamais un corps plus maltraité que celui-là.. Comment, morbleu! mais elle en a autant par-devant que par-derrière!... Voilà pourtant un fort beau cul. *(Il le baise et le manie.)*

Mme de Mistival : Laissez-moi, laissez-moi, ou je vais crier au secours!

Mme de Saint-Ange, *s'approchant d'elle et la saisissant par le bras :* Écoute, putain! je vais à la fin t'instruire!... Tu es pour nous une victime envoyée par ton mari même; il faut que tu subisses ton sort; rien ne saurait t'en garantir... Quel sera-t-il? je n'en sais rien! peut-être seras-tu pendue, rouée, écartelée, tenaillée, brûlée vive; le choix de ton supplice dépend de ta fille; c'est elle qui prononcera ton arrêt. Mais tu souffriras, catin! Oh! oui, tu ne seras immolée qu'après avoir subi une infinité de tourments préalables. Quant à tes cris, je t'en préviens, ils seraient inutiles : on égorgerait un bœuf dans ce cabinet que ses beuglements ne seraient pas entendus. Tes chevaux, tes gens, tout est déjà parti. Encore une fois, ma belle, ton mari nous autorise à ce que nous faisons, et la démarche que tu fais n'est qu'un piège tendu à ta simplicité, et dans lequel tu vois qu'il est impossible de mieux tomber.

Dolmancé : J'espère que voilà madame parfaitement tranquillisée, maintenant.

EUGÉNIE : La prévenir à ce point est assurément ce qui s'appelle avoir des égards!

DOLMANCÉ, *lui palpant et lui claquant toujours les fesses :* En vérité, madame, on voit que vous avez une amie chaude dans Mme de Saint-Ange... Où en trouver maintenant de cette franchise? C'est qu'elle vous parle avec une vérité!... Eugénie, venez mettre vos fesses à côté de celles de votre mère... que je compare vos deux culs. *(Eugénie obéit.)* Ma foi le tien est beau ma chère; mais pardieu! celui de la maman n'est pas mal encore... Il faut qu'un instant je m'amuse à les foutre tous les deux... Augustin, contenez madame.

Mme DE MISTIVAL : Ah! juste ciel, quel outrage!

DOLMANCÉ, *allant toujours son train et commençant par enculer la mère :* Eh! point du tout, rien de plus simple... Tenez, à peine l'avez-vous senti!... Ah! comme on voit que votre mari s'est souvent servi de cette route! A ton tour, Eugénie... Quelle différence!... Là, me voilà content; je ne voulais que peloter, pour me mettre en train... Un peu d'ordre, maintenant. Premièrement, mesdames, vous, Saint-Ange, et vous, Eugénie, ayez la bonté de vous armer de godemichés afin de porter tour à tour à cette respectable dame, soit en con, soit en cul, les plus redoutables coups. Le chevalier, Augustin et moi, agissant de nos propres membres, nous vous relaierons avec exactitude. Je vais commencer, et comme vous le croyez bien, c'est encore une fois son cul qui va recevoir mon hommage. Pendant la jouissance, chacun sera maître de la condamner à tel supplice que bon lui semblera, en observant d'aller par gradation, afin de ne la point crever tout d'un coup... Augustin, console-moi, je t'en prie, en m'enculant, de l'obligation où je suis de sodomiser cette vieille vache. Eugénie, fais-moi baiser ton beau derrière, pendant que je fouts celui de ta maman, et vous, madame, approchez le vôtre, que je le manie... que je le socratise... Il faut être entouré de culs, quand c'est un cul qu'on fout.

EUGÉNIE : Que vas-tu faire, mon ami, que vas-tu faire à cette garce ? A quoi vas-tu la condamner, en perdant ton sperme ?

DOLMANCÉ, *toujours fouettant :* La chose du monde la plus naturelle : je vais l'épiler et lui meurtrir les cuisses à force de pinçures.

Mme DE MISTIVAL, *recevant cette vexation :* Ah! le monstre! le scélérat! il m'estropie!... juste ciel!...

DOLMANCÉ : Ne l'implore pas, ma mie : il sera sourd à ta voix, comme il l'est à celle de tous les hommes; jamais ce ciel puissant ne s'est mêlé d'un cul.

Mme DE MISTIVAL : Ah! comme vous me faites mal!

DOLMANCÉ : Incroyables effets des bizarreries de l'esprit humain!... Tu souffres, ma chère, tu pleures, et moi je décharge... Ah! double gueuse! je t'étranglerais, si je n'en voulais laisser le plaisir aux autres. A toi, Saint-Ange. *(Mme de Saint-Ange l'encule et l'enconne avec son godemiché; elle lui donne quelques coups de poing; le chevalier succède; il parcourt de même les deux routes, et la soufflette en déchargeant. Augustin vient ensuite; il agit de même et termine par quelques chiquenaudes, quelques nasardes. Dolmancé, pendant ces différentes attaques, a parcouru de son engin les culs de tous les agents, en*

les excitant de ses propos.) Allons, belle Eugénie,
foutez votre mère ; enconnez-la d'abord !

EUGÉNIE : Venez, belle maman, venez, que je
vous serve de mari. Il est un peu plus gros que
celui de votre époux, n'est-ce pas, ma chère ?
N'importe, il entrera... Ah ! tu cries, ma mère, tu
cries, quand ta fille te fout !... Et toi, Dolmancé, tu
m'encules !... Me voilà donc à la fois incestueuse,
adultère, sodomite, et tout cela pour une fille qui
n'est dépucelée que d'aujourd'hui !... Que de progrès, mes amis !... avec quelle rapidité je parcours la
route épineuse du vice !... Oh ! je suis une fille
perdue !... Je crois que tu décharges, ma douce
mère ?... Dolmancé, vois ses yeux !... n'est-il pas
certain qu'elle décharge ?... Ah, garce ! je vais
t'apprendre à être libertine !... Tiens, gueuse !
tiens !... *(Elle lui presse et flétrit la gorge.)* Ah ! fouts,
Dolmancé... fouts, mon doux ami, je me meurs !...
*(Eugénie donne, en déchargeant, dix ou douze coups
de poing sur le sein et dans les flancs de sa mère.)*

Mme DE MISTIVAL, *perdant connaissance* : Ayez
pitié de moi, je vous en conjure... Je me trouve
mal... je m'évanouis... *(Mme de Saint-Ange veut la
secourir ; Dolmancé s'y oppose.)*

DOLMANCÉ : Eh ! non, non, laissez-la dans cette
syncope : il n'y a rien de si lubrique à voir qu'une
femme évanouie ; nous la fouetterons pour la
rendre à la lumière... Eugénie, venez vous étendre
sur le corps de la victime... C'est ici où je vais
reconnaître si vous êtes ferme. Chevalier, foutez-la
sur le sein de sa mère en défaillance, et qu'elle
nous branle Augustin et moi, de chacune de ses

mains. Vous, Saint-Ange, branlez-la pendant qu'on
la fout.

LE CHEVALIER : En vérité, Dolmancé, ce que vous
nous faites faire est horrible; c'est outrager à la fois
la nature, le ciel et les plus saintes lois de
l'humanité.

DOLMANCÉ : Rien ne me divertit comme les
solides élans de la vertu du chevalier. Où diable
voit-il dans tout ce que nous faisons le moindre
outrage à la nature, au ciel et à l'humanité? Mon
ami, c'est de la nature que les roués tiennent les
principes qu'ils mettent en action. Je t'ai déjà dit
mille fois que la nature, qui, pour le parfait
maintien des lois de son équilibre, a tantôt besoin
de vices et tantôt besoin de vertus, nous inspire
tour à tour le mouvement qui lui est nécessaire;
nous ne faisons donc aucune espèce de mal en nous
livrant à ces mouvements, de telle sorte que l'on
puisse les supposer. A l'égard du ciel, mon cher
chevalier, cesse donc, je te prie, d'en craindre les
effets : un seul moteur agit dans l'univers, et ce
moteur, c'est la nature. Les miracles, ou plutôt les
effets physiques de cette mère du genre humain,
différemment interprétés par les hommes, ont été
déifiés par eux sous mille formes plus extraordinaires les unes que les autres; des fourbes ou des
intrigants, abusant de la crédulité de leurs semblables, ont propagé leurs ridicules rêveries . et
voilà ce que le chevalier appelle le ciel, voilà ce qu'il
craint d'outrager!... Les lois de l'humanité, ajoute-
t-il, sont violées par les fadaises que nous nous
permettons! Retiens donc une fois pour toutes,
homme simple et pusillanime, que ce que les sots

appellent l'humanité n'est qu'une faiblesse née de la crainte et de l'égoïsme; que cette chimérique vertu, n'enchaînant que les hommes faibles, est inconnue de ceux dont le stoïcisme, le courage et la philosophie forment le caractère. Agis donc, chevalier, agis donc sans rien craindre; nous pulvériserions cette catin qu'il n'y aurait pas encore le soupçon d'un crime. Les crimes sont impossibles à l'homme. La nature, en lui inculquant l'irrésistible désir d'en commettre, sut prudemment éloigner d'eux les actions qui pouvaient déranger ses lois. Va, sois sûr, mon ami, que tout le reste est absolument permis et qu'elle n'a pas été absurde au point de nous donner le pouvoir de la troubler ou de la déranger dans sa marche. Aveugles instruments de ses inspirations, nous dictât-elle d'embraser l'univers, le seul crime serait d'y résister, et tous les scélérats de la terre ne sont que les agents de ses caprices... Allons, Eugénie, placez-vous... Mais, que vois-je!... elle pâlit!...

EUGÉNIE, *s'étendant sur sa mère :* Moi, pâlir! Sacredieu! vous allez bien voir que non! (*L'attitude s'exécute; Mme de Mistival est toujours en syncope. Quand le chevalier a déchargé, le groupe se rompt.*)

DOLMANCÉ : Quoi! la garce n'est pas encore revenue! Des verges! des verges!... Augustin, va vite me cueillir une poignée d'épines dans le jardin. (*En attendant, il la soufflette et lui donne des camouflets.*) Oh! par ma foi, je crains qu'elle ne soit morte : rien ne réussit.

EUGÉNIE, *avec humeur :* Morte! morte! Quoi! il faudrait que je portasse le deuil cet été, moi qui ai fait faire de si jolies robes!

Mme DE SAINT-ANGE, *éclatant de rire :* Ah! le petit monstre!...

DOLMANCÉ, *prenant les épines de la main d'Augustin, qui rentre :* Nous allons voir l'effet de ce dernier remède. Eugénie, sucez mon vit pendant que je travaille à vous rendre une mère, et qu'Augustin me rende les coups que je vais porter. Je ne serais point fâché, chevalier, de te voir enculer ta sœur : tu te placeras de manière à ce que je puisse te baiser les fesses pendant l'opération.

LE CHEVALIER : Obéissons, puisqu'il n'est aucun moyen de persuader ce scélérat que tout ce qu'il nous fait faire est affreux. *(Le tableau s'arrange ; à mesure que Mme de Mistival est fouettée, elle revient à la vie.)*

DOLMANCÉ : Eh bien! voyez-vous l'effet de mon remède? Je vous avais bien dit qu'il était sûr.

Mme DE MISTIVAL, *ouvrant les yeux :* Oh! ciel! pourquoi me rappelle-t-on du sein des tombeaux? Pourquoi me rendre aux horreurs de la vie?

DOLMANCÉ, *toujours flagellant :* Eh! vraiment, ma petite mère, c'est que tout n'est pas dit. Ne faut-il pas que vous entendiez votre arrêt?... ne faut-il pas qu'il s'exécute?... Allons, réunissons-nous autour de la victime, qu'elle se tienne à genoux au milieu du cercle et qu'elle écoute en tremblant ce qui va lui être annoncé. Commencez, madame de Saint-Ange. *Les prononcés suivants se font pendant que les acteurs sont toujours en action.*

Mme DE SAINT-ANGE : Je la condamne à être pendue.

LE CHEVALIER : Coupée, comme chez les Chinois, en vingt-quatre mille morceaux.

AUGUSTIN : Tenez, moi, je la tiens quitte pour être rompue vive.

EUGÉNIE : Ma belle petite maman sera lardée avec des mèches de soufre, auxquelles je me chargerai de mettre le feu en détail. *(Ici l'attitude se rompt.)*

DOLMANCÉ, *de sang-froid :* Eh bien, mes amis, en ma qualité de votre instituteur, moi j'adoucis l'arrêt ; mais la différence qui va se trouver entre mon prononcé et le vôtre, c'est que vos sentences n'étaient que les effets d'une mystification mordante, au lieu que la mienne va s'exécuter. J'ai là-bas un valet muni d'un des plus beaux membres qui soient peut-être dans la nature, mais malheureusement distillant le virus et rongé d'une des plus terribles véroles qu'on ait encore vues dans le monde. Je vais le faire monter : il lancera son venin dans les deux conduits de la nature de cette chère et aimable dame, afin qu'aussi longtemps que dureront les impressions de cette cruelle maladie, la putain se souvienne de ne pas déranger sa fille quand elle se fera foutre. *(Tout le monde applaudit ; on fait monter le valet. Dolmancé au valet :)* Lapierre, foutez cette femme-là ; elle est extraordinairement saine ; cette jouissance peut vous guérir : le remède n'est pas sans exemple.

LAPIERRE : Devant tout le monde, monsieur ?

DOLMANCÉ : As-tu peur de nous montrer ton vit ?

LAPIERRE : Non, ma foi ! car il est fort beau... Allons, madame, ayez la bonté de vous tenir, s'il vous plaît.

Mme DE MISTIVAL   Oh ! juste ciel ! quelle horrible condamnation !

EUGÉNIE : Cela vaut mieux que de mourir, maman; au moins, je porterai mes jolies robes cet été!

DOLMANCÉ : Amusons-nous pendant ce temps-là; mon avis serait de nous flageller tous : Mme de Saint-Ange étrillera Lapierre, pour qu'il enconne fermement Mme de Mistival; j'étrillerai Mme de Saint-Ange, Augustin m'étrillera, Eugénie étrillera Augustin et sera fouettée elle-même très vigoureusement par le chevalier. *(Tout s'arrange. Quand Lapierre a foutu le con, son maître lui ordonne de foutre le cul, et il le fait. Dolmancé, quand tout est fini :)* Bon! sors, Lapierre. Tiens, voilà dix louis. Oh! parbleu! voilà une inoculation comme Tronchin n'en fit de ses jours!

Mme DE SAINT-ANGE : Je crois qu'il est maintenant très essentiel que le venin qui circule dans les veines de madame ne puisse s'exhaler; en conséquence, il faut qu'Eugénie vous couse avec soin et le con et le cul, pour que l'humeur virulente, plus concentrée, moins sujette à s'évaporer, vous calcine les os plus promptement.

EUGÉNIE : L'excellente chose! Allons, allons, des aiguilles, du fil!... Écartez vos cuisses, maman, que je vous couse, afin que vous ne me donniez plus ni frères ni sœurs. *(Mme de Saint-Ange donne à Eugénie une grande aiguille, où tient un gros fil rouge ciré; Eugénie coud.)*

Mme DE MISTIVAL : Oh! ciel! quelle douleur!

DOLMANCÉ, *riant comme un fou :* Parbleu! l'idée est excellente; elle te fait honneur, ma chère; je ne l'aurais jamais trouvée.

EUGÉNIE, *piquant de temps en temps les lèvres du*

con, dans l'intérieur et quelquefois le ventre et la motte : Ce n'est rien que cela, maman; c'est pour essayer mon aiguille.

LE CHEVALIER : La petite putain va la mettre en sang!

DOLMANCÉ, *se faisant branler par Mme de Saint-Ange, en face de l'opération :* Ah! sacredieu! comme cet écart-là me fait bander! Eugénie, multipliez vos points, pour que cela tienne mieux.

EUGÉNIE : J'en ferai plus de deux cents, s'il le faut... Chevalier, branlez-moi pendant que j'opère.

LE CHEVALIER, *obéissant :* Jamais on ne vit une petite fille aussi coquine que cela!

EUGÉNIE, *très enflammée :* Point d'invectives, chevalier, ou je vous pique! Contentez-vous de me chatouiller comme il faut. Un peu le cul, mon ange, je t'en prie; n'as-tu donc qu'une main? Je n'y vois plus, je vais faire des points tout de travers... Tenez, voyez jusqu'où mon aiguille s'égare... jusque sur les cuisses, les tétons... Ah! foutre! quel plaisir!...

Mme DE MISTIVAL : Tu me déchires, scélérate!... Que je rougis de t'avoir donné l'être!

EUGÉNIE : Allons, la paix, petite maman! voilà qui est fini.

DOLMANCÉ, *sortant bandant des mains de Mme de Saint-Ange :* Eugénie, cède-moi le cul, c'est ma partie.

Mme DE SAINT-ANGE : Tu bandes trop, Dolmancé, tu vas la martyriser.

DOLMANCÉ : Qu'importe! n'en avons-nous pas la permission par écrit? *(Il la couche sur le ventre, prend une aiguille, et commence à lui coudre le trou du cul.)*

Mme DE MISTIVAL, *criant comme un diable :* Ahe! ahe! ahe!...

DOLMANCÉ, *lui plantant l'aiguille très avant dans les chairs :* Tais-toi donc, garce! ou je te mets les fesses en marmelade... Eugénie, branle-moi!...

EUGÉNIE : Oui, mais à condition que vous pique-rez plus fort, car vous conviendrez que c'est la ménager beaucoup trop. *(Elle le branle.)*

Mme DE SAINT-ANGE : Travaillez-moi donc un peu ces deux grosses fesses-là!

DOLMANCÉ : Patience, je vais bientôt la larder comme une culotte de bœuf; tu oublies tes leçons, Eugénie, tu recalottes mon vit!

EUGÉNIE : C'est que les douleurs de cette gueuse-là enflamment mon imagination, au point que je ne sais plus exactement ce que je fais.

DOLMANCÉ : Sacré foutredieu! je commence à perdre la tête. Saint-Ange, qu'Augustin t'encule devant moi, je t'en prie, pendant que ton frère t'enconnera, et que je voie des culs, surtout : ce tableau-là va m'achever. *(Il pique les fesses, pendant que l'attitude qu'il a demandée s'arrange.)* Tiens, chère maman, reçois celle-ci, et encore celle-là!... *(Il la pique en plus de vingt endroits.)*

Mme DE MISTIVAL : Ah! pardon, monsieur! mille et mille fois pardon! vous me faites mourir!...

DOLMANCÉ, *égaré par le plaisir :* Je le voudrais... Il y a longtemps que je n'ai si bien bandé; je ne l'aurais pas cru après tant de décharges.

Mme DE SAINT-ANGE, *exécutant l'attitude deman-dée :* Sommes-nous bien ainsi, Dolmancé?

DOLMANCÉ : Qu'Augustin tourne un peu à droite ; je ne vois pas assez le cul ; qu'il se penche je veux voir le trou.

EUGÉNIE : Ah ! foutre ! voilà la bougresse en sang !

DOLMANCÉ : Il n'y a pas de mal. Allons, êtes-vous prêts, vous autres ? Pour moi dans un instant, j'arrose du baume de la vie les plaies que je viens de faire

Mme DE SAINT-ANGE : Oui, oui, mon cœur, je décharge... nous arrivons au but en même temps que toi.

DOLMANCÉ, *qu a fini son opération, ne fait que multiplier ses piqûres sur les fesses de la victime, en déchargeant :* Ah ! triple foutredieu ! mon sperme coule... il se perd, sacredieu... Eugénie, dirige-le donc sur les fesses que je martyrise... Ah ! foutre ! foutre ! c'est fini... je n'en puis plus !... Pourquoi faut-il que la faiblesse succède à des passions si vives !

Mme DE SAINT-ANGE : Fouts ! fouts-moi, mon frère, je décharge !... *(A Augustin :)* Remue-toi donc, jean-foutre ! Ne sais-tu donc pas que c'est quand je décharge qu'il faut entrer le plus avant dans mon cul ?... Ah ! sacré nom d'un dieu ! qu'il est doux d'être ainsi foutue par deux hommes ! *(Le groupe se rompt.)*

DOLMANCÉ : Tout est dit. *(A Mme de Mistival.)* Putain ! tu peux te rhabiller et partir maintenant quand tu le voudras. Apprends que nous étions autorisés par ton époux même à tout ce que nous venons de faire. Nous te l'avons dit, tu ne l'as pas cru : lis-en la preuve. *(Il lui montre la lettre.)* Que cet exemple serve à te rappeler que ta fille est en âge de faire ce qu'elle veut; qu'elle aime à foutre, qu'elle est née pour foutre, et que, si tu ne veux pas être foutue toi-même, le plus court est de la laisser faire. Sors; le chevalier va te ramener. Salue la compagnie, putain! Mets-toi à genoux devant ta fille, et demande-lui pardon de ton abominable conduite envers elle... Vous, Eugénie, appliquez deux bons soufflets à madame votre mère et, sitôt qu'elle sera sur le seuil de la porte, faites-le-lui passer à grands coups de pied dans le cul. *(Tout s'exécute.)* Adieu, chevalier; ne va foutre madame en chemin, souviens-toi qu'elle est cousue et qu'elle a la vérole. *(Quand tout est sorti.)* Pour nous, mes amis, allons nous mettre à table et, de là, tous quatre dans le même lit. Voilà une bonne journée! Je ne mange jamais mieux, je ne dors jamais plus en paix que quand je me suis suffisamment souillé dans le jour de ce que les sots appellent des crimes.

DOSSIER

CHRONOLOGIE

Le mieux serait ici de reproduire la Chronique sadiste *établie par Maurice Heine en 1933 et reproduite, en vingt-neuf pages serrées, dans son recueil posthume,* Le Marquis de Sade, *texte établi et préfacé par Gilbert Lely Paris, Gallimard, 1950). Dans ce recueil, en « Pour paraître », Gilbert Lely annonçait une « Chronologie de Sade, d'après des documents inédits » dont je ne sache pas qu'il l'ait encore publiée. Deux considérations empêchent de reproduire ici la* Chronique *de Maurice Heine : le souci de ne pas dépouiller indiscrètement le recueil où elle figure ; son étendue trop ample pour le cadre de la présente collection. Nous la suivrons des yeux et nous n'en retiendrons que quelques notes.*

1740. 2 juin. Dans l'hôtel de Condé, rue de Condé, contre l'actuel Odéon, à Paris, naissance de Donatien-Alphonse-François de Sade.

1744-1750. Son oncle paternel, l'abbé de Sade d'Ébreuil, fait son éducation à Saumane en Provence.

1750. Retour à Paris. Études au Collège d'Harcourt, foyer de jansénisme, ou Louis-le-Grand, tenu par les Jésuites. Comme pour Diderot on hésite : le marquis a-t-il fréquenté un seul de ces établissements, et lequel, ou est-il passé, et dans quel ordre, de l'un à l'autre?

1755-1763. Dans cet intervalle de la guerre de Sept Ans, Sade qui a fait valoir ses certificats de noblesse est tour à tour sous-lieutenant, officier porte-drapeau, capitaine, et est réformé le 15 mars 1763, à la fin de la guerre.

1763. 17 mai. Il épouse Renée-Pélagie Cordier de Launay de Montreuil, dont il aura deux fils et une fille.

    29 octobre. Écroué au château de Vincennes, pour excès dans une maison de débauche.

    13 novembre. Libéré, mais assigné à surveillance hors de Paris.

1764. Retour à Paris. Liaison avec la Beauvoisin. Toujours surveillé.

1767. Le 24 janvier son père meurt. Le 16 avril, promu capitaine commandant, il reçoit l'ordre de rejoindre sa compagnie et part pour Lyon, avec la Beauvoisin. Le 27 août naît son premier fils, Louis-Marie. Le prince de Condé et la princesse de Conti seront ses parrain et marraine.

1768. 3 avril. Sade entraîne une mendiante, Rose Keller, dans sa petite maison d'Arcueil et la flagelle. Elle s'évade. Elle se désiste de sa plainte le 7 avril contre indemnisation. Mais le Parlement de Paris ordonne à la chambre de la Tournelle de reprendre l'affaire. Décrété de prise de corps, Sade est d'abord au château de Saumur, puis transféré, le 30 avril, à la forteresse de Pierre-Encise, près Lyon. Le 10 juin Sade est libéré de la Conciergerie où il avait été transféré.

1769. 27 juin. Naissance de Donatien-Claude-Armand, second fils du marquis.

1771. 17 avril. Naissance d'une fille, Madeleine-Laure. Sade est emprisonné pour dettes au Fort-l'Évêque d'où il sort le 1er septembre. En décembre il part pour La Coste.

1772. Les 27 et 28 juin, à Marseille, Sade et son valet Latour se livrent à des scènes de sodomie et de flagellation entre eux et avec des filles dont l'une se croit empoisonnée par les bonbons (cantharidés?) du marquis. Le 4 juillet, ils sont décrétés de prise de corps. En août, Sade est en fuite avec sa belle-sœur, chanoinesse. Le 3 septembre, Sade et Latour sont condamnés à mort par contumax : exécutés en effigie à Aix, le 12. Le 8 décembre maître et valet sont arrêtés à Chambéry et incarcérés, le lendemain au château de Miolans.

1773. Le 1er mai, Sade, évadé ʾꜱ ·ɘˡꞌꜱ ꜱꞌꜱ ꞏꜱ ꞌ⹀꜡ ꜱʾ ur codétenu arrive à Grenoble.

1774. La police le cherche à La Coste où sa femme vient le rejoindre. Il s'y livre à des excès avec des garçons et des fillettes.

1775. Menacé, il voyage en Italie.

1776. Fin janvier, il est à Naples. En juin : Rome, Bologne, Grenoble. En novembre il rentre à La Coste.

1777. Le 8 février, de retour à Paris avec sa femme, il apprend la mort de sa mère. Le 13, il est arrêté et conduit à Vincennes.

1778. En juin il est autorisé à comparaître à Aix pour faire casser la procédure de Marseille qui le condamnait à mort. Admonesté pour débauche outrée, il quitte la ville sous escorte, le 15 juillet, mais s'évade à l'étape de Valence et revient se cacher à La Coste où on le reprend le 26 août. Le 7 septembre, il est à nouveau à Vincennes.

1781. Le 13 juillet, M⁽ᵐᵉ⁾ de Sade est admise, pour la première fois, à visiter le prisonnier.

1782 Le 12 juillet, le *Dialogue entre un prêtre et un moribond* est achevé. Le 25 septembre, les visites de M⁽ᵐᵉ⁾ de Sade sont suspendues.

1784. Le 29 février, Sade est transféré à la Bastille où, en mars, sa femme sera autorisée à le voir deux fois par mois

1785 Du 22 octobre au 28 novembre, mise au net, sur un rouleau de papier de quelque douze mètres de long, des *120 Journées de Sodome*.

1787. Fin des *Infortunes de la vertu*, le 8 juillet.

1788. Du 1ᵉʳ au 7 mars est rédigé le conte : *Eugénie de Franval*. Le 1ᵉʳ octobre, rédaction du *Catalogue raisonné des œuvres de l'auteur*.

1789. Le 2 juillet, Sade crie par la fenêtre qu'on égorge des prisonniers. Le 4, il est conduit à l'hospice des religieux de Charenton.

1790. Libéré le 2 avril, sa femme refuse de le recevoir : la séparation de corps est prononcée le 9 juin. Le 17 août, il présente à la Comédie-Française son *Mari crédule* et se lie avec la jeune actrice, Marie Constance Renelle, qui l'accompagnera jusqu'à sa mort En septembre, la Comédie-

Française reçoit *Le Misanthrope par amour ou Sophie et Desfrancs.*

1791. Cinq pièces reçues sur diverses scènes. *Justine ou les Malheurs de la vertu* sous presse (en juin). 22 octobre, première représentation du drame *Le Comte Oxtiern ou les Effets du libertinage*, rue Saint-Martin, au Théâtre Molière. En novembre, lecture au Théâtre-Français de *Jeanne Laisné ou le Siège de Beauvais.*

1792. En mars, une cabale fait tomber *Le Suborneur.* En septembre, secrétaire de sa section. La Coste au pillage. Le 17 octobre, soldat et commissaire pour l'organisation de la cavalerie de la section des Piques, puis (octobre) commissaire à l'assemblée administrative des hôpitaux.

1793. Le 26 février, rapport d'inspection de plusieurs hôpitaux. Depuis l'automne 1792 Sade essaie d'obtenir une indemnisation pour le pillage de La Coste. Le 2 août, présidant une séance de sa section, il refuse de mettre aux voix une motion inhumaine. En septembre : *Discours aux mânes de Marat et de Le Pelletier.* En novembre : *Pétition de la section des Piques aux représentants du peuple français.* 5 décembre : arrêté comme suspect et incarcéré aux Madelonnettes.

1794. Le 13 janvier, maison des Carmes, rue de Vaugirard, puis, le 22, prison de Saint-Lazare. Le 27 mars, transféré, malade, à la maison de santé de Picpus. Libéré le 15 octobre.

1795. Le 26 août, achevé d'imprimer des huit volumes d'*Aline et Valcour.* En automne, *La Philosophie dans le boudoir.*

1796. Octobre : vente de La Coste.

1797-1798 Sade se débat contre la misère.

1799. En février, il gagne 40 sous par jour comme employé au spectacle de Versailles. En décembre, reprise d'*Oxtiern* où il tient un rôle.

1800. Ses biens toujours séquestrés, il meurt presque de faim En octobre, le *Journal de Paris* l'attaque.

1801. Le 6 mars, il est arrêté, pour *Justine* et *Juliette.* « Déposé », le 2 avril, à Sainte-Pélagie, « pour le punir administrativement ».

1803 Transféré, le 27 avril, à Charenton.

1806. Le 5 mars, il commence la mise au net de l'*Histoire d'Émilie* dont il achève, le 10 juillet, le premier volume : *Mémoires d'Émilie de Valrose ou les Égarements du libertinage.*

1807. La mise au net est terminée le 25 avril. L'*Histoire d'Émilie* forme les quatre derniers tomes d'un grand ouvrage en dix volumes dont le titre général sera : *Les Journées de Florbelle ou la Nature dévoilée, suivies des Mémoires de l'abbé de Modose et des Aventures d'Émilie de Volnange,* etc.

1810. Le 7 juillet, mort de la marquise de Sade.

1814. Le 2 décembre, mort du marquis de Sade.

BIBLIOGRAPHIE

Outre une réimpression à Bruxelles (1868), notre texte a été publié à part :

Marquis de Sade, *La Philosophie dans le boudoir,* édition integrale, précédée d'une étude sur le marquis de Sade et le sadisme, par Helpey, bibliographe poitevin (Louis Perceau). Sadopolis, éd. privée, aux dépens de la société des études sadiques (s. d.). In-16, 303 p.

La Philosophie dans le boudoir, œuvre posthume du marquis de Sade. Sur l'édition de Paris 1795. Paris, Bibliothèque pour les Curieux (s. d.). In-16, VIII · 254 p.

De son côté, la brochure *Français, encore un effort...* a donné lieu aux éditions séparées suivantes :

A l'immortalité. Français encore un effort si vous voulez être républicains et libres de vos opinions. L'an LVI (1848) de la R.F. au chef-lieu du Globe. In-8. 16 p.

D. A. F. de Sade, *Français encore un effort si vous voulez être républicains...* Presse littéraire de Paris, 1951, in-16 non paginé.

Sade. *Français encore un effort.* Précédé de : *L'Inconvenance majeure,* par Maurice Blanchot, Collection Libertés, Jean-Jacques Pauvert, n° 23, 1965, réédition 1972.

Dans les *Œuvres complètes* de Sade, Cercle du Livre Précieux, Tchou, 1963, t. III, *La Philosophie dans le boudoir* est précédée d'une préface de P. Klossovski, *Sade et la Révolution,* et suivie d'une postface par Jacques Lacan, *Kant avec Sade,* toutes deux appliquées à *Français encore un effort...*

Des *Œuvres complètes,* Jean-Jacques Pauvert, 1967, où *La Philosophie dans le boudoir* figure au tome XXV, a été tirée une édition séparée de cette *Philosophie* (1968, 1972), préfacée par Matthieu Galey.

NOTES

Titre.

La Philosophie dans le boudoir. Ouvrage posthume de l'Auteur de Justine. A Londres, aux dépens de la Compagnie, M.DCC.XCV. 2 vol. in-18 de 180 et 214 pp. Frontispice allégorique. En exergue sur la page de titre : *La mère en prescrira la lecture à sa fille.* Quatre gravures érotiques. La première montre la scène que décrit notre page 63 ; la seconde, la scène de la page 141 ; la troisième, la scène de la page 178 ; la quatrième, la scène de la page 262. *Justine, ou les Malheurs de la vertu* avait été publié en 1791. A propos de « Ouvrage posthume de l'Auteur de Justine », Maurice Heine écrit : « Ainsi, décidé à toutes les licences, le romancier, malgré la facilité des mœurs régnantes, se ménage une garantie plus efficace que l'anonymat et croit l'avoir trouvée dans l'alibi suprême du tombeau » (*Le Marquis de Sade*, Paris, Gallimard, 1950, p. 278), Gilbert Lely (*Sade*, Paris, Gallimard, « Idées », 1967, p. 254) note que « le sous-titre qui ne figure que sur la page de départ du premier Dialogue : ... ou les Instituteurs immoraux, répond avec exactitude au contenu de l'ouvrage ». Mais il est aussi ironique.

Page 35.

La mère en prescrira la lecture à sa fille. C'est ce que Choderlos de Laclos disait de ses *Liaisons dangereuses*, en faisant parler « une bonne mère » : « " Je croirais, me disait-elle, après avoir lu le manuscrit de cette correspondance, rendre un vrai service à ma fille, en lui donnant ce livre le jour de son mariage. " Si toutes les mères de famille en pensent ainsi, je

me féliciterai éternellement de l'avoir publié. » Préface du rédac-
teur (Folio, n⁰ 77, 1972, p. 30).

Page 46, ligne 24.

L'archevêque de Cambrai est évidemment Fénelon. Sade n'é-
voque que « l'onction mystique » du quiétiste. Il semble igno-
rer la pièce de M. J. Chénier, *Fénelon,* jouée en 1793, que
Rivarol, dans son *Petit dictionnaire des grands hommes de la
Révolution,* stigmatise : « M. Chénier a bien mieux saisi le goût
du moment; il a fait un drame national : il a mis un cardinal
fanatique et un roi atroce sur la scène; il a employé exprès
le patois le plus barbare, pour animer le peuple contre la
tyrannie, et l'harmonie du tocsin lui a suffi pour charmer son
auditoire »

Page 47, ligne 13.

Traitant. Littré : « Celui qui se charge du recouvrement des
deniers publics à des conditions réglées par un traité. » On
comprend mieux pourquoi Sade attribue cet office à Mistival
quand on a lu ce qu'en dit Montesquieu dans *L'Esprit des
lois :* déjà dans Rome, les chevaliers, « traitants de la République »,
« étaient avides, ils semaient les malheurs dans les malheurs,
et faisaient naître les besoins publics des besoins publics »
(XI, 18). « Pour arrêter la fraude, il faut donner au traitant
des moyens de vexations extraordinaires; et tout est perdu »
(XIII, 8). Les traitants n'ont pour lot que la richesse; ils ne
méritent ni la gloire et l'honneur de la noblesse, ni le respect
et la considération des magistrats (XIII, 20).

Page 49, ligne 22.

Dans les plus secrets mystères de Vénus. Cette expression est
sans doute un rappel des dialogues de Nicolas Chorier : *Aloisiae
Sigeae Toletanae Satyra Sotadica De Arcani Amoris Et Veneris.*
— *Aloisia Hispanice Scripsit. Latinitate donavit Joannes Meursius.*
v.c. L'exemplaire de la B.N. (Rés. Y2. 1442) porte, à la main :
« Nicolas Cherier *(sic)* est auteur de ce livre. Il est mort en
1692 âgé de 83 ans, c'est luy qui a aussy composé l'histoire du
Dauphiné. La première édition de cette satyre fut imprimée
in-8 à Paris dans l'Hôtel de Condé presque tous les exemplaires
furent saisis et brûlés. » Gilbert Lely (*op. cit.* p. 254) pense que
l'ordonnance de *La Philosophie dans le boudoir* « est visiblement

reçue d'Aloïsia Sigea ». L'ouvrage de Chorier (Pars I, 177 p., Pars II, paginée 1-94 puis 1-155) se compose d'abord des sept dialogues aux titres suggestifs — Velitatio, Tribadicon, Fabrica, Duellum, Libidines... — ayant pour partenaires constantes Tullia et Octavia; il se poursuit par un « De laudibus Aloïsiae Poemation » (p. 125), un « Aloïsia », « ex Elysiis hortes » (p. 128) et s'achève sur « Tuberonis Genethliacon » (p. 151). Les rapports de cette initiation à celle de Sade restent, à mon avis, à préciser.

Page 53, ligne 5.

Langote. Littré ne reprend pas ce verbe. Il est courant comme en témoigne de la manière la plus crue — « Viens langoter le con, le cu de ton amie... » — une lettre de Beaumarchais à sa maîtresse (1798). Voir *Dix-huitième siècle*, 1975, n⁰ 7, *Beaumarchais et Amélie Houret : une correspondance inédite*, p. 39.

Ligne 14.

Simarre. Habillement long et traînant

Page 70, ligne 17.

Déifique. Litt. : « adj. terme de théologie. Qui procure l'intervention divine », cf. p. 198, l. 26.

Page 74, ligne 5.

Imposteur. Allusion probable au *Traité des trois imposteurs* dont une édition venait d'être publiée en 1777.

Page 78.

Tout ce passage contre la bienfaisance semble parfois inspiré, *a contrario*, par *La Nouvelle Héloïse* (V, ii), à laquelle Sade va faire allusion, p. 88, l. 5.

Page 88, ligne 5.

C'est l'objection de Rousseau. La Nouvelle Héloïse (III, xviii), *Œuvres complètes,* « Pléiade », tome II, p. 360 : « Y a-t-il au monde un honnête homme qui n'eut horreur de changer l'enfant d'un autre en nourrice, et le crime est-il moindre de le changer dans le sein de la mère? » L'annotateur, Bernard Guyon, renvoie d'ailleurs à notre texte, note de la p. 1548.

Page 98, ligne 4.

Bougres Voltaire, au *Dictionnaire philosophique* : « Bulgares ou Boulgares. Puisqu'on a parlé des Bulgares dans le *Dictionnaire encyclopédique*, quelques lecteurs seront peut-être bien aises de savoir qui étaient ces étranges gens, qui parurent si méchants, qu'on les traita d'*hérétiques*, et dont ensuite on donna le nom en France aux non-conformistes, qui n'ont pas pour les dames toute l'attention qu'ils leur doivent ; de sorte qu'aujourd'hui on appelle ces messieurs *Boulgares*, en retranchant *l* et *a*. »

Page 102, ligne 24.

J'ai fait la chouette à quinze hommes. Littré : « Terme de jeu. Faire la chouette, jouer seul contre deux ou plusieurs hommes. » Écho possible d'une page de *Zingha* (cité p. 116 et 132), II, 17 : « ... dans le temple même où seule elle devait braver les forces réunies de douze d'entre les plus jeunes Singhillos... »

Page 103, note.

Les anecdotes de Procope. Procope, historien de Justinien, secrétaire de Bélisaire (VIᵉ siècle). Ses *Anecdota, ou Histoire secrète,* ont été traduites du grec en latin, pour la première fois, selon P. Bayle, par David Hoeschelius, en 1607. Théodora était la femme de Justinien. Voir plus loin, p. 133.

Page 109, note.

Cet article se trouvant traité plus loin avec étendue. Cf. p. 237 *sqq.* Étendue modeste, d'ailleurs. Mais, p. 253, il notera, dans son discours, « l'apparence d'une répétition ».

Page 116, ligne 7 et note.

Suétone (v. 70-v. 160) a publié ses *Vies des douze Césars* vers 120. Dion Cassius de Nicée (v. 155-v. 235), petit-fils du rhéteur et philosophe grec (40?-117?) Dion Chrysostome, est l'auteur d'une *Histoire romaine* (écrite en grec).

Ligne 9 et note.

On retrouvera mention de cet ouvrage, p. 133, note. Il s'agit de : *Zingha, reine d'Angola, histoire africaine,* I. II. Bouillon (Paris). Société typographique, 1769, par Jean-Louis Castilhon. Cette histoire mériterait l'étude d'un sadien : on y voit, par exemple, comment Zingha — Sade, ou son imprimeur, écrivent

Zingua — « s'apprêtait à éteindre dans des torrents de sang l'impudique chaleur des désirs que son ambition ne lui permettait pas de satisfaire... » (I, 131-132). Sade n'a pas le livre sous les yeux : il ne voit plus le nom de Castilhon qui figure sur la page de titre et attribue (p. 133, note) cette histoire africaine à un « missionnaire », comme le fait Castilhon lui-même dans sa Préface, p. IX, en donnant pour sources les missionnaires portugais et, surtout, le Frère Antoine de Gaëte, capucin missionnaire.

Page 117, ligne 33.

Néron caressait Agrippine. Suétone, *Néron*, XXXIV.

Page 118, lignes 29-30.

A l'homme social? Ne doutons pas que l'apparence seule lui suffise. Rousseau, *Sur l'origine et les fondements de l'inégalité parmi les hommes*, « Pléiade », *Œuvres complètes*, tome III, p. 174 : « Être et paraître devinrent deux choses tout à fait différentes. »

Page 123, ligne 4.

Système déifique. Cf. p. 70, l. 17 et p. 198, l. 26.

Page 128, lignes 16-19.

Avons-nous jamais éprouvé... En cette phrase, Sade semble vouloir d'abord s'attaquer à la *pitié* et penser à Rousseau qui la défendait, au contraire, comme impulsion naturelle « ... la seule vertu naturelle... et si naturelle que les bêtes mêmes en donnent quelquefois des signes sensibles... pur mouvement de la nature, antérieur à toute réflexion... La bienveillance et l'amitié même sont, à le bien prendre, des productions d'une pitié constante, fixée sur un objet particulier... la pitié est un sentiment naturel, qui... concourt à la conservation de l'espèce... » *Sur l'origine et les fondements de l'inégalité parmi les hommes*, « Pléiade », p. 154-156. Chez Sade, c'est le principe de plaisir qui est inné et qui s'affirme d'autant plus que l'individu est plus fort, en sorte que la pitié ne peut dériver que de la faiblesse. On se demandera pourtant si, chez Sade, le plaisir de faire souffrir n'est pas une sorte de blasphème de la pitié, s'il n'enveloppe pas une reconnaissance, sadique-exaltante, de la pitié.

Ligne 19 sqq.

Vous nous parlez d'une voix chimérique... De la pitié, Sade semble ici passer à la charité et préparer, p. 170 : « La source de toutes nos erreurs en morale vient de l'admission ridicule de ce fil de fraternité qu'inventèrent les chrétiens dans leur siècle d'infortune et de détresse. » Il n'est ici que trop facile de penser à Nietzsche.

Page 128, lignes 27 et 31.

Imbécile... Imbéciles... Qu'on n'oublie pas le sens latin : le mot comportait encore le sens de *faiblesse.*

Page 129, lignes 20 sqq.

L'enfant brise son hochet. Le thème de l'enfant cruel, au XVIIIe siècle, vient de Hobbes : « Le méchant, dit-il, est un enfant robuste », rappelle Rousseau (*ibid.* p. 153); à supposer un homme sauvage, robuste qui serait dans le même état de dépendance que l'enfant, « il n'y a sorte d'excès auxquels il ne se portât, qu'il ne battît sa mère lorsqu'elle tarderait trop à lui donner la mamelle, qu'il n'étranglât un de ses jeunes frères, lorsqu'il en serait incommodé, qu'il ne mordît la jambe de l'autre lorsqu'il en serait heurté ou troublé... » Diderot, de son côté, à la fin de son article *Hobbisme* de l'Encyclopédie (A.T. XV, p. 123) : « Sa définition du méchant me paraît sublime. Le méchant de Hobbes est un enfant robuste : *Malus est puer robustus.* En effet la méchanceté est d'autant plus grande, que la raison est faible, et que les passions sont fortes. Supposez qu'un enfant eût à six semaines l'imbécillité de jugement de son âge, et les passions et la force d'un homme de quarante ans, il est certain qu'il frappera son père, qu'il violera sa mère, qu'il étranglera sa nourrice, et qu'il n'y aura nulle sécurité pour tout ce qui l'approchera. »

Page 130, ligne 27.

Le maréchal de Retz. On orthographie le plus souvent *Rais.* Maréchal de France (v. 1400-1440), compagnon de Jeanne d'Arc. Exécuté à Nantes. L'histoire de ses crimes n'est pas exempte de légende.

Ligne 28.

Charolais (cf. p. 249). On trouve dans le *Journal de Barbier, Chronique de la Régence et du règne de Louis XV* (Paris, 1857), une information importante sur le comte de Charolais, prince de sang, oncle de M. le Prince de Condé, « mort presque subitement d'une goutte remontée » en juillet 1760, à soixante ans, « le Roi prendra le deuil, lundi 28, pour douze jours » (t. VII, p. 271). Sade a alors vingt ans et l'on se rappelle qu'il est apparenté aux Condé. Tuteur du prince de Condé (1740), Charolais ne vient à l'hôtel des Condé que pour le Conseil et s'enferme dans une maison près de Montmartre avec la femme d'un maître de requêtes (t. III, p. 194, p. 294) : Il « hait et méprise Madame sa mère » contre laquelle il engage des procès (*ibid.* p. 295). Ses violences ont défrayé la chronique de la Régence et de Louis XV. C'est en mai 1723 qu'il tire sur un homme pour se divertir — Sade rapporte l'épisode ici même, p. 249 ; Barbier le rapporte à peu près dans les mêmes termes : « Le comte de Charolais est d'un étrange caractère. Il s'est mis en possession de la maison d'Anet pour faire ses parties. Dans ce mois-ci, y étant et revenant de la chasse, il y avait dans le village un bourgeois sur sa porte en bonnet de nuit. De sang-froid ce prince dit : " Voyons, si je tirerais bien ce corps-là ! " le coucha en joue et le jeta par terre. Le lendemain, il alla demander sa grâce à M. le duc d'Orléans, qui était déjà instruit de l'affaire. M. le duc d'Orléans lui dit : " Monsieur, la grâce que vous demandez est due à votre rang et à votre qualité de prince du sang ; le roi vous l'accorde, mais il l'accordera encore plus volontiers à celui qui vous en fera autant. " Cette réponse a été trouvée très belle et pleine d'esprit » (t. I, p. 275). La réponse est évidemment du duc d'Orléans, qui parle au nom du roi, et non, comme le transcrit Sade, du roi lui-même qui n'avait alors que treize ans. Barbier raconte encore comment Charolais assassine un enfant malade, de six ou huit mois, en lui faisant prendre de l'eau-de-vie de Dantzig, brutalise la Delisle, est toujours ivre (*ibid.* p. 276).

Page 131, ligne 7.

Chantal. De même que Titus est à l'opposé de Néron, de même Chantal est à l'opposé de Messaline. Sainte Jeanne de Chantal (1572-1641), dirigée par François de Sales — *Traité de l'amour de Dieu*, 1616 — fondatrice de l'Ordre de la Visitation.

Page 132, ligne 27.

Zingua. Ci-dessus, p. 116.

Page 133, ligne 1.

Zoé. Le modèle de cette impératrice pourrait être Wou Tchao, dont Robert Van Gulik, *La Vie sexuelle dans la Chine ancienne* (Gallimard, 1971), p. 242, nous rappelle l'histoire. Mais cela ne nous renseigne pas sur la source de Sade.

Ligne 11.

Théodora, femme de Justinien, avait eu une jeunesse orageuse d'actrice.

Ligne 15.

Les Floridiennes. Nous n'avons pas trouvé la source de Sade.

Ligne 24.

La Voisin, la Brinvilliers. Empoisonneuses, la Voisin (v. 1640-1680) mêlée à l'affaire des poisons (1679); la Brinvilliers (1630-1676).

Page 138, ligne 33. Page 139, ligne 11.

La pudeur ne fut jamais une vertu... A Otaïti... Sade ne peut connaître la contestation de la pudeur, au nom du même Otaïti, de Diderot dans le *Supplément au Voyage de Bougainville* qui paraîtra un an après *La Philosophie dans le boudoir,* en 1796. Mais il connaît, de Bougainville, le *Voyage autour du monde par la frégate du roi la Boudeuse, et la flûte l'Étoile, en 1766, 1767, 1768 et 1769,* publié en 1771. On y lit au chap. VIII des descriptions qui nuancent la lecture de Sade : « La plupart de ces nymphes étaient nues, car les hommes et les vieilles qui les accompagnaient leur avaient ôté le pagne dont ordinairement elles s'enveloppent. Elles nous firent d'abord, de leurs pirogues, des agaceries où, malgré leur naïveté, on découvrit quelque embarras; soit que la nature ait partout embelli le sexe d'une timidité ingénue, soit que, même dans les pays où règne encore la franchise de l'âge d'or, les femmes paraissent ne pas vouloir ce qu'elles désirent le plus. » Dans *Monsieur le 6,* on lit que Sade réclame à sa femme *Les Voyages de Bougainville* le 1ᵉʳ avril 1781 (p. 133) et réitère sa demande le 30 avril (p. 174).

Page 147, ligne 13.

Une banquette de fleurs. A suivre le Littré, mieux vaut s'en tenir à la première définition, générale — « Banc long et rembourré, sans dossier » — qu'à la définition spéciale — « En termes de jardinage, palissade taillée à hauteur d'appui entre les arbres d'une contre-allée. »

Ligne 15.

Tatiguai! Littré renvoie à *tatigoin, tétigué,* « altération de *têtedieu* dans la bouche des paysans des anciennes comédies. Hé! tétigué! ne lantiponez point davantage, Molière. *Le Médecin malgré lui,* I, 6 ». Roland Barthes, *Sade, Fourier, Loyola* (Paris, Le Seuil, 1971), p. 162-163, relève le mot mais semble croire qu'il a été pris par Sade de la bouche des paysans, et non de la lecture des comédies.

Page 148, ligne 13.

Veste. On dirait aujourd'hui : gilet.

Page 160, ligne 27.

Buffon en compte plusieurs. Cf. Jacques Roger, *Les Sciences de la vie dans la pensée française au* XVIIIe *siècle* (Paris, A. Colin, 1963), p. 579.

Page 161, ligne 18.

Cook. James Cook (1728-1779) : trois voyages à Tahiti et en Océanie : juillet 1768-mai 1771; juillet 1772-1774; juillet 1776, tué aux îles Hawaï le 14 février 1779.

Page 163, note.

La suite de cet ouvrage. Aux p. 231-235.

Page 170, lignes 29-33. Page 171, lignes 1-3.

Quelques liens entre eux. Écho, sans doute, une fois de plus, du *Second Discours* de Rousseau : « Le besoin satisfait, les deux sexes ne se reconnaissaient plus, et l'enfant même n'était plus rien à la mère sitôt qu'il pouvait se passer d'elle » (éd. cit. p. 164).

Page 173, ligne 15.

Disait le naturaliste Buffon. Dans le *Discours sur la nature des animaux* (1753) : « C'est qu'il n'y a que le physique de cette passion qui soit bon, c'est que, malgré ce que peuvent dire les gens épris, le moral n'en vaut rien » (Éd. Corpus général des philosophes français, p. 341 A). Rousseau, toujours dans le *Second Discours* (éd. cit. p. 157), exploite cette phrase pour montrer que la famille n'est pas naturelle.

Page 185, ligne 24.

Au palais de l'Égalité. C'est-à-dire de Philippe Égalité. Le Palais-Royal.

Page 188, lignes 23 sqq.

Avant dix ans... En effet, le Concordat, 1801, l'Empire 18 mai 1804.

Page 190, ligne 4.

Les dieux de farine aux souris. Cela vient du curé Meslier (*Œuvres complètes*, préface et notes par Jean Deprun, Roland Desné, Albert Soboul, Paris, Anthropos, 1970, tome I, p. 423, p. 449) par l'intermédiaire de l'*Extrait des sentiments de Jean Meslier*, dû à Voltaire (1762, 1768), où on lit : « ... et ils s'attribuent la puissance de faire des dieux de pâte et de farine, même d'en faire autant qu'ils veulent... Et que sont nos dieux, que nous tenons enfermés dans des boîtes de peur des souris?... » (*Ibid.* t. III, p. 479-480. *Mélanges* de Voltaire, « Pléiade », 1961, p. 499-500).

Page 192, ligne 1.

De telles idoles élevaient l'âme. Thème courant au XVIIIe siècle, que la religion des Anciens, n'étant pas révélée, était plus naturelle, par conséquent plus universelle et n'entraînait donc pas l'intolérance. Sur la valeur morale et esthétique de la religion des Anciens, voir les *Essais sur la Peinture* de Diderot. Et ici même, p. 195.

Ligne 14.

Imposteur de Nazareth. Sade songe-t-il à l'anonyme *Traité des trois imposteurs* — Moïse, Jésus, Mahomet — dont une version avait été publiée en 1768?

Page ¹93, ligne 1.

Théisme. Cf. p. 197, l. 21, p. 203, l. 20. Sade ne semble pas trop distinguer entre le *théisme,* qui admet la possibilité de la Révélation, et le *déisme,* qui ne l'admet pas.

Page 195, ligne 19.

L'infâme Robespierre. Guillotiné le 10 thermidor 1794, le jour même, note Michelet (*Histoire de la Révolution française*, « Pléiade », t. II, p. 989) où « De Sade sortit de prison ».

Page 198, ligne 21.

Votre éducation nationale. La fondation de l'École normale, dont le grand philosophe est Garat, est contemporaine (1795) de *La Philosophie dans le boudoir.*

Page 200, lignes 7-21, ligne 29. Page 201, ligne 4.

Toutes nos idées... ne sont point innés. Tous ces passages, comme l'a découvert Jean Deprun (*loc cit.*), sont empruntés, à des détails près, textuellement, au chap. LXXIX de *Le Bon Sens,* de d'Holbach.

Page 201, lignes 29-30.

Le premier de tous les despotes fut un prêtre. Transposition, peut-être, du vers célèbre de Voltaire, *Mérope* I, 3 : « Le premier qui fut roi fut un soldat heureux. »
Page 202, lignes 15-16.

Les sarcasmes de Julien. Julien l'Apostat, empereur romain (361-363) qui voulut restaurer le paganisme.

Page 204, lignes 23-24.

Il n'y a vraiment de criminel que ce que réprouv ,a loi. Diderot, article *Hobbisme* (A.T. XV, p. 109) : « Les lois de la société sont donc la seule mesure commune du bien ou du mal, des vices ou des vertus. On n'est vraiment bon ou vraiment méchant que dans sa ville... »

Page 205, ligne 2.

Toiserons. En italiques dans l'original. Le verbe n'est pourtant pas un néologisme.
Ligne 24.

L'infortuné La Barre. Supplicié en 1766, sa mémoire, défendue par Voltaire (1766), venait d'être réhabilitée par la Convention
Page 206, ligne 16.

Mais ce n'est qu'en vous moquant que vous les détruirez. Cf. plus haut, p. 75 : « Voltaire n'employait jamais d'autres armes, et c'est de tous les écrivains celui qui peut se flatter d'avoir le plus fait de prosélytes. »

Page 208, lignes 15-16

Les lois peuvent être si douces, en si petit nombre... Thème dix-huitiémiste, en particulier rousseauiste : toute multiplicité (artificielle) nous éloigne de la simplicité heureuse de la Nature.

Page 209, ligne 1.

Anéantir pour jamais l'atrocité de la peine de mort. Contre la peine de mort ce n'est plus — comme chez Voltaire commentant Beccaria — l'argument d'utilité (« On a dit, il y a supplices inventés pour le bien de la Société doivent être utiles à cette société »), mais celui du déterminisme physiologique qu'utilise Sade (en cela proche des juristes italiens, pragmatistes, de la fin du siècle dernier).

Ligne 24.

Sur le nouveau Code que l'on nous prépare. Le nouveau Code — dit Napoléon — sera promulgué le 21 mars 1804.

Page 213, ligne 10.

Le serment du respect des propriétés, que vient de prononcer la nation. Dans la Déclaration des droits de l'homme et du citoyen. L'historien Jacques Godechot (*Histoire universelle*, « Encyclopédie de la Pleiade », t. III, p. 375-376) résume ainsi : « Le droit de propriété figure, lui, parmi les " droits naturels imprescriptibles ", et le dernier article répète que la propriété est " inviolable et sacrée ". Il fallait, après la Jacquerie qui venait de se terminer, rassurer les propriétaires. Mais la situation des misérables n'est pas évoquée. »

Lignes 19-20.

Quels sont les éléments du pacte social ? Pour Rousseau, l'abandon égal, par chacun, de *toute* sa liberté d'homme naturel, en échange de la liberté de citoyen mesurée à chacun par la volonté générale. Notion de droit, non de fait. Vivant au cœur d'une Révolution qui se flatte de restaurer un certain ordre naturel — liberté, égalité (Sade ne retient pas la fraternité) —, notre auteur parle du contrat comme s'il avait lieu

Page 215, lignes 28-29.

État immoral par ses obligations. C'est le Léviathan de Hobbes.

Page 216, ligne 19.

La pudeur. Cf. p. 138

Page 219, ligne 2.

Icoglan. Littré : « Page du Grand Seigneur. Au fond d'un

sérail inutile Que fait parmi ces icoglans le vieux successeur imbécile Des Bajazets et des Orcans? Voltaire, *Ode 16.* »
Note.

L'infâme et scélérat Sartine. Lieutenant général de police, M. de Sartine (ou Sartines) était aussi le protecteur de Diderot et de l'*Encyclopédie.*

Page 220, ligne 18.

Vulvivagues. En italiques dans le texte. Ni le Littré, ni le grand Robert n'ont retenu ce terme.

Page 228, lignes 9-10.

Comme criminel dans nos anciennes institutions. Par exemple, en Alsace l'adultère était puni de la cangue. La Constituante venait de supprimer « les anciennes constitutions ».

Page 229, ligne 7.

Au Pégu. Ancien royaume qui serait situé aujourd'hui en Birmanie. Un dictionnaire allemand du XVIIIe siècle le définit : « Royaume asiatique de la péninsule indienne, par-delà le Gange. Il appartient au roi Ava. Le pays très fertile est vivement recherché des Européens. La capitale, du même nom, est vaste, populeuse, et possède un magnifique palais royal. Elle se trouve sur le fleuve Pégu. »

Page 231, ligne 23.

Il n'y a pas encore quarante ans. Ce qui nous ramènerait vers 1755.

Page 234, ligne 4.

Le philosophe de Chéronée. Socrate, cf. p. 219.

Page 240, ligne 1.

De petits animaux se forment. C'est la thèse — particulièrement propre à une genèse matérialiste — de la génération spontanée, défendue, entre autres, par Buffon.

Page 244.

Mindanao. Une des Philippines.
Caraguos (?).

Tangut. Royaume asiatique en grande Tartarie, à la frontière de la Chine.

Kachao. Capitale du royaume du Tonkin, 20 000 habitations, mais la plupart de roseaux.

Page 246, ligne 7.

Trapobane. Il s'agit certainement de Taprobane, aujourd'hui Ceylan.

Royaume de Sopit. Nous n'avons pu identifier ce royaume.

Page 247, ligne 12.

Le célèbre voyageur Duhalde. Jean-Baptiste Duhalde S.J. *Description... de la Chine et de la Tartarie chinoise*, Paris, 1735.

Page 250, lignes 12-13.

Je renvoie à la fameuse lettre de Rousseau... La lettre XXI dans la troisième partie de *La Nouvelle Héloïse*. Rousseau fait écrire par Saint-Preux : « Plus j'y réfléchis, plus je trouve que la question se réduit à cette proposition fondamentale : chercher son bien et fuir son mal en ce qui n'offense point autrui, c'est le droit de la nature. Quand notre vie est un mal pour nous et n'est un bien pour personne il est donc permis de s'en délivrer. S'il y a dans le monde une maxime évidente et certaine, je pense que c'est celle-là, et si l'on venait à bout de la renverser, il n'y a point d'action humaine dont on ne peut faire un crime » (éd. cit. p. 378).

Ligne 29.

L'affaire de Jemmapes. Bataille de 1792 remportée par Dumouriez.

Page 252, note.

L'infâme Dumouriez. Michelet n'en jugera pas autrement : « Un aventurier cynique dont l'ancien régime avait gratifié le nouveau. Porté aux nues en 1792, il sombra dans l'opprobre et dans le mépris dès l'année suivante. Cet homme trahissait avec une espèce de volupté. » (*Histoire de la Révolution française*, « Pléiade », tome II, p. 1380-1381.) Il ne meurt qu'en 1823 à quatre-vingt-quatre ans et a son nom inscrit sur l'arc de triomphe de l'Étoile.

Pages 253-255.

On notera l'accent rousseauiste du Chevalier.

Page 259, lignes 7-8.

Le roi d'Achem. Achem, ou Achim, ou Acenum, capitale du royaume de même nom sur l'île indienne de Sumatra. Elle anime un gros trafic et ses maisons, dont 8 000 sont construites avec des palmes de cocotiers, sont tenues par un pilier. Elle n'a qu'une rue, mais très longue.

Page 260, note.

Despotisme. Cf. notre *Préface.*

Page 262, ligne 23.

Mais ma vengeance est prête. A Marseille (voir Chronologie), Sade a tenu le rôle de Dolmancé par rapport à son valet et à une prostituée qu'il avait bourrée de bonbons (cantharidés) pour qu'elle se « venge » à la manière de Mme de Saint-Ange.

Page 272, ligne 14.

Mœurs climatérales. Adjectif inconnu de Littré.

Page 283, lignes 14-15.

Une inoculation comme Tronchin n'en fit de ses jours. L'inoculation de la petite vérole, importée de Turquie à Londres en 1721, passe à Paris en 1755. Bien entendu, Sade joue ici du mot vérole. Genevois d'origine française, Théodore Tronchin (1709-1781) est un des plus illustres médecins du XVIIIe siècle. Dans l'*Éloge* qu'il fait de lui, Condorcet (*Éloges des académiciens,* Brunswick et Paris, 1799, t. II) rappelle (p. 403) : « En 1756, M. Tronchin fut appelé à Paris pour l'inoculation des enfants de M. le duc d'Orléans »; « Aucun inoculateur, en Europe, n'était plus célèbre, aucun n'avait été si heureux » (p. 404).

Page 283, ligne 27.

Une grande aiguille, où tient un gros fil rouge ciré. Aiguille et fil de cordonnier ou de passementier? Sans doute ce qu'on appelle le ligneul et que le Littré définit : fil enduit de poix à l'usage des cordonniers et des bourreliers. R. Barthes, *op. cit.* p. 173, s'est arrêté à ce « fil rouge » : par métonymie, écrit-il,

l'instrument est plus terrible que la torture : « Plus la synec-
doque s'étend, plus l'instrument se détaille en ses éléments
ténus (la couleur, la cire), plus l'horreur croît et s'imprime (si
l'on nous avait raconté le *grain* du fil, cela serait devenu into-
lérable); elle s'approfondit ici d'une sorte de tranquillité ména-
gère, le petit matériel de couture restant présent dans l'instrument
de supplice. »

TABLE

DU MÊME AUTEUR

Dans la même collection

LES INFORTUNES DE LA VERTU. *Préface de Jean Paulhan.*
  Édition établie par Béatrice Didier.
LES CRIMES DE L'AMOUR précédé d'une IDÉE SUR LES
  ROMANS. *Édition présentée et établie par Michel Delon.*